A wizard of dragon

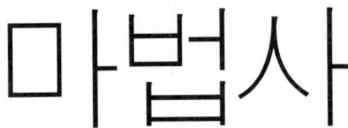

3

드래곤의 마법사 3

김종휘 판타지 장편 소설

초판 1쇄 찍은 날 § 2001년 10월 12일
초판 1쇄 펴낸 날 § 2001년 10월 22일

지은이 § 김종휘
펴낸이 § 서경석
펴낸곳 § 도서출판 청어람
편집 § 문혜영 · 허경란 · 박영주 · 김희정 · 권민정 · 장상수
마케팅 § 정필 · 강양원 · 김규진

등록번호 § 제1081-1-89호
등록일자 § 1999. 5. 31
어람번호 § 제1-0157호

주소 § 경기도 부천시 원미구 심곡1동 350-1 남성B/D 3F (우) 420-011
전화 § 032-656-4452 팩스 § 032-656-4453
e-mail § eoram99@chollian.net

ⓒ 김종휘, 2001

값 7,500원

ISBN 89-5505-151-4 (SET) / ISBN 89-5505-154-9 04810

김종휘 판타지 장편 소설

드래곤의

A wizard of dragon

마법사

3 궁극의 마신 부활

도서출판
청어람

CONTENTS

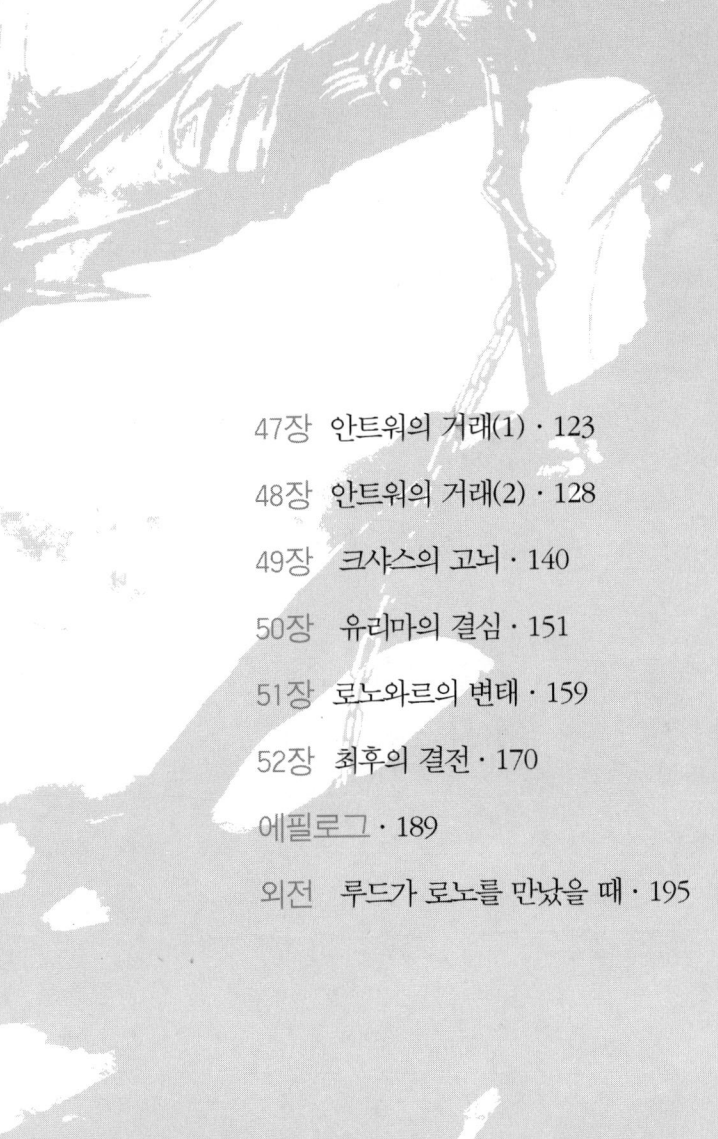

39장 컴플레이티니스 언데드

    간신히 정신을 차린 유리마가 당시의 상황을 잘 설명한 덕에 루드웨어는 로노와르에게서 목숨을 건질 수는 있었지만 거동이 불가능할 정도의 상당히 큰 부상을 입었다. 그리고 그는 생각했다, 혼전 관계는 위험하다고.

    자신의 실수라는 것을 알고는 조금 미안해진 로노와르는 루드웨어의 멍든 부분을 계란으로 문질러 주고 싶었지만, 어디 계란이 있겠는가. 아직 마나를 회복하지 못한 루드웨어로선 정말 생명이 위태로울 만큼의 타박상을 견디고 있었다.

    유리마는 로노와르에게 당한 허리를 쓰다듬으며 자리에서 일어나 밖의 상황을 알아보러 계단을 올라갔고, 지하 감옥 안에는 루드웨어와 로노와르만이 남아 정막함을 자아내고 있었다.

    "미안해."

진심이 담긴 로노와르의 한마디. 그 한마디로 루드웨어는 지금까지의 만행을 용서할 수 있으리라 생각했지만, 그 생각은 쑤셔오는 통증으로 인해 달라져 다시 한마디 했다가 또 맞을 뻔했다.

"백 대만 맞아라."

"드래곤 헌법 17조 해츨링 보호법으로 즉결 처분당할래?"

도리도리.

나잇살 처먹은 루드웨어는 애기마냥 고개를 흔들고는 통한의 눈물을 삼켜야 했다. 마음속으로는 분노의 칼을 갈고 있었지만 어떡하랴! 지금 상태에선 로노와르에게 대적할 수가 없으니. 새삼 루드웨어는 약자의 입장이 되어서야 자신이 드래곤들에게 행한 많은 악행을 돌아볼 수 있었다.

"그나저나 난 어떻게 되는 거야? 변태하는 것도 막아놓았으면 무슨 일을 해야 하는지 가르쳐 줘야 하는 것 아냐?"

로노와르가 심각하게 물어보자 이제 조금은 알려줘도 괜찮다는 생각을 한 루드웨어는 자신이 생각하고 있던 로노와르의 일을 말해 주었다.

"해츨링은 보통 성체의 드래곤들과는 달리 아직 드래곤 하트가 불완전한 상태지."

"응, 그건 알아."

"그 불완전한 드래곤 하트 때문에 다른 에너지를 받아들이기 쉬운 거지. 모든 불완전은 완전을 위해 움직이기 마련이니까."

"그게 무슨 말인데?"

아직 경험과 지식이 부족한 로노와르는 루드웨어가 하는 말을 이해할 수가 없었다. 모든 불완전은 완전을 위해 움직인다라……

"즉, 너의 드래곤 하트는 완전하지 않기 때문에 다른 에너지, 즉 다른 드래곤들의 드래곤 하트를 쉽게 받아들일 수 있다는 이야기지."

"그럼?"

"그래, 봉인지에 있는 드래곤 하트들, 그것을 네가 받아들여야 한다는 거야."

"뭐야! 내가 우리 동족의 드래곤 하트를 먹어야 한다는 이야기잖아. 난 그런 짓은 못해."

단호한 로노와르의 말에 루드웨어는 한숨을 쉬며 말했다.

"네 마음 모르는 것은 아니지만 다르게 생각해 봐. 넌 너의 동족의 심장이 인간들의 야망에 의해 쓰여지는 게 좋아?"

"당연히 아니지!"

"그럼 한 가지 방법밖에 없잖아. 네가 드래곤 하트를 먹는 수밖에."

"그건……."

루드웨어의 말은 로노와르가 생각해도 이치에 맞는 소리였기에 뭐라고 반박할 말이 없었다. 하지만 로노와르는 동족의 심장을 먹는다는 것이 상당히 꺼림칙했다. 가끔씩 마룡들이 동족의 심장을 먹어 힘을 배가시킨다는 이야기는 들어본 적이 있긴 하지만 그것은 이지를 잃은 마룡의 이야기지, 보통의 드래곤이 어디 동족의 심장을 먹었다는 이야기가 있는가. 먹으면 그건 식룡족으로 규탄을 받을 것이다.

"그리고 만약… 정말 만약에 말이야."

"정말 만약?"

"그래. 정말 만약에 궁극의 마신 크레이져가 부활한다면 넌 아마 다른 에너지를 흡수해야 할 거야."

"다른 에너지라면?"

"…바로 천신 레이뮤의 힘, 마신 크레이져를 봉인하기 위해 천신 레이뮤가 봉인을 한 힘을 받아들여야 한다는 거지."

"천신의 힘을?"

"그래. 하지만 그 힘은 드래곤이라도 감당하기 힘든 힘이지. 아마 죽을 수도 있을 거야."

그 말에 로노와르는 깜짝 놀랐다. 아무리 광대한 힘이라고는 하지만 광대한 마나의 결정체를 가지고 있는 드래곤이 힘을 받아들이지 못하고 죽는다는 것은 생각해 보지 못했기 때문이다.

"그게 그렇게 큰 힘이야?"

로노와르의 물음에 루드웨어는 고개를 끄덕이며 말했다.

"응. 오죽하면 창조주께서 그 힘이 지상에 내려가면 창조한 것이 붕괴될 것을 걱정하셨겠니. 그런 힘을 가진 궁극의 마신 크레이져가 풀려난다면 그를 막을 수 있는 힘은 단 하나, 봉인에 쓰여진 천신 레이뮤님의 힘밖에 없는 거지."

예상외로 자신이 해야 할 일이 막중한 것을 알게 된 로노와르는 긴장하지 않을 수 없었다. 몰랐을 때야 모르겠지만 안 다음에야 드래곤이라 해도 해츨링인 로노와르가 어떻게 긴장하지 않겠는가? 하지만 다시 생각해 보면 그렇게 무리한 일은 아닐 것이라 생각했다. 루드웨어가 자신을 조금 못살게 굴기는 했지만 자신에게 나쁜 일을 시킨 적은 별로 없었기 때문이다.

"뭐, 천신의 힘이야 네가 받아들일 일은 거의 없을 테니 그 부분은 안심해도 좋을 거야."

"그래? 그럼 그나마 다행이구."

이번 일도 어느 정도 승산이 있으니 자신에게 시키는 것이라 생각하며 로노와르는 루드웨어에게 미소를 지으며 말했다.

"네가 말하는 것이니 승산은 있을 테고. 그래, 나 열심히 해보도록 할게!"

로노와르의 자신있는 말에 루드웨어의 안면에는 만족감이 피어 올랐지만 그는 암암리에 무엇인가를 생각하고 있었다.

'승산은 없었는데 다행이다. 그건 그렇고, 녀석이 나를 그렇게 생각하고 있었나? 역시 여행 나오면서 시킨 조기 교육의 성과가 이제야 나타나는군. 후후, 귀여운 것. 내가 한입에 먹어주지. 푸하하하하하!'

음침해진 루드웨어의 눈을 보며 소름이 끼쳐 오는 로노와르였지만 그 눈이 무엇을 생각하면서 음침해졌는지는 알 수 없었기에 잠시 두려움에 뒷걸음질칠 뿐이었다.

자신의 음침한 생각이 조금 드러났다고 생각한 루드웨어는 그답게 곧바로 초롱초롱한 눈매로 변신했고 그제야 로노와르는 안심할 수 있었다.

잠시 후 유리마가 계단에서 내려오며 그들에게 말했다.

"계단 밖이 어수선하더군. 아마 루덴스가 일은 제대로 하고 있는 것 같다. 당분간은 이곳에 크샤스의 부하가 들어올 염려는 없는 것 같으니 휴식을 취하며 마나를 모으도록 하자구."

그 말에 루드웨어는 마나를 모으기 시작했지만 몸이 말을 듣지 않아 쉽게 모으지는 못했다. 그래도 어떡할 텐가, 참고 계속 모아야지. 마나가 모이는 족족 몸을 치료하고는 있었지만 제대로 치료하려면 보통 때 루드웨어의 마나에서 반 정도는 필요할 것 같았다.

그렇게 심한데 살아 있단 말인가라 생각하신다면 오산. 그는 위에서도 말했듯이 심장이 파괴되지 않는 한 죽지 않는 불사의 신체를 가지고 있는, 바로 대리자란 말씀이다.

루덴스는 자신의 검에서 느껴지는 암흑의 기운을 찾아가던 중 강한 마법의 기운과 함께 수많은 생기들이 사라지는 것을 느꼈다.

그리고 성을 뒤흔들던 마물들의 함성이 점점 사라져 가기 시작했기에 루덴스는 일이 다소 틀어졌다는 것을 느낄 수 있었다.

'생각보다 적들을 빨리 진압했군. 누구지? 크샤스가 직접 나선 것은 아니고. 혼란을 틈타 일을 진행하려던 우리의 계획을 파악하고 있는 자가 있었다니… 역시 만만히 볼 것이 아니군.'

성 밖의 적이 사라진 이상, 이제 안에 있는 자신들에게 총력을 다할 것임을 눈치 챌 수 있었기 때문에 루덴스는 빠르게 움직여야 한다고 생각했다.

"루덴스님, 복도 오른쪽의 끝에서 꽤 실력있는 기사들이 방을 지키고 있습니다."

크레이드는 루덴스의 지시를 받고 여기저기를 돌아다니다가 의심이 가는 한군데를 발견하곤 급히 루덴스에게 뛰어와 보고했다.

성 밖의 적 때문에 거의 대부분의 기사들이 빠져나간 지금, 실력있는 자들이 지키고 있는 방이 있다는 것은 꽤 중요한 것을 지키고 있다는 것을 예상할 수 있었기 때문이다.

"방을 확인해야겠군. 크레이드, 시스, 그들을 죽이고 안으로 들어가자."

"예."

루덴스는 방 안에 무엇이 있는가 확인해야 된다는 생각이 들었다.

시스와 크레이드는 복도의 꺾어진 부분에서 대기하고 있다가 신호와 함께 방 쪽으로 뛰어갔다.

"누구냐!"

뛰어드는 두 사람을 발견한 기사들은 검을 뽑고 방어 자세를 취했으나 소드 마스터 중에서도 상급의 실력을 지닌 시스와 크레이드를 막기에는 역부족이었는지 단 한 번의 칼부림도 하지 못하고 그 자리에서 쓰러졌다.

시스는 기사들을 쓰러뜨린 후 그들이 지키던 방의 문을 보았다. 상당히 중요한 인물이나 물건이 있는지 방문은 강한 봉인력으로 꽉 막혀 있었다. 하지만 마나를 사용한 힘으로 강제로 방문을 열고 안을 엿보았다.

"크악!"

그 순간 방을 열자마자 밀려오는 엄청난 어둠의 마나의 소용돌이에 그는 튕겨져 날아가 벽에 부딪쳐 쓰러지고 말았다.

"시스!"

크레이드는 튕겨져 날아간 시스에게로 달려가 그를 일으키며 열려진 방 안을 쳐다보았는데, 그 순간 온몸이 얼어붙는 것을 느꼈다.

"이럴 수가……."

한편 아직 방을 들여다보지는 못했지만 루덴스는 방문이 열려지면서 시스를 튕겨 버린 힘의 기운이 무엇인지 알고 있었다. 익숙한 기운, 그것은 자신의 대부와 마찬가지인 마신 라스타의 힘의 원천이었다.

엄청난 악의 기운, 그것은 마계로 보내져 정화되어야 하는 기운이었지만 방 안에서 느껴지고 있는 것이다.

그 순간 하나의 존재가 생각났으며 루덴스는 크샤스가 왜 큰 희생을 감수하면서까지 자국 내에서 전쟁을 허용했는지 그 이유를 알 수 있었다.

궁극의 마신 크레이져의 영향 때문에 이곳으로 모이는 악의 기운들을 모아 그는 새로운 힘으로 만들어내고 있었던 것이다.

"컴플레이티니스 언데드……."

컴플레이티니스 언데드.

보통의 언데드는 죽은 생명체가 되살아나는 존재다. 그들은 네크로멘서 같은 이들이 거는 유부의 주술에 의해 세상에 태어나 시술자의 명령에 따르거나 주술의 조건에 따라 무의식적인 살생을 한다.

최고의 언데드라는 리치를 제외하고는 거의 모두가 이지가 없고 본능으로 움직이며 자신을 되살린 네크로멘서에게 절대의 충성을 한다.

하지만 이런 불완전의 존재인 언데드들과는 다른 계열의 언데드들이 있다. 물론 대륙에는 단 한 번도 얼굴을 보인 적이 없지만, 그들을 아는 자들은 최고의 언데드라는 것을 부인하지 않는다. 그것은 바로 컴플레이티니스 언데드. 완성된 언데드란 이름을 가지고 있는 이들은 살아 있는 생명체가 감당하지도 못할 어둠의 기운을 얻게 되면서 만들어진다.

어둠의 기운을 얻은 생명체는 신체의 적응 능력에 의해 어느 정도 반발하다 차츰 어둠의 기운에 동화되기 시작한다. 이런 현상은 특히 어둠의 기운을 정화시키는 마계에서 살고 있는 일부분의 생명체에서 주로 일어나는 기현상으로 고위 마족들의 연구진들은 이것은 어둠의 동화 현상이라 부르고 있다.

일종의 돌연변이인 이들은 어둠의 기운에 의해 체내의 혈액과 장기가 손상되어 생명의 기운이 끊겼음에도 불구하고 이지와 함께 어둠의 힘에 의한 엄청난 재생력과 함께 살아 있을 당시의 몇 배의 힘을 얻게 된다.

그런 힘과 함께 그들이 가지게 되는 것은 언데드의 공통점인 무의식적인 살심이다.

언데드이나 언데드가 아닌 이들을 최초로 상대한 마계에서는 컴플레이티니스 언데드라고 부르고 있었다.

한때 마계에서는 이 강한 언데드들을 신마전쟁 시 주력으로 사용하려 많은 연구를 한 적이 있었지만, 엄청난 피해만을 낸 채 실패한 바 있었다. 이들을 힘으로 얻지 못하고 만 이유는 그들을 통솔할 방법이 없기 때문이다. 네크로멘서의 주술로 인해 태어난 언데드들은 절대 충성을 보이지만, 이들을 탄생시킨 것은 주체가 없는 어둠의 기운이다.

만약 이들의 주체가 있다면 그것은 단 한 사람, 궁극의 마신 크레이져뿐일 테지만, 천신 레이뮤에 의해 봉인된 크레이져는 마계에 없기 때문에 그 어느 곳에도 속박되지 않는 자유로운 생명체가 되는 것이다.

자유로움을 가진 자가 엄청난 힘과 복구력을 가지고 무차별적인 살행을 한다면 어느 누가 그것을 만들 생각을 하겠는가?

하지만 이 크샤스의 경우에는 마계에서 실패한 이 공식이 통하지 않는다. 어떻게 그 능력을 얻었는지는 모르지만 크샤스는 궁극의 마신 크레이져의 대리자의 힘을 가졌다.

어둠의 힘은 모두 궁극의 마신 크레이져의 힘과 같기 때문에 대리자인 크샤스는 이들을 움직일 수 있는 힘이 있는 것이다.

이들의 무서움을 잘 알고 있는 루덴스는 두 사람을 향해 소리쳤다.

"크레이드! 빨리 이곳을 벗어나야 한다!"

루덴스의 외침에 크레이드는 폭발한 기운에 의해 튕겨져 날아간 후 기절해 버린 시스를 업고 온 힘을 다해 뛰었지만, 이미 그들이 개방한 공간에서 컴플레이티니스 언데드들은 서서히 깨어나 본능 속에 잠재되어 있는 살심에 의거한 활동을 재기하기 시작했다.

쿠궁!

루덴스를 향해 급하게 뛰어오는 크레이드 옆의 벽이 굉음과 함께 부서지며 수많은 파편이 튕겨 나갔다.

기절한 채 뒤에 업혀 있는 시스를 걱정하며 뒤로 돌아선 크레이드는 날아오는 파편을 검으로 막았지만 그것은 실수였다.

눈앞을 가리는 먼지와 파편들과 함께 다가오는 어둠의 기운이 빠른 속도로 크레이드를 향해 쇄도해 들어온 것이다.

"크레이드!"

그들의 힘을 어느 정도 알고 있는 루덴스였기에 크레이드가 그들의 공격을 막을 수 없다고 생각하고는 크레이드의 이름을 외치며 마나를 돋워 뛰어갔다.

"이건!"

엘레이나는 강하게 느껴지는 암흑의 기운에 놀라 자리에서 일어났다.

강렬한 어둠의 기운은 단지 느껴지는 것에 지나지 않았지만, 엘레이나로 하여금 오금을 저리게 할 정도로 그 기운은 강렬했다.

"무슨 일이 벌어지고 있는 거지……?"

엘레이나는 자신이 모르고 있는 무엇인가가 성 내에서 벌어지고 있다는 것을 알 수 있었다. 생각해 보면 크샤스가 분지 안으로 데리고 온 기사나 병사들은 모두 강한 실력을 가진 정예병이라고는 하지만 인간의 범주를 벗어난 적인 루드웨어라는 자를 상대하기에는 그 힘이 너무 약했다.

거의 외지에서 생활하고 있었던 엘레이나는 막중한 일을 함에 갑작스럽게 떨어진 듯한 크샤스의 용병술에 실망을 하고 있었는데, 이상하게도 크샤스와 같이 분지 안에서 생활하고 있던 칼리어스는 그런 것을 아무렇지도 않게 생각하고 있는 것이다.

'그렇구나.'

무엇인가 준비하고 있는 일이 있었던 것이다. 자신도 모르는 사이에 진행되고 있었던 일. 오호사의 일인으로서 자신을 하나의 축이라고 생각했지만, 실제로는 아무도 어린 여자 마법사를 인정하고 있지 않은 것이다.

그녀가 존경하는 칼리어스마저.

하지만 그런 것을 생각하기에는 이미 모든 것은 돌이킬 수 없는 상황까지 와 있었다. 현 상황에서 할 수 있는 것은 현재 일어나고 있는 상황을 정리하며 그에 맞는 대책을 생각해 보는 것뿐이었다.

엘레이나는 먼저 자신이 느낀 어둠의 기운에 대해서 생각해 보았다. 오성신의 부류에 속하는 생기가 없는 어둠의 기운, 그것은 결코 살아 있는 존재가 낼 수 있는 기운이 아니었다.

'언데드?'

하지만 리치나 데드 드래곤 같은 막대한 마나를 가진 존재들을 제외한다면 언데드가 이렇게 강렬한 기운을 내뿜을 순 없었다.

먼저 리치를 생각해 보았지만, 리치는 고위의 서클을 지닌 마법사들이 하나의 목적을 가지며 삶을 연장하기 위해 선택하는 방법이기 때문에 그 수는 많지 않다. 아니, 현재의 대륙에서 리치라는 존재는 겨우 한 명 있을까 말까 할 것이다.

데드 드래곤 역시 생각해 보았지만, 드래곤이라는 용의 크기를 생각해 본다면 기운의 숫자와 위치가 적합하지 않았다.

엘레이나는 느껴진 기운으로 보아 적어도 수십 개체 정도의 수가 힘을 내뿜고 있었기 때문에 리치와 데드 드래곤은 제외시켰다.

그럼 무엇일까? 엘레이나는 자신이 보아온 모든 서적을 떠올려 보기 시작했다. 언데드에 관한 서적들. 하지만 한참을 생각해 보아도 세상 어느 존재도 이렇게 강렬한 어둠의 기운을 내뿜는 것들은 없었다.

고위 마족? 그들의 모습을 볼 수 있는 곳은 오직 마령과 마계뿐, 루덴스가 고위 마족들을 이곳에 데리고 올 리는 없다는 생각에 고개를 저었다.

또다시 다른 서적들을 생각해 보던 그녀는 한 권의 책을 떠올렸다.

칼리어스님의 책상에서 발견한 한 권의 책. 그 당시에는 칼리어스님에게 혼날까 봐 자세하게 읽지는 못했지만 그것은 마계와 신계, 지상계에 존재하는 가장 강력한 존재들을 서술해 놓은 백과사전식의 두꺼운 책이었다.

그 책에는 단순한 설명에서부터 존재를 소환해 내거나 만들어내는 비법까지 상세히 적혀 있었기에, 소환술사에게는 아마 세상의 어떠한 보물보다 귀중할 책이었다.

그 책에서 엘레이나는 마계에 존재하는 강한 마물의 서열에 대해서 읽어본 적이 있었는데, 거기에는 그녀가 단 한 번도 들어보지 못한 존재가 2위에 올라 있었다.

분명 마계에서만 존재하긴 하지만 궁극의 마신 크레이져에 의해 북극령의 암흑의 기운이 이곳으로 모인다고 생각하면 충분히 인의적으로 그 존재들을 만들어낼 수 있다고 생각했다.

'컴플레이티니스 언데드!'

마계에서만 존재하는 최강의 언데드 컴플레이티니스 언데드. 엘레이나는 그 존재가 분지 안에서 모습을 드러낸 것이 아닐까 조심스럽게 추측해 보았다.

40장 컴플레이티니스 언데드와의 대결

　　루드웨어와 로노와르 사이에서 태어난 한 인간의 처절한 고뇌.

　　오늘도 로망스를 읽었다. 슬픔을 지닌 영웅을 탄생시키는 로망스. 난 정말 그런 로망스가 좋다. 하지만 로망스의 주인공은 슬픔을 가지기 위해선 한 가지 작업을 수반하고 있다. 영웅들이 나타나는 로망스는 시련을 가지기 위해 거의 모두가 부모님을 죽이기 때문이다. 원수에게 죽든, 마족에게 죽든, 아님 사고로 죽든… 어쨌든 죽는다. 가장 가까이 있는 자를 죽여 시련을 주게 되는데 그것이 바로 거의 대부분 부모였던 것이다. 난 로망스가 좋다. 그래서…….

　　　　　　　　　　　　ー루드웨어와 로노와르의 자식의 일기 中에서.

　　"홀리 배리어!!"

　　언데드에게 가장 특효약은 바로 오성신의 힘이 담겨 있는 신성 마법. 한때 파문 사제의 신분이었던 크레이드는 다가오는 어둠의 기운에서 자신과 시스를 보호하기 위해 온몸의 신성력을 모두 발휘하여 그 기운을 향해 밀어붙였다.

쿠구궁!

눈이 부실 정도의 순백색의 빛이 두 사람을 덮치는 어둠의 존재를 향해 뻗어 나가자 주변의 어둠의 기운에 검은색으로 변색되어 버린 벽들이 산산이 부서져서 흩어지기 시작했다.

[꾸아악!]

듣기 괴로울 정도의 비명이 복도 전체를 울리면서 어둠의 기운이 뒤로 물러섰다.

그것을 확인한 크레이드는 온 힘을 다해 다시 뛰기 시작했다. 첫 번째 공격은 힘겹게 막아낼 수 있었지만 다시 그 기운을 가진 존재가 공격해 들어온다면 막아낼 자신이 없었다.

간신히 펼친 신성 마법에 어느 정도 상대의 공격 시간을 늦추게 할 수는 있었지만, 한순간 너무 많은 신성력을 사용한 크레이드는 피로가 심한 상태에서 이제 더 이상 뛰지 못하고 힘이 빠져 그 자리에서 주저앉고 말았다.

빨리 이 순간을 피해야 한다는 것을 알고 있는 크레이드였지만 도저히 몸에 힘이 들어가지 않는 것이다.

그리고 그런 크레이드에게 또다시 어둠의 기운이 몰아쳤다.

"화이트 그리터!!"

과거 루덴스가 로아냐드 제국의 기사였을 때 사용했던 비기 화이트 그리터가 강한 빛을 뿜으며 건물을 갈라 버렸고, 크레이드가 서 있던 곳의 복도는 붕괴하기 시작했다.

화이트 그리터의 빛이 어둠의 힘에 변색되어 있는 건물을 부서뜨리면서 그 하중을 견디지 못하고 무너지고 있는 것이다.

"으악!"

크레이드는 빠져나갈 힘도 없는 상태에서 외마디 비명과 함께 부서진 복도의 파편과 함께 땅으로 떨어져 내렸다.

"실프!"

그 순간 바람의 정령들이 무너져 내리는 복도로 빠른 속도로 날아와서 바닥으로 추락하는 두 사람의 몸을 가볍게 들어 올려서는 일행이 있는 곳으로 날아왔다.

위급했던 순간 다행히 시안의 정령들에 의해 붕괴에서 구해질 수 있었다.

그녀의 옆에는 지친 모습의 루덴스가 몸을 지탱하지 못하고 무릎을 꿇고 있었다.

자신의 암흑 투기가 컴플레이티니스 언데드에게는 오히려 역효과를 낼 수 있다고 판단한 루덴스는 몸을 붕괴시킬 수도 있는 기운을 지닌 화이트 그리터를 사용하여 크레이드를 구해내긴 했지만 그 덕에 상당한 빛의 힘으로 신체가 붕괴되어 버린 것이다.

현재 마신의 대리자로서 마계의 일족이 지니고 있는 고유한 암흑 투기를 가지고 있는 루덴스에게 화이트 그리터는 정반대의 성질, 즉 신성의 힘이 섞여 있는 기술이기에 벌어진 상황이다.

하지만 이런 몸을 아끼지 않는 루덴스의 노력 덕에 크레이드와 시스는 목숨을 구할 수 있었기에 루덴스는 현재의 몸 상태가 좋지 않기는 했지만, 그와는 달리 얼굴 표정에선 안도감이 흐르고 있었다.

이 자리에 유리마라도 있었으면 루덴스에게 필요한 만큼의 어둠의 기운을 불어넣어 힘을 원조해 줄 수 있었겠지만, 현재 이곳에 있는 사람 중에 그를 도와줄 수 있는 인물은 없었다. 다른 사람들이 이러한 상태를 겪었다면 충분히 도와줄 수 있는 아이샤는 신성력에 반발하는 힘을 가진 루덴스를 도와줄 수가 없었기 때문에 안절부절못하고 있었다.

루덴스는 현재의 일행 중에서 가장 강한 힘을 소유하고 있는 자였기에 방금 전의 존재들이 다시 나타난다면 루덴스가 이렇게 부상을 당해 있는 한 죽음을 면치 못할 것이기 때문이다.

루덴스는 그런 아이샤를 보며 담담한 목소리로 말했다.

"일단은 크레이드와 시스를 치료해라. 그들이 힘을 찾지 못한다면 더 더욱 힘들어질 테니."

그 말에 아이샤는 신성 마법을 사용하여 크레이드와 시스의 부상을 치료했다.

시스의 경우 문을 열 때 강한 어둠의 기운에 노출되어 힘을 잃은 상태여서 반대의 성질을 가진 아이샤의 치료 마법을 받자 정신을 차리고 일어날 수 있었다. 또한 크레이드의 경우는 소실한 신성력을 어느 정도 되찾자 움직일 수 있을 만큼의 힘이 생겼다.

두 사람은 주위의 마나를 감지해 보며 방금 전의 존재들이 이곳으로 오는가를 알아보았지만, 복도가 무너짐과 함께 그들은 완전히 건물 내에서 모습을 감춘 듯했다.

그들이 없다고 생각한 두 사람은 안도의 한숨을 쉬다가 쓰러져 있는 루덴스를 보게 되었다.

"이거 큰일이군요."

자신들을 구하기 위해 무리하게 힘을 사용하여 움직일 수조차 없는 상태로 변한 루덴스의 모습에 두 사람은 막막해졌다.

솔직히 대륙의 다섯 손가락 안에 드는 루덴스의 존재감은 지금까지 루드웨어가 없는 일행에게 상당한 버팀목이 되고 있었기 때문이다.

"그건 그렇고 아까 나에게 몰아쳤던 기운은 뭐였지?"

시스는 단 한 번에 자신을 쓰러뜨린 기운을 생각하며 아이샤에게 물었지만, 아이샤 역시 그러한 기운을 가진 존재에 대해서는 알지 못하기 때문에 고개를 저었다.

"어둠의 기운이 방출된 여파다."

"어둠의 기운?"

"그래. 이 대륙에서 죽어간 수많은 자들의 원한과 사념이 뭉쳐진 기운이지. 보통 이 기운은 마계로 내려가 정화되지만 크샤스는 마신이 이곳에 봉인되어 있음으로 해서 들어오는 어둠의 기운을 이용하여 강한 힘을 가진 존재를 만들어냈다."

"존재라면?"

"컴플레이티니스 언데드. 마계에서만 존재한다는 최강의 언데드지."

"최강의 언데드?"

"살아 있으면서 살아 있지 않은 존재들, 마계에선 이 창조주의 법칙을 어긴 생명체가 탄생하자 그것을 소멸키로 결정하고 공격했지만, 한 명의 컴플레이티니스 언데드에게 수십 명의 고위 마족들이 죽자 그제야 녀석들의 힘을 짐작하게 되었지. 컴플레이티니스 언데드는 살아 있을 때의 기술은 물론 어둠의 힘을 이용한 공격도 가능하다. 하지만 그것들이 더욱 상대하기 어려운 이유는 그런 것들이 아니다. 엄청난 재생력으로 인해 완벽하게 가루로 만들지 않는 한 죽지 않는다는 것이 가장 큰 문제다."

"설마……?"

"녀석들을 죽이기 위해선 완전히 재로 만들어 버리는 수밖에 없다."

루덴스의 말을 들으며 일행은 힘이 빠질 수밖에 없었다. 한 개체를 재로 만들 정도의 기술은 현재 이곳에 있는 일행 중에선 시안의 정령 마법이나 아이샤의 신성 공격 마법밖에 없었다. 하지만 그녀들의 힘은 그렇게 강한 것이 아니기 때문에 루덴스가 말한 최강의 언데드들을 소멸시킬 정도의 전력을 현재의 일행은 가지고 있지 않다고 보는 것이 옳을 것이다.

"일단은 녀석들의 손아귀에서 벗어나야 한다. 현재 녀석들을 소멸시킬 수 있는 존재는 나와 루드웨어, 그리고 유리마뿐인데 아무래도 두 사람은 로노와르 때문에 힘을 거의 소비했을 확률이 크다. 또 난 방금 전 사용한 화이트 그리터의 영향으로 앞으로 몇 시간 동안은 힘을 사용할 수 없다."

루덴스의 말을 들은 시스는 고개를 끄덕이고는 일어서지 못하는 루덴스를 자신의 등에 업고 말했다.

"어디로 가야 하지요?"

"일단은 나의 검을 되찾아야 한다. 나의 검은 수많은 피를 머금은 마검. 그것을 다시 찾을 수 있다면 화이트 그리터에 의해 소멸된 힘을 빠른 시간 안에 회복할 수 있을 것이다."

루덴스의 말을 들으며 시스는 그가 지시하는 방향으로 뛰기 시작했다. 루덴스는 어렴풋이 느껴지는 마검의 기운을 느껴보며 시스에게 방향을 제시해 주었다.

안트워 공작의 2차 공격이 시작되었다. 첫 번째 공성전에서 칼리아스가 시전한 강한 마법에 겁을 먹고 병사들을 후퇴시킨 휘하 기사들을 그 자리에서 베어버린 안트워 공작은 이번만큼은 반드시 성공하겠다고 결심을 했다.

분지 안의 성에 있는 크샤스의 부하들이 정예들이라고는 하지만, 그가 거느린 대군에 비하면 소수에 지나지 않았다. 아무리 정예라 해도 수많은 숫자 앞에서 무너지기 마련이므로.

안트워 공작은 자신의 휘하에 있는 엄청난 수의 마물 병사들을 모두 투입하여 이번 공격에서 완벽한 승기를 잡으려 하는 것이다.

"안트워!"

안트워 공작이 머무르고 있는 천막 안은 대전투의 시작이 임박했음에도 조용하기 그지없었다. 그의 옆에는 크샤스 여동생인 사이야가 발버둥치고 있었지만, 공작은 자신의 천막에 있는 고급 의자에 앉아 아무 일도 없다는 듯이 편안하게 차를 마시고 있었다.

그런 그를 보며 사이야는 표독스러운 눈동자로 노려보았지만 그런 것쯤이야 안트워 공작에게는 재밌는 유희에 지나지 않았다.

"오빠가 알면 네 녀석을 갈기갈기 찢어버릴 것이다."

사이야의 말은 안트워 공작에게 아무런 두려움도 주지 못했다. 아니, 오히려 비웃음만 살 뿐이었다.

"하하하하, 크샤스… 크샤스… 네년은 눈앞에서 사랑하는 오빠의 절망을 보게 될 것이다. 하하하하!"

"이……."

사이야는 안트워 공작의 말에 분을 참을 수가 없었지만 어떡하랴.

그녀 자신은 안트워 공작에게 붙잡힌 몸이었고, 그것이 오빠에게 상당한 피해를 줄 것이라는 걸 잘 알고 있었다.

"전 군은 성을 향해 돌진하라!"
일선 지휘관의 명령이 떨어지자 성의 주위에서 진을 치고 있던 마물들이 다시 성을 향해 공격을 시작했다.
크샤스의 분지성은 다시 밀려오는 마물들에 의해 어수선하게 변해 갔다. 첫 번째 공격은 오호사의 대마법사 칼리어스의 도움으로 방어할 수 있었지만, 현재 칼리어스는 깨어나지도 못하는 상황에서 남아 있는 지휘관은 젊은 여마법사 엘레이나뿐이었기에, 분주하게 중하급의 마법사들과 병사들을 지휘하며 마물들의 공격을 막아내고 있었다.
"엄청나게 밀려오는군!"
몰려오는 대군을 보며 엘레이나는 자신도 모르게 중얼거리고 있었다. 하지만 이 상황이 다소 이해가 되지 않는 부분이 있었다. 이 정도로 급박한 상황에 방어군의 중심이 되야 할 상급의 기사들과 크샤스가 보이지 않는 것이다.
얼마 지나지 않으면 마물들에 의해 성 방어선이 뚫릴 판인데도 그들은 모습을 드러내지 않고 있었다.
상급의 기사들과 크샤스는 도대체 어디로 사라졌단 말인가. 엘레이나는 마물들의 공격을 막으면서도 그런 생각에 정신이 없었다.
'크샤스 폐하가 무엇인가 다른 것을 생각하고 계신 걸까?'
크샤스와 그의 기사들이 나타난다 해도 현재의 상황이 변하리라는 것은 예상할 수 없지만 엘레이나로선 그들이 나타나기만을 기다릴 수밖에 없었다. 왜 사라졌고 어떤 방법으로 나타나리라는 것은 알 수 없었다.

그런 식으로 시간이 점점 흘러가고 있었지만 고급 기사들의 모습은 보이지 않고 전세는 점점 악화되고 있었다.

한참을 지휘하고 있던 엘레이나에게 급한 얼굴로 한 명의 젊은 마법사가 뛰어오며 소리쳤다.

"엘레이나님, 서북 방어선이 뚫리고 있습니다!"

급박한 상황이었다. 엘레이나는 생각하던 것을 멈추고 당장의 급한 불을 꺼야 됨을 느꼈다.

"이십 명 정도의 마법사들을 당장 서북 방어선 쪽으로 보내세요."

"예."

엘레이나는 이 상태가 오래가지 않을 것이라는 것을 알고 있었지만 지금 이 순간은 마병들의 공격을 방어하는 데 집중해야 되겠다고 생각하며 정신을 가다듬었다.

아무리 자신에게 비밀을 가지고 있는 크샤스와 칼리어스라고 해도 자신은 그들을 믿고 싶었기 때문이다.

루드웨어와 유리마는 드디어 크샤스가 승부수를 던졌다고 생각했다. 강렬한 어둠의 기운이 지하 감옥의 위쪽에서 느껴졌기 때문이다. 물론 지하 감옥에 있는 사람들은 시스가 강제로 문을 열어 현 사태가 발생했다는 것은 알지 못했다.

유리마는 이 강렬한 기운을 느끼며 잠시 생각에 잠겨 있다가 한숨을 쉬며 루드웨어를 보며 말했다.

"이제부터 진짜 시작이군."

"그래. 크샤스가 쉽게 우리를 놔주지는 않을 것이라 생각했지만,

컴플레이티니스 언데드까지 만들었을 줄이야……."

둘의 대화를 들으며 소외된 로노와르는 한쪽 바닥에서 원을 그리면서 소외감을 감당하고 있었다. 몇 대 팼다고 설마 둘이서 한 사람을 따를 시킬 줄 누가 알았겠는가.

물론 그것은 로노와르의 생각일 뿐이다. 시간이 임박했다는 것을 느낀 두 사람은 마나를 모으느라 정신없어서 그랬을 뿐이었는데, 왠지 과잉 반응하는 로노와르였다.

사람은 죄짓고 못 산다고나 할까? 아무튼 소외감을 떨칠 수 없었던 로노와르는 괜히 애꿎은 바닥만 긁다가 컴플레이티니스 언데드란 소리에 궁금함을 참지 못하고 물었다.

"컴플레이티니스 언데드가 뭐야?"

"응? 그거? 일종의 언데든데, 상당히 골치 아픈 놈이지."

"고거 센 놈이야?"

"음… 어떤 개체가 언데드가 되었느냐에 따라서 다른데 소드 마스터의 경지에 오른 사람이 컴플레이티니스 언데드가 되면 정말 골치 아파지지. 검을 쓰기 위한 마나력은 최소 3배 이상 높아지고, 거기다가 암흑 투기 비스무레한 것까지 써. 가장 큰 문제는 무자비한 살상 본능을 지닌 이지체라는 거지."

살상 본능을 지닌 이지체란 말에 로노와르는 이해할 수가 없었다. 살상 본능을 지닌 이지체라는 것은 인간도 마찬가지 아닌가? 도무지 인간과 루드웨어가 말한 언데드의 차이점을 알 수가 없었다.

"살상 본능을 지닌 이지체?"

"그래. 가끔 출현하는 마룡들은 강한 힘과 더불어 약간의 이지를 가지고 있기 때문에 불리하면 도망가기도 하고 각종 마법들을 다 사용하기 때문에 상대하기 힘든 거야. 지금 말한 언데드도 그런 마룡과 같아. 보통 언데드들이 이지가 없어 칼을 맞아도 달려든다고 하면 이놈들은 칼을 피하면서 공격해 대는 놈들이지. 어때?"

"글쎄… 도대체 인간과 다른 점이 뭐야? 어차피 인간들 중에도 무자비한 살상 본능을 가진 광전사 같은 것이 있잖아."

"나참, 언데드라고 언데드!"

"죽어 있는 거야?"

"그래! 그럼 넌 언데드가 살아 있는 거 봤냐!"

죽었는데 어떻게 이지가 있냐고 생각하는 로노와르. 불행하게도 로노와르는 루드웨어가 말한 두 가지 사항을 접목시킬 수 있을 만큼 똑똑한 녀석이 아니었다.

'죽어서도 생각할 수 있는 존재가 있나?'

이런 무짓덩어리 로노와르에게 시간을 뺏길 수 없는 루드웨어는 자리에서 일어났다. 녀석들은 분명 크샤스가 자신들을 대비하여 만들어 놓은 생명체이기 때문에 먼저 올라간 사람들 중에서는 루덴스 외에는 상대할 자가 없었다.

"제길, 반 정도의 마나밖에 모으지 못했는데… 이 정도로 가능할까?"

"글쎄… 어떻게든 해봐야지."

"…계획대로만 된다면야 승산이 있긴 하지만……."

루드웨어가 생각하고 있는 계획은… 없었다. 괜히 있는 척해보는 것이었다. 뭐, 그냥 로노와르가 봉인 해제를 위해 모아놓은 드래곤 하트를 삼키면 어떻게든 될 것 같았기에 끌고 다니는 것뿐이다. 만약 로노와르가 마나의 원천인 드래곤 하트를 삼킨다면 에이션트 급을 넘어서는 강대한 힘을 얻게 되며 그 힘은 심장의 주인인 루드웨어에게도 상당한 힘을 줄 것이다.

또 그가 생각하고 있는 다른 방법이 있었는데, 만약 그것까지 행할 정도가 되면 어쩌면 세계는 멸망의 직전에 가 있을 수도 있을 것이다.

적의 매복 작전을 간파하고 텔레포테이션 게이트를 이용한 작전으로 완벽하게 승리를 거둔 프레드와 사라덴의 연합군은 그 이후에는 별다른 충돌 없이 얼음성의 외부에서 진을 치고 있는 페레이라의 대군과 대치 상태에 놓이게 되었다.

현재 병력은 연합군이 11만 5천 정도였으며 페레이라의 수비군은 8만, 병력 면에서는 마령의 군대가 월등하게 많았지만 문제는 페레이라 군의 병종에 있었다.

연합군 측의 마법 화살이 모두 떨어진 이때, 마법 화살 이외의 방법으로는 상대하기 힘든 비병이 페레이라 군에 약 1만 정도가 존재하고 있었기 때문이다.

"비병이로군요."

"예. 병력 면으로서 불리한 페레이라가 결정적인 한 수인 비병을 쉽게 사용하지 않으리라는 것을 알고는 있지만. 거참, 비병을 처리할 방법이 도무지 생각이 나지 않는군요."

프레드와 사라덴은 북극령의 대군의 뒤에서 움직이고 있는 비병들을 보며 작전에 대해서 이야기하고 있었지만 도무지 방법이 생각나질 않았다.

마법 화살이라도 남아 있다면 별로 걱정은 하지 않겠지만 계곡의 전투에서 마법 화살은 이미 모두 소모한 상태였고, 현재 있는 마법사들이 급히 만든다고 해도 많은 수를 제작하지 못하기 때문에 하늘에서 공격하는 비병을 막을 수 있는 것은 궁병과 마법사들뿐이었다.

하지만 크렌 장군의 보고에서 비병의 갑작스러운 공격에 상당히 많은 병사들이 피해를 입었다는 것을 알고 있기에 이 궁병이나 마법사들로는 별 피해를 주지 못한다는 것을 알고 있었다.

"로우나 회주께서 힘써준 덕에 마법사들의 수는 늘어 다행이지만 마법사들을 비병과 싸우게 할 순 없습니다. 저희 측의 회심의 한 수가 될 마법사들을 비병과의 싸움에 내보내 자칫 피해가 늘 경우 얼음성 공략이 불가능할 수도 있기 때문이지요. 그렇다면 남은 것은 궁병뿐인데……."

사라덴의 말에 프레드는 고개를 끄덕였다. 원래 이들은 공성전은 전혀 생각하지 않고 병력을 짠 군대들이기 때문에 마법 성벽을 가지고 있는 얼음성 공략에선 반드시 마법사들이 필요했다.

이런 두 사람에 비해 얼음성의 외부에서 적을 방어하는 입장인 페레이라 장군은 조금 느긋한 형편이었다. 어차피 마병들이야 안트워 공작이 왕으로 즉위한다면 교황에게 정식으로 왕의 칭호를 받기 위해 학살해야 하는 병력이므로 많은 피해를 입는다 해도 상관없기 때문이었다.

오로지 그가 생각할 것은 안트워 공작이 모든 일을 마무리 짓기 전에 얼음성이 배신자 프레드 백작의 손에 들어가는 것을 막는 것이다.

모든 일이 순조롭게만 풀린다면 크샤스를 제압한 안트워 공작의 군대가 프레드와 마령의 연합군의 뒤를 칠 것이다. 때문에 철저하게 방어 위주의 전법만을 펼치리라 생각하고 있었고, 정 밀리면 회심의 한 수인 비병을 보내면 그만이었다.

페레이라의 비병이 적 마법사들의 수를 최대한 많이 줄인다고 해도 마법사들의 마법 외에는 견고한 황성을 무너뜨릴 공성병기가 없는 연합군이기에 연합군이 어느 정도 패배한다 해도 성을 공략하지 못해 비통해야 할 것은 프레드 박작일 것이라 생각했다.

"안트워 공작님 쪽의 상황은 어떠한가?"

"예. 현재 들어온 소식으론 분지 안의 성을 공격한다는 보고가 들어왔습니다만, 아직 결과는 도착하지 않았습니다."

"그래? 좀 버텨야겠구만."

페레이라 장군은 이런 상황이 조금 짜증나기는 했지만 이 시간 이후에 올 영광을 생각하고는 미소를 지었다.

마령들의 비병을 운송 수단으로 하여 일만 정도의 군사를 가지고 분지로 향한 크렌 장군은 비병 척후대들이 보내온 소식을 받으며 두 집단을 공략할 시기를 노리고 있었다.

"안트워 공작의 마병들이 분지 안의 성을 공격하고 있다는군."

"칠인회 측의 첩자에게서 안트워 공작의 배반을 듣긴 했는데, 상당히 빠른 움직임을 보이고 있습니다. 물론 이 상황이 수가 적은 저희 측으론 다행이긴 하지만 말입니다."

"그렇지. 하지만 아직은 때가 아니라 생각하네. 라디안 군, 자네의 생각을 듣고 싶구만."

라디안은 크렌 장군의 말에 고개를 숙이며 자신의 생각을 피력했다.

"적들은 안에서의 내분으로 정신이 없을 것입니다. 저희가 공격해야 할 시점은 안트워 공작의 군대가 성을 거의 정복했을 시점으로, 허술한 방비를 틈타야 한다고 생각합니다."

"그렇지. 그 시점에선 안트워 공작의 군대 역시 크샤스의 방어군에 의해 상당히 피해를 입었을 테고, 끝나지 않은 전투에 성의 방비가 거의 되어 있지 않을 상태이니까 말이야. 그나저나 칠인회 측의 원군은 어떻게 되었는가?"

"저의 스승님이신 2회주 헤른드 라비에타님과 5회주이신 웨더리우 스님이 100명의 마법사와 함께 얼마 안 있으면 북극령에 도착하실 것이라 합니다. 또 3회주이신 고딘님의 연금술부에서 제작한 신무기가 같이 도착할 예정이니 저희 칠인회 마법사 원군이 온다면 상당히 전세가 유리한 쪽으로 기울어지겠죠."

"다행이군."

크렌은 라디안의 보고를 들으며 곧 있으면 시작될 전투를 고대하고 있었다. 이곳에서의 싸움은 세계를 구하게 되는 일이다. 이것은 크렌 장군뿐 아니라 한 명의 장수, 아니, 한 명의 무인이라면 꿈꾸게 되는 일이기 때문에 그를 설레이게 하는 것이다.

41장 유리마의 과거

시스는 루덴스를 업고 지시하는 대로 마검을 찾아 헤매고 있었지만 한번 충격받았던 몸인지라 쉽게 지쳐 버리고 말았다.

그 모습을 보며 크레이드가 다가와 시스에게 말했다.

"루덴스님을 저에게……."

하지만 시스는 고개를 저었다. 아무리 지쳤다고 해도 루덴스를 내려놓을 수는 없었다. 자신들을 구하기 위해 힘을 낭비한 루덴스를 업고 다니는 것만 해도 미안했는데, 지쳤다고 어떻게 그를 다른 자에게 넘길 수 있겠는가. 하지만 지친 시스를 보며 루덴스는 더 이상 그에게 업혀 있을 수 없었다.

"나를 내려놓게나."

"안 됩니다. 루덴스님은 반드시 필요하신 분. 빨리 기력을 되찾으셔야 합니다."

한사코 시스가 자신을 내려놓으려 하지 않자 루덴스는 한숨을 쉬며 무엇인가를 곰곰이 생각하고는 옆에서 걸어오는 크레이드를 가까이 오라 손짓하고는 말했다.

"내 자신이 이렇게 초라해져 보기는 이번이 처음이군. 음… 자네들 화이트 그리터를 배우고 싶은 마음은 없는가?"

"화이트 그리터라면……!"

"내가 가진 가문의 비기라네. 현재의 나로선 화이트 그리터를 사용하는 것은 보는 바와 같이 몸에 상당한 무리가 가는 일이네. 하지만 자네나 크레이드 군이 사용하는 것은 가능할 것이네. 지금 당장 익히기에는 조금 힘겨울 테고 아직 자네들의 힘이 미약하기 때문에 완전한 기술로 사용할 수 없지만, 컴플레이티니스 언데드를 상대로 몸을 피하기에는 충분하리라 생각하네."

시스는 자신들을 구한 루덴스의 비기가 화이트 그리터라는 것을 크레이드에게 들어서 알고 있었다. 건물의 한 부분을 붕괴시킬 정도의 위력을 가진 화이트 그리터. 무인인 그가 그러한 기술을 어떻게 거절하겠는가.

"가르쳐 주신다면 열심히 배우겠습니다."

루덴스는 시스의 대답에 고개를 끄덕이고는 기술을 설명하기 시작했다.

"화이트 그리터는 내가 로아냐드 제국의 기사였을 때부터 가지고 있던 기술이네. 보통 소드 마스터 급의 검사들이 날리는 검기는 마나를 검에 주입한 상태에서 방출하는 기술이네만, 화이트 그리터의 경우에는 검에 마나를 주입한 상태에서 빠른 속도로 검기를 확장시키는 기술이네. 물론 확장시키기 위해선 우리 가문의 마나 운용법이 반드시 필요하지만, 그 마나 운용법은 막대한 마나를 소비하기 때문에 화이트 그리터를 사용할 수 있는 자들은 소드 마스터 급 이상이 되어야 하고, 마나량이 적은 이들은 적과 근접으로 붙어야만 가능한 것이지.”

“손에 들고 있는 검을 바탕으로 검기를 주입시켜 그것을 늘이는 것이로군요.”

“그렇지. 하지만 거기까지는 그리터에 지나지 않네.”

“예?”

“화이트는 순백의 검기네. 보통의 검기의 마나는 푸른색을 띠고 있지 않은가? 화이트 그리터는 이 마나에 한 가지 사항이 더 추가되지.”

그렇게 말한 루덴스는 크레이드를 보며 물었다.

“크레이드 군, 자네는 사제였으니 잘 알겠구만. 자네가 가지고 있는 힘 중 순백의 색깔을 띠는 것을 말해 보지 않겠나?”

“한 가지가 있습니다. 바로 신성력이지요.”

그 말에 루덴스는 고개를 끄덕이며 말했다.

“신성력, 그것이 바로 화이트 그리터에 마나와 함께 첨가되는 요소이네. 화이트 그리터는 나의 조상 분 중 신성기사 유한센님이 만들어 낸 기술이었던 것을 내가 이은 것이지. 자네들을 구하기 위해서 내가 사용한 신성력은 아이네스 신전의 신성력. 정의를 주 교리로 하는 아이네스 교의 신성력은 마의 힘을 가지고 있는 나도 약간은 쓸 수 있지만 라스타님의 힘과 역작용을 하여 한동안은 마에 관련된 모든 힘을 사용할 수 없는 상태를 만들어 버리게 되지.”

“그렇군요.”

그제야 시스와 크레이드는 루덴스가 화이트 그리터를 사용한 이후 왜 힘을 잃게 되었는지를 알 수 있었다.

"시스, 자네의 경우에는 신성력은 없는 대신 마나가 충분하고, 크레이드 군은 마나량은 적은 대신 신성력은 충분하네. 둘 다 부족한 면이 있긴 하지만 어느 정도의 힘을 사용할 수 있으리라 보네."

"노력하겠습니다."

지속적으로 마나 검기를 확장시키는 것은 어찌 보면 쉬울 것 같지만 검에 마나를 약간 주입하는 데도 검사들의 상당한 정신력을 필요로 하는 작업이다.

마나를 검에 주입할 때 조금이라도 정신력을 늦춘다면 검기의 끈이 끊어지면서 원소의 반발력으로 검기는 사방으로 흩어져 튕겨져 나가게 된다.

검기를 쏜다는 것은 검에 뭉쳐진 검기를 유지한 채 흩어지지 않게 발산한다는 것으로 검기가 검을 벗어날 때까지의 과정이다.

이러한 고난도의 과정을 내쏘지 않고 직선으로 확장시켜 적을 공격한다는 것이 화이트 그리터란 기술로, 이 과정에서 소비되는 마나와 정신력은 엄청난 것이기 때문에 웬만한 소드 마스터는 엄두도 못 낼 기술인 것이다.

또 확장된 검기의 길이는 그가 보유하고 있는 마나량과 같다고 할 수 있는데, 루덴스가 그들을 구하기 위해 쏘아낸 화이트 그리터의 검기의 길이가 20미터를 넘는다는 것을 감안하면 그가 몸에 지닌 마나량은 실로 엄청나다고 할 수 있다.

예를 들어, 만약 시스가 화이트 그리터를 사용한다면 그 검기의 길이는 모든 힘을 사용한다 해도 2미터가 넘지 않을 것이다.

이런 이유로 시스가 화이트 그리터를 사용하기 위해선 적을 2미터 이내로 끌어들여야 한다는 뜻이며, 실패 시에는 패배로 이어지는 양날의 검의 기술이 바로 화이트 그리터인 것이다.

루덴스의 화이트 그리터에 관한 설명을 들으며 걸음을 재촉한 일행들은 건물에서 은색의 금속 문으로 견고하게 만들어져 있는 창고를 발견할 수 있다.

"여기다!"

루덴스는 시스의 등에 업혀 돌아다니다 자신의 몸에 느껴지는 익숙한 기운을 발견하곤 말했다.

그곳은 3층에 위치한 작은 방이었다.

창고를 막고 있는 미스릴로 제작된 듯한 문은 한눈에 보아도 견고하기 그지없었는데, 루덴스는 시스의 등에서 내려 조용히 눈을 감고 손을 문에 갖다 대었다.

십 초 정도가 지났을까. 미스릴로 만들어진 문은 검은색의 빛을 내며 녹아 들어가기 시작했고 얼마 지나지 않아 문은 크게 구멍이 뚫어졌다.

현재 루덴스가 사용하는 힘은 어둠의 기운. 문이 검은색으로 변색하여 녹아내리는 것은 미스릴이기 때문에 나타나는 현상이었다.

미스릴은 다른 말로 진은, 즉 진짜 은이란 이름도 가지고 있다. 은은 마를 몰아내는 힘을 지니는데 루덴스의 몸에서 흐르는 기운은 암흑의 기운이기 때문에 미스릴과 반대되는 성질을 가진 힘이라 할 수 있다.

이 반대되는 성질이 서로 반발하면서 강한 열이 발생하게 되는데, 루덴스는 암흑의 기운을 미스릴로 보냄으로써 나타나는 반발력에 의한 열로 미스릴 문을 녹이고 있는 것이다.

문의 구멍이 넓어지면서 사람이 지나다닐 정도의 크기가 되자 암흑의 기운을 보내는 것을 멈추고 루덴스는 방 안으로 들어갔다.

문의 안쪽은 시커멓게 변해 있었는데 아마 마검이 뿜고 있는 어둠의 기운에 의해 미스릴이 변색한 것 같았다.

루덴스의 뒤를 따라 들어간 시스와 크레이드가 본 방은 작은 무기 창고였다. 비록 무기의 수는 그리 많지 않지만, 하나하나가 쉽게 구하지 못할 빛을 내뿜는 것이 명품인 듯해 입을 다물 수가 없었다.

"굉장하군……."

크레이드와 시스는 물욕이 그리 크지는 않지만, 무인으로서 좋은 검을 가진다는 것은 물욕을 지나 검사로서의 자긍심이기 때문에 두 사람은 이곳에서 보이는 명품에 눈을 뗄 수가 없는 것이다.

루덴스는 자신의 마검을 찾고는 조용히 검에 있는 암흑의 기운을 몸 안으로 끌어들였고, 어느 정도의 시간이 지나자 완전하지는 않지만 싸우기에 충분한 힘을 되찾을 수 있었다.

"자네들도 무기를 고르도록 하게. 이곳의 무기들은 하나하나가 장인들의 뜨거운 손길이 닿아 있는 명품이니 자네들이 사용하기에 충분하리라 생각되네."

루덴스 역시 이곳의 물건들에 상당히 놀랐다. 그가 다스리는 마령의 보물 창고 안에도 몇 개의 이름난 무기들이 있기는 했지만, 그 수는 열 개도 채 되지 않는다. 그만큼 명품이라고 하는 것은 구하기 어려운 것인데, 이곳에 있는 검은 루덴스가 소장하고 있는 것에 뒤지지 않을 만큼의 것들이 백수십 개는 더 존재하고 있었기 때문이다.

시안과 아이샤 역시 푸른빛을 내는 무기들을 보며 탄성을 자아내기는 했지만, 두 사람은 시스나 크레이드처럼 골수적인 무인이 아니어서 무기에 대한 욕심은 별로 없었다.

아이샤는 이것저것을 고르다가 구석에 있는 레이피어를 들었고, 시안은 도둑 출신답게 긴 무기는 거들떠보지도 않고는 여기저기 널려 있는 단검들을 주워 담았다.

시스와 크레이드는 루덴스의 말을 듣고 급히 자신들이 사용할 무기를 찾았다. 한참을 무기를 고른 시스는 미스릴로 만들어진 할버드를, 크레이드는 흰색의 브로드 소드를 들고는 만족한 표정을 지었다.

네 사람이 모두 무기를 고른 것을 확인한 루덴스는 대충 유리마와 로노와르가 사용할 검을 골라 들고는 밖으로 나갔다.

어느 정도의 힘을 되찾은 루덴스는 조용히 눈을 감고 컴플레이티니스 언데드의 위치를 확인했다. 하지만 어느 사이엔가 그들이 힘을 완전히 숨기고 사라져, 그가 느낄 수 있는 것은 지하에서 느껴지는 세 개의 거대한 기운뿐이었다.

루덴스는 그 기운이 루드웨어 일행이라는 것을 알 수 있었기에 일단은 그들과 합류하기로 결심했다. 언제 나타날지 모르는 크샤스와 컴플레이티니스 언데드를 상대하기 위해선 힘을 이렇게 분산시키는 것보다는 하나로 합치는 것이 더 낫다는 것을 깨달았기 때문이다.

루드웨어는 로노와르의 변태를 간신히 막고는 어느 정도의 마나가 모아지자 지하 감옥을 빠져나와 지상으로 올라갔다.

계단을 통해 올라온 일 층은 엉망이었다. 여기저기 위층에서부터 무너져 내린 복도의 파편이 눈에 띄었고, 온전한 벽이 없을 정도로 건물은 부서진 모습이었기에 상당한 싸움이 있었다는 것을 알 수 있었다.

하지만 여기서 잠시 의문이 드는 루드웨어였는데, 이 정도로 크게 일을 벌였다면 분명 자신들에게 추가 병사들을 보내는 것이 정상이지만, 이상하게 건물 안에는 크샤스의 부하가 한 명도 존재하지 않고 있었다.

'성벽쯤에서 많은 수의 기운이 느끼는 것을 보면 안트워 공작의 공격을 많은 군사들이 방어하고 있는 것은 알 수 있는데… 이상하군. 크샤스와 컴플레이티니스 언데드의 기운은 어디로 간 거지?'

마나 디텍트를 광범위하게 사용하여 그들의 기운을 찾아보았지만 어디에 있는지 확인하지 못한 루드웨어가 한참을 고민하고 있을 때 계단 쪽에서 일단의 사람들이 내려왔다.

그들은 바로 먼저 밖으로 나간 루덴스 일행이었다.

"나의 마나 디텍트로도 녀석들의 기운을 찾을 수가 없군. 루덴스, 뭐 짐작 가는 거라도 있나?"

루드웨어는 내려오는 루덴스를 보며 물었지만 루덴스 역시 그것이 궁금한 상태였다. 도저히 크샤스가 무엇을 꾸미고 있는지 알 수가 없는 것이다.

"컴플레이티니스 언데드와 잠시 맞붙었지만 금방 헤어졌네. 나 역시 그들이 사라진 이유가 궁금하던 차였네."

"음."

루드웨어는 일단 봉인 마법진으로 가야 한다는 것을 느꼈지만, 크샤스가 분명 함정을 설치해 놓고 기다리고 있을 테니 무턱대고 봉인 마법진으로 향할 수는 없었다.

"그렇다면 안트워 공작의 군대가 성안으로 들어올 때를 기다려야 한다는 것인데, 과연 안트워 공작이 시간 맞춰 성을 점령할 수 있느냐가 문제로군. 그가 성만 점령한다면 크샤스의 함정은 피할 수 있을 테니까."

"하지만 상황이 조금 다르다. 예상치도 못한 컴플레이티니스 언데드가 있기 때문에, 안트워 공작의 점령이 그리 순탄치 않을 것은 뻔한 일. 내 생각에는 성안으로 공작의 군대가 들어와 어수선해질 때 봉인지로 급습해야 된다고 생각한다."

루덴스는 루드웨어의 말에 동감을 표시하면서 자리에 앉아 휴식을 취했다. 시간이 없기는 하지만 그렇다고 성급하게 움직일 수는 없었기 때문에 지금 상태에서 가장 최선의 방법은 휴식을 취하는 것이었다.

루덴스가 자리에 앉아 휴식을 취하자 나머지 사람들도 자리에 앉았지만 시스와 크레이드는 잠시 눈짓을 나누고는 이 층으로 올라갔다.

그들이 이 층으로 올라가자 이상하게 생각한 루드웨어는 루덴스를 보며 물었다.

"그사이에 무슨 일 있었나?"

"별거 아니야. 저 두 사람에게 화이트 그리터의 운용 방법을 가르쳤을 뿐이네."

"화이트 그리터? 음, 유한센님의 진전을 잇는 게로군. 뭐, 자네에겐 다행이겠군. 자네 대에서 끊길지 몰랐던 기술을 전수할 사람을 찾았으니 말이야."

"그렇지. 내 대에서 기술이 끊기는 것이 조상님께 죄송스러웠는데 이제는 조금 마음이 풀리는 듯하네."

루덴스는 루드웨어에게 말하면서도 만면에 웃음을 감추지 못했는데, 그건 두 사람 정도의 자질을 가진 이에게 조상의 진정을 잇게 했다는 데서 오는 만족감이었다.

그런 그의 모습을 보며 루드웨어는 잠시 미소를 짓다가 무엇이 생각났는지 로노와르를 보며 말했다.

"혹시 이 녀석에게도 화이트 그리터를 가르쳐 주면 안 되겠나?"

그 말에 로노와르는 기대에 가득 찬 눈을 하며 루덴스를 바라보았지만, 물론 루덴스의 반응은 가망없다는 표정으로 절레절레였다.

이 반응에 소외감을 느낀 로노와르는 또다시 구석탱이로 가 애꿎은 바닥에 손가락으로 원만을 그렸다.

'모두 나만 미워해잉~ 할머니……'

오늘따라 유난히 프로란스 할머니가 보고 싶은 로노와르였다.

"키키키."

로노와르에게 화이트 그리터를 가르쳐 달라고 했다가 단칼에 거절당한 루드웨어는 재밌다는 듯이 웃었다. 그런 루드웨어를 로노와르가 얄밉게 생각할 때, 갑자기 등 뒤로 섬뜩한 기운이 스쳐 갔다.

그러한 기운들은 다른 이들에게도 모두 똑같이 느껴졌다.

루덴스는 자리에서 일어나 마검을 뽑아 들었고, 다른 사람들 역시 똑같이 방어의 자세를 취하는 한편 원을 만들어 어디에서 공격해 들어올지 모르는 적을 대비하기 시작했다.

"드디어 시작인가."

루드웨어는 주변에 방어를 위해 매직 실드를 쳤다. 물론 이 정도의 실드야 상대가 쉽게 깨뜨릴 수 있겠지만, 적어도 한순간은 늦출 수 있다고 생각해서 친 방어 마법이었다.

"시스와 크레이드가!"

시안의 외침에 그제야 두 사람이 루덴스의 기술을 익히기 위해 이층으로 올라갔다는 것이 생각이 난 루드웨어는 시안을 보며 말했다.

"시안, 주위에 바람의 정령을 보내 움직이는 물체가 오면 바로 경계를 보내게 해라. 적의 공격 루트가 어딘지만 알면 루덴스와 유리마가 처리할 테니!"

　"예."

　시안은 루드웨어의 말에 즉시 바람의 정령 실프들을 불러 사방으로 흩어지게 하면서 경계를 부탁했다.

　"시스와 크레이드를 부탁해요."

　시안의 간절한 말에 루드웨어는 고개를 끄덕이며 이 층으로 올라갔다.

　루드웨어가 이 층으로 올라섰을 때는 이미 어둠의 기운이 가득 차 있었다. 느껴지는 기운을 살펴보면 컴플레이티니스 언데드가 적어도 둘 이상, 루드웨어로서도 긴장하지 않을 수 없었다.

　천천히 걸어가며 적에게 경계를 늦추지 않으면서 루드웨어는 마나 디텍트를 통하여 시스와 크레이드의 기운을 찾았다.

　시스와 크레이드는 이 층 맨 끝의 방에서 서로 의논을 하며 수련을 하고 있었다.

　"잠깐… 크레이드, 이 기운이 느껴지는가?"

　"이건……?"

　한번 당한 적이 있었던지라 두 사람은 이 어둠의 기운이 컴플레이티니스 언데드가 나타났을 때 뿜는 것임을 알 수 있었다.

　아직은 그들에게 상대가 되지 않는 두 사람은 긴장을 하며 사방을 경계할 수밖에 없었다.

루드웨어는 조심스럽게 복도를 걸으며 두 사람의 마나가 느껴지는 방으로 향했다.

침묵의 순간, 아무 소리조차 나지 않는 복도는 적막에 휩싸여 조용했지만 그와는 달리 어둠의 기운은 사방에서 짙게 풍겨지고 있었다.

은신이란 것은 두 가지 방법이 있다. 첫 번째는 완전히 기척을 감추어 적에게 모습을 드러내지 않는 방법과 여기저기 많은 기운을 남겨 적의 이목을 흩트리면서 자신의 위치를 알지 못하게 하는 방법이다.

현재 이 층에 있는 언데드들은 자신들의 종적을 숨기기 위해 상당한 기운을 사방에 뿌려 이목을 흐트리고 있는 것이다.

'컴플레이티니스 언데드. 말로는 들었지만, 굉장한 녀석들이군……'

이렇게 종적을 숨기는 방법은 대륙의 어쌔신들이 쓰는 방법 중의 하나이다. 적이 암살자의 출현을 알고 있을 시에 암살자들은 자신들의 살기를 사방으로 내보이며 적의 긴장 상태를 오래 지속시키다가 방심한 한순간을 노려 기습하여 죽이는 것이다.

컴플레이티니스 언데드가 이런 어쌔신들의 기습 방법을 알고 있는지는 모르겠지만, 기다리고 있는 적을 긴장시키는 좋은 방법을 취하고 있는 것이다.

뭐, 그들이 아무리 강하다 해도 불사신인 루드웨어가 죽을 염려는 없었지만, 심하게 당한다면 크샤스의 음모를 막아낼 수 있는 힘이 사라지기 때문에 일단은 조심스럽게 그들을 상대할 수밖에 없었다.

암암리에 흩어진 어둠의 기운을 추적해 가며 천천히 발걸음을 내딛던 루드웨어는 오른쪽의 천장 부분에서 빠르게 무엇인가가 움직이고 있는 것을 느낄 수 있었다.

하지만 그곳은 루드웨어가 마법을 사용해서 공격하기에는 상대의 속도가 빠르고 거리도 멀었기에 그대로 움직임을 느끼며 대비하는 수밖에 없었다.

"배리어!"

그때 방 끝 쪽에서 크레이드의 목소리가 터져 나왔다.

패러딘인 크레이드의 신성 배리어가 발동하면서 어둠의 기운이 강렬하게 터져 나왔다.

드디어 두 사람을 상대로 그들의 공격이 시작된 것이다. 루드웨어는 위험함을 감지하고 빠른 속도로 목소리가 들린 쪽으로 뛰어갔다.

"크아악!!"

쿵!

챙—챙—챙—

고함 소리와 함께 벽이 부서지는 소리가 이 층 복도를 울리며 날카로운 쇳소리가 계속 들려왔다. 시스와 크레이드가 적과 마주친 것이다.

"하앗!!"

시스의 목소리가 울리며 강한 마나의 흐름이 터져 나왔다.

굉장한 소리의 폭발음과 함께 그 여파에 복도 쪽의 벽이 부서져 내려갔다.

일단 이 소리가 난다는 것은 아직 두 사람이 그들과 접전을 벌이고 있다는 뜻이기 때문에 어느 정도 안심할 수 있는 루드웨어였지만, 그렇다고 시간을 지체할 수 있는 것은 아니었다. 두 사람이 컴플레이티니스 언데드에게 죽임을 당하는 것은 시간문제이기 때문이다.

"윈드 커터!"

루드웨어는 시간의 조급함을 느끼고 모험을 결심했다. 마나 디텍트를 사용하여 벽 반대쪽에서 느껴지는 어둠의 기운을 향해 마법을 실행한 것이다. 이 경우 근처에 다른 자들이 있다면 마법의 여파에 휩쓸릴 위험이 있었지만, 그런 위험을 당한다고 해도 목숨을 잃을 정도의 위험은 아니라고 생각하여 사용한 것이다.

루드웨어가 실행한 마법은 벽을 부수며 방 안쪽으로 밀려 들어갔다.

"끄엑!"

마법이 방 안으로 뚫고 들어간 후 듣기에도 거북한 비명 소리가 들리며 폭발음을 내더니, 한 존재가 날려가 벽에 부딪치는 둔탁한 소리가 들렸다.

루드웨어는 마법으로 뚫려진 공간을 통해 간신히 복도 끝의 방에 들어갈 수 있었고, 그곳에서는 쓰러진 크레이드와 피를 흘리고 있는 시스의 모습이 보였다.

다행히 두 사람은 루드웨어가 벽을 뚫고 보낸 윈드 커터 마법에 타격을 입지 않은 듯이 보였다. 벽의 한쪽을 보자 정확히 마법에 강타당했는지 컴플레이티니스 언데드는 흉측한 모습으로 검은 피를 흘리며 부서진 한쪽 벽에 박혀 있었다.

언데드의 옆에 시스가 있는 것을 보며 루드웨어는 큰 소리로 소리 지르며 마법의 주문을 외웠다.

"시스, 비켜라!! 프레임 버스터!!"

루드웨어는 시스가 몸을 피함과 동시에 언데드를 향해 프레임 버스터 마법을 사용했다.

엄청난 불의 덩어리는 윈드 커터 마법에 당해 벽에 박혀 있는 언데드를 향해 꽂히고는 엄청난 폭발을 동반하며 터졌다.

다행히 시스를 보호하기 위해 실드를 사용했던지라 폭발의 여파에서 그는 안전할 수가 있었다. 루드웨어의 마법의 영향으로 벽은 완전히 부서져 내려갔다. 박혀 있던 언데드는 흔적조차 남아 있지 않은 듯 재가 되어버렸다. 실로 엄청난 위력을 가진 마법이라고 할 수 있었다.

한편 폭발의 여파에서 루드웨어가 사용한 실드로 몸을 보호한 시스는 급히 일어나 한쪽에 쓰러진 크레이드를 안고는 급히 루드웨어에게 달려왔다.

"힐링!"

루드웨어는 부상당한 크레이드에게 치료 마법을 실행했지만, 생각보다 부상당한 크레이드의 상처는 꽤 깊은 듯했다.

오른쪽 가슴이 검에 의해 관통되어 버린 크레이드는 힐링을 사용했음에도 상처가 나을 기미가 보이지 않았다.

그의 상처를 살펴본 루드웨어는 상처가 심각하기도 했지만, 결정적으로 자신의 힐링 마법이 잘 듣지 않는 것은 어둠의 기운 때문이라고 생각했다. 어둠의 기운이 몸 안에 가득히 있다면 마나를 사용한 치료 방법으로는 치료가 불가능했다.

이런 생각에 마법을 계속 주입하는 것을 포기하고 시스를 보며 말했다.

"어둠의 기운이 상처로 스며들어 몸을 경직시키고 있다. 아이샤의 신성 마법 이외에는 방법이 없으니 크레이드를 빨리 옮겨라."

"예."

루드웨어의 말에 시스는 급히 크레이드를 등에 메고는 방 밖으로 뛰어나갔고, 루드웨어 역시 두 사람을 원호하며 뒤를 따라갔다.

"크아악!"

그때 천장에서 괴성을 지르며 한 명의 언데드가 튀어나와 루드웨어에게 검을 휘두르며 공격해 들어왔다.

챙!

간신히 크레이드가 가지고 있던 검을 들어 언데드의 공격을 막은 그는 언령 마법을 사용했다.

[파(破)!]

루드웨어의 언령 마법이 터지자 그에게 검을 휘두르며 달려들던 언데드는 산산이 부서지며 사방으로 흩어졌다. 하지만 흩어진 살점들이 어둠의 기운에 의해 점점 모이기 시작했기 때문에 루드웨어는 멈추지 않고 계속 녀석에게 마법을 실행했다.

[파이어 웨이브!]

루드웨어의 파이어 웨이브는 거대한 불꽃의 파도를 만들어내며 언령 마법에 의해 흩어진 언데드의 살점들을 쓸어갔고 불꽃이 지나갔을 땐 언데드는 재가 되어 있었다.

일단 한 녀석을 쓰러뜨리긴 했지만 아직 하나 이상의 언데드가 더 남아 있는 것을 알고 있는 루드웨어는 경계를 멈추지 않았다.

재로 만들어 버리지 않으면 소멸하지 않는 존재들은 루드웨어에게 상당한 부담감으로 다가왔다.

쿵!

"끄악!"

"젠장!"

크레이드를 메고 달리는 시스의 머리 위로 천장을 깨고 또 하나의 언데드가 공격해 왔고, 시스는 갑작스런 공격에 방비하지 못하고 부서진 파편에 맞아 나뒹그러졌다.

　루드웨어는 급히 시스에게 달려가 그들을 공격한 언데드에게 언령마법을 사용하려고 했는데, 언데드는 기절한 크레이드를 방패 삼아 루드웨어의 공격을 막고 있었다.

　"젠장!"

　이지를 가진 최강의 언데드답게 적을 방패로 해 그의 공격을 벗어나려 하는 것이다. 이렇게 되면 루드웨어로서도 언데드를 쉽게 공격하지 못했지만, 상대의 기술을 모르고 있는 언데드는 크레이드를 끌고는 뒤로 물러서다 허점을 드러냈고, 루드웨어는 그것을 놓치지 않았다.

　"섬광비도!"

　루드웨어의 손에서 흰색의 빛의 선이 뻗어 나가며 크레이드를 방패 삼는 언데드의 머리를 향했고, 언데드는 루드웨어의 비도에 맞은 반동으로 머리가 날아가 버렸다.

　그 덕분에 크레이드는 언데드의 손에서 벗어날 수 있었다.

　파편에 맞아 쓰러졌던 시스는 일어나 크레이드를 끌고 뒤로 물러섰다.

　루덴스가 던진 단검은 시안이 보물 창고에서 찾아 건네준 것으로 미스릴로 만들어진 단검이었기에 항마의 힘을 발휘하며 떨어진 언데드의 머리를 태우고 있었다.

　"익스플로젼!"

　폭발과 함께 언데드의 머리와 몸은 타 들어가기 시작했고 얼마 지나지 않아 재가 되어버렸다.

　루드웨어는 마나 디텍트를 사용해 다시 주위의 기운을 살펴보고 재차 있을 언데드의 공격에 대비하려 했다.

하지만 복도를 가득 메우던 어둠의 기운은 많이 사라진 상태였기에 루드웨어는 더 이상 언데드가 없다고 생각하고 안도의 한숨을 쉴 수 있었다.

"가자."

루드웨어는 크레이드의 상처가 시간을 지체하면 지체할수록 더 심해질 것이라는 것을 알기에 그를 데리고 급히 아래층으로 내려갔다. 아래층의 일행들은 언제 나타날지 모르는 적을 대비해서 경계를 늦추지 않고 있었다.

한참의 소란이 끝나고 계단으로 루드웨어와 두 사람이 내려오는 것을 보며 일행은 안심을 했지만, 시스의 등에 크레이드가 실신한 채 업혀 있는 것을 본 아이샤가 놀란 표정을 한 채 뛰어왔다.

"아이샤, 부탁한다."

"예."

아이샤는 조용히 신성 마법의 주문을 외우면서 시스와 크레이드의 몸에 있는 어둠의 기운을 밀어내기 시작했다.

아이네스 여신의 눈부신 신성이 신체에 닿자 검은 연기를 내며 두 사람의 몸에서 어둠의 기운이 빠져나갔다.

어둠의 기운이 다 빠져나간 것을 확인한 루드웨어는 시스에게 힐링 마법을 사용했고 아이샤는 큰 상처를 입은 크레이드를 치료했다.

시스의 상처야 크지 않았기 때문에 금방 나을 수 있었지만, 크레이드의 경우에는 많은 양의 어둠의 기운이 들어가 있어 정신을 차리지 못했다.

시안은 물의 정령 운디네를 사용하여 아이샤가 뒤로 물러선 후 그에게 다가가 치료를 하고 있었지만 크레이드는 깨어날 생각을 하지 않고 있었다. 많은 양의 어둠의 기운 때문에 장기에 많은 손상을 입은 것이다.

"컴플레이티니스 언데드가 힘든 상대인 줄은 알았지만 장난이 아니군."

루드웨어는 소드 마스터의 경지에 이른 두 사람을 장난감처럼 가지고 놀던 그들을 생각하면 치가 떨릴 뿐이었다.

"마계에선 고위 마족도 쉽게 처리하지 못하던 녀석이다."

유리마는 그들과 맞선 적이 있었다. 컴플레이티니스 언데드, 유리마가 마계에서 마주친 그 언데드는 다름 아닌 자신의 아버지였던 것이다.

가슴 찢어지게 하는 추억을 만드는 그 존재를 다시 보게 된 유리마는 과거의 생각에 빠졌다.

"아빠! 또 어디로 가는 거예요?"

유리마의 아버지 빌로드는 대륙에서 유명한 기사였다. 자유기사의 신분으로 각지에서 일어나고 있는 전쟁에 참여하고 있는 그는 이미 로아냐드 제국을 비롯해서 이십여 개의 중소 국가에서 작위를 가지고 있는 사람이었다.

하지만 아내가 전쟁의 와중에 죽임을 당한 이후 그는 지상계에 염증을 느꼈다.

오랜 역사로부터 물욕을 감추지 못하고 서로를 죽이고 죽이는 인간들의 세상을 느끼며 그는 다시 한 번 자신을 돌아보게 된 것이다.

피로 물든 세월, 그 세월을 보답이라도 하는 듯이 신은 자신의 아내를 하늘로 데리고 가버렸다. 자신의 손에 죽은 수많은 자의 피에 대가라고 생각한 빌로드는 모든 귀족의 작위와 명예를 버리고 평범한 여행자가 되어 세상을 헤매이게 된 것이다.

그의 옆에 있는 아이는 바로 아들 유리마였다. 4살 때부터 아버지를 따라 대륙을 떠돌아다닌 유리마는 현재 10살의 나이가 되어 있었다.

전에 들른 마을에서 한 달 정도를 머무른 덕에 마을의 아이들과 친해진 유리마는 또다시 여행을 떠나는 아버지에게 물었는데, 유리마의 말을 들은 빌로드는 무릎을 꿇고 유리마와 눈 높이를 마주친 후 조용한 목소리로 말했다.

"유리마, 우리 이 인간들의 세상을 벗어나지 않겠느냐?"

"인간들의 세상을 벗어나요?"

아버지가 고개를 끄덕이자 유리마는 한숨을 내쉬며 아버지의 어깨를 톡톡 두들기고는 말했다.

"성 아이네스님의 말씀에 자살하는 자는 영원히 대륙을 헤매이게 될 거래요. 아버지, 아무리 능력없는 기사로서 대륙을 떠돌아다니는 거지기사가 됐다고 해도 비관 자살은 안 돼요."

아들의 충고에 빌로드는 황당함을 느낄 수밖에 없었다. 하긴 대륙을 아무 일도 하지 않고 몇 년을 떠돌아다니는 그를 보며 그런 식으로 생각한다 해도 이상할 것은 없었다.

빌로드는 한참을 얼어 있다가 참을 수 없다는 듯이 유리마의 머리에 알밤을 먹이고는 말했다.

"참나! 살다 보니 별 황당한 소리를 다 듣는군."

"무슨 소리예요! 아빠가 인간들의 세상을 벗어나자고 했잖아요! 그게 죽겠다는 말이지 뭐예요!! 인간들의 세상을 벗어나자니, 그럼 신계나 마계로 가게요? 그건 말이 안 되니까 그렇게 생각한 것 아니에요!"

유리마의 말에 빌로드는 아들이 상당히 놀랍다는 표정을 지으면서 쳐다보고는 말했다.

"녀석, 이미 아비의 말을 이해하고 있었구나. 그래, 거기로 가자는 거다."

"…잠깐만요. 신계나 마계로 가자고요?"

"그래."

"쳇, 아버지나 가요!"

유리마는 근처의 자리에 털퍼덕 앉고는 부동의 자세를 취했고, 그 모습에 빌로드는 유리마에게 다가가 말했다.

"뭐가 문젠데?"

"꺼이꺼이! 아무리 일도 없이 돌아다닌다고 해도 머리는 온전하다고 생각했는데, 얼마나 돌아다녔다고 이렇게 미치시기까지 한 건지……."

진짜 슬픈 듯이 눈물을 흘리는 유리마였다. 인간이 신계나 마계로 간다는 말을 하는 것을 들으며 어찌 미쳤다고 생각하지 않겠는가?

빌로드는 할 수 없다는 듯이 자신의 검을 뽑아 들고선 말했다.

"펠리아드, 이젠 나와서 아들에게 설명 좀 해달란 말이야."

검을 보며 소리치는 아버지를 보며 유리마는 상태가 더 심해졌다는 것을 느끼며 더욱 크게 울음을 터뜨려 효심으로 아버지를 치료하려고 했는데, 그 순간 검에서 검은 연기가 펄펄 올라오더니 한쪽에서 뭉쳐지기 시작했다.

"얼레? 저건 뭐래요?"

검에서 나온 검은 연기는 어느새 하나의 인간의 형태로 만들어지기 시작하더니 얼마 지나지 않아 보라색의 긴 머리를 가진 인간형의 미녀로 변했다.

연기가 된 미녀는 한숨을 쉬며 빌로드를 보며 말했다.

"당신이 지상에서 다섯 손가락 안에 드는 기사라고 해서 믿었더니, 어떻게 된 게 아들 하나 설득을 못 시켜서 날 부르는 거예요."

"검의 실력과 말솜씨는 비례하는 것이 아니라서 말이야. 아무튼 펠리아드, 이 녀석이 마계로 내려간다는 말을 전혀 믿지 않는데 어떻게 하면 좋을까?"

빌로드의 말에 펠리아드는 유리마를 잠시 노려보고는 가까이 다가가 말했다.

"난 마신 라스타님을 모시는 고위 마족 펠리아드다. 단도직입적으로 말하지. 너, 마계로 갈 거야, 말 거야?"

"……."

"좋아, 침묵은 간다는 걸로 인식하지. 빌로드, 준비하라고!"

그 말에 깜짝 놀란 유리마는 무어라 소리 치려고 했지만 이미 펠리아드의 주문은 외워지기 시작했다.

"젠장, 난 가기 싫단 말이야!!"

[디멘전 패스!!]

"끄아악!!"

동행자의 의견을 절대로 무시하는 마계의 이동 마법인 디멘전 패스에 실려 버린 유리마는 아무런 힘도 없이 펠리아드라는 미녀 마족과 아버지와 함께 마계로 떨어지게 되었다.

마계라는 곳은 상당히 이상한 곳이었다. 뭐, 처음 소감을 밝히자면

익숙하지 않은 어둠침침한 동네라는 것이었다.

하늘에 해가 있기는 했지만, 무슨 일인지 검은 빛을 풀풀 풍기고 있는 것이 전혀 마음에 들지 않았다.

다행히 오염된 대지라는 곳이 있었다. 천신 레이뮤가 신마전쟁 때 마계로 내려와 힘을 사용한 곳으로 마계의 한부분은 신성력으로 오염당해 있다고 했다.

물론 신성력으로 오염당했다는 것은 인간이 살기에는 좋은 곳이란 뜻도 되기 때문에 그곳에 집을 짓고 절대 평범하게 살 수 없는 공간에서 평범하게 살게 된 것이다.

펠리아드와 함께 마계의 어린 마족들과 친구가 되어 놀고 있던 유리마는 우연히 마신 라스타의 눈에 띄게 된 것이다.

마계에 있는 인간의 존재가 이상하게 생각된 마신은 유리마에게 다가가 몇 가지 질문을 했는데, 어린 유리마는 마신 라스타를 알아보지 못한지라 아무런 두려움 없이 질문에 대답했다.

마신은 유리마가 다른 고위 마족의 아이들보다 자질이나 능력이 우수하다는 것을 알아채고는 펠리아드에게 지시하여 그를 자신의 고위 신관의 후보로 임명하게 했고, 유리마는 마신 라스타에게서 수업을 받게 되었다.

그의 아버지 빌로드는 고위 마족 펠리아드와 결혼하여 즐거운 생활을 영위하게 되었지만, 얼마 지나자 불행은 멈추지 않고 그를 찾아왔다.

고위 마족들이 사용하는 암흑 투기라는 것을 알게 된 빌로드는 펠리아드의 만류에도 불구하고 어둠의 기운을 얻어 암흑 투기를 익히기 시작했다.

하지만 어둠의 기운인 암흑 투기는 엄청난 위력을 내기는 했지만 인간이 익히기에는 상당히 위험한 능력이었다.

한순간만 실패해도 어둠의 기운에 의해 주화입마에 빠져 죽음에 이를 수 있기 때문이다. 처음 빌로드는 지상에서 키운 뛰어난 능력으로 어둠의 기운을 안정되게 흡수하는 듯했지만, 인간의 수명이 짧다는 생각에 무리하게 진행시키다가 주화입마에 빠지고 말았다.

주화입마의 상태에서 벗어나기 위해 고생을 하던 빌로드는 한 마족에게 컴플레이티니스에 대한 이야기를 듣게 되었다.

살아 있는 인간이 어둠의 기운을 쐬게 되면 변하게 되는 컴플레이티니스 언데드는 이지를 가지고 있는 생명체인 것을 알게 된 것이다.

의지력에 자신이 있는 빌로드는 모험을 하기로 결심했다. 바로 컴플레이티니스 언데드가 되어 펠리아드와 영원히 살게 되는 꿈인 것이다.

세 달 간을 어둠의 기운에 몸을 노출시킨 빌로드는 엄청난 고통 후에 드디어 컴플레이티니스 언데드가 될 수 있었다.

빌로드는 언데드가 됨으로써 인간계에서도 수위에 들어가던 검의 능력이 이제 더욱더 향상되어 있었다. 하지만 그것은 능력에 해당하는 것이었을 뿐이다.

충분히 의지로써 자신의 몸을 지탱할 수 있다고 생각하며 컴플레이티니스 언데드가 된 빌로드였지만, 그것은 일주일이 넘어가지 않았다. 점점 더 신체가 완전하게 변해감에 따라 자신의 몸을 지탱하는 의지는 사라져 갔고 무의식적인 살심을 가진 완전한 살인마로 변하게 된 것이다.

처음 그에게 희생된 사람은 그의 아내인 펠리아드였다. 남편의 결정을 막지 못하고 성공하기를 빌던 펠리아드는 빌로드가 휘두르는 검을 맞으며 죽어갔고, 이웃에 있던 4명의 고위 마족과 수십 명의 마족들도 차례로 학살당했다.

지상계에서도 상당한 그의 실력은 언데드가 됨으로써 마계에서도 고위 마족조차 막지 못하는 실력이 되어버린 것이다.

"알겠습니다."

마신 라스타가 머무르고 있는 성에서 마신의 좌에 앉아 있는 라스타 앞에 무릎을 꿇고 있던 유리마는 조용히 대답하고는 일어나 천천히 밖으로 나갔다.

유리마의 나이 27세. 마계로 내려온 지 17년의 시간이 흐른 지금 유리마는 어렸을 때와 같은 말썽꾸러기가 아닌 무뚝뚝한 젊은 암흑 신관이 되어 있었다.

그가 마신 라스타에게 받은 임무는 마계를 어지럽히고 있는 컴플레이티니스 언데드를 소멸시키라는 것이었다.

물론 마신의 힘을 받는 암흑 신관으로서 힘의 본토인 마계에서 언데드를 소멸시키는 것은 그에게 이제 쉬운 일이 되어 있었다.

하지만 상대는 보통의 언데드가 아닌 컴플레이티니스 언데드, 그것도 자신의 아버지가 변한 존재였기에 유리마는 갈등을 겪을 수밖에 없었다.

'아버지……'

무책임하게 어린 아들을 데리고 대륙을 떠돌아다니며 심지어는 인간이 살기 힘들다는 마계로까지 강제로 끌고 온 아버지였지만, 어쨌든 자신을 낳아준 아버지였다.

양어머니이긴 하지만 새로운 세계에서 자신을 따뜻하게 보살펴 준 어머니마저 죽인 아버지를 자신의 손으로 죽여야 한다는 생각에 유리마는 서글픔이 밀려왔다.

그가 원한 것은 이런 것이 아니었다. 고위 암흑 신관이 되면 골수 무인인 아버지에게 마계의 창고에 감추어져 있는 수많은 마검과 검법을 전해주려고 했는데, 그것이 이제는 자신의 손으로 아버지를 죽여야 하는 운명으로 바뀌어져 버린 것이다.

마계의 작은 마을인 게르가드에 도착한 유리마는 주위를 훑어보았다. 주위에는 잔인하게 찢겨져 죽임을 당한 마족들의 시신이 여기저기 흩어져 있었다.

기사도를 중시하는 아버지가 했다고 생각하기에는 시체가 너무 참혹하게 찢겨져 있었다.

이제 더 이상 과거의 자상했던 빌로드가 아니었던 것이다.

천천히 걸음을 옮긴 유리마는 마을 광장의 우물에서 검을 닦고 있는 아버지의 모습을 볼 수 있었다.

"아, 아버지."

"크르르릉."

이지를 가지고 있다고는 하지만 거의 광전사의 수준으로 변한 빌로드는 아들을 알아보지 못했다. 강한 존재가 자신을 죽이기 위해 왔다고 생각하는 그는 유리마를 향해 이빨을 드러내며 으르릉거리고 있는 것이다.

"참나, 그 모습은 아버지 같지가 않잖아요. 평상시의 멍청한 표정을 지어보라니까요."

"크르르릉."

유리마는 흉측하게 일그러진 표정을 짓고 있는 아버지를 보며 익살스러운 웃음을 지으며 말했지만 빌로드는 그 말을 알아듣지 못하고 있었다. 유리마의 눈에선 눈물이 흐르기 시작했다.

인간 세상의 더러움을 피해 마계로까지 내려왔지만, 이곳에서도 평화스러운 생활을 영위하지 못하고 살심에 물든 광전사가 되어버린 아버지가 불쌍하게 느껴졌다.

"크아악!"

으르렁거리던 빌로드는 유리마를 향해 공격해 들어오기 시작했다.

들고 있던 검을 휘둘러 엄청난 수의 암흑의 검기를 내뿜어내며 유리마를 공격한 것이다. 하지만 마신 라스타에게 힘을 전수받아 이미 고위 마족의 힘보다 더 강한 능력을 가진 암흑 신관이 된 유리마는 쉽게 손바닥을 들어 검기를 중화시킨 후 빌로드를 향해 걸어갔다.

자신의 검기가 손쉽게 파괴당하자 빌로드는 놀라 뒤로 몸을 날려 도망가려 했지만 유리마의 움직임을 따를 수가 없었다.

어느새 뒤로 도망치는 빌로드의 앞에 암흑 마법을 사용하여 모습을 드러낸 유리마는 가볍게 아버지의 머리에 손을 올리고는 날려 버렸다.

"끄아악!"

강한 타격을 받은 빌로드는 외마디 비명을 지르며 뒤쪽으로 튕겨져 날아가 우물가에 등을 세차게 부딪치곤 쓰러져 버렸다.

심한 상처를 입었는지 바닥은 빌로드의 머리와 등에서 나온 검은색의 피로 물들기 시작했다.

빌로드는 큰 부상을 당해 끙끙거리고 있다가 어느새 자신의 앞으로 다가선 유리마를 보며 떨리는 목소리로 말하기 시작했다.

"유, 유리마로구나… 강해졌구나……."

"아버지."

눈물이 흐르고 있었다. 빌로드가 다시 자신을 알아보았기 때문이었을까? 아니었다. 컴플레이티니스 언데드는 이지를 가진 존재, 자신의 목숨을 보호하기 위해 부자의 정을 이용하려 하는 것이었다.

이미 마신 라스타에게 들어서 모든 것을 알고 있는 유리마였지만, 조용히 아버지를 자신의 품에 안을 수밖에 없었다.

아들에게 안겨 있는 빌로드의 입가에선 잔인한 미소가 흘러나오고 있었고, 검을 들고 있는 그의 오른손은 유리마의 복부를 향해 천천히 움직이고 있었다.

"아버지… 움직이지 마세요."

"……!"

그 순간 유리마의 품에 안겨진 빌로드의 몸에서 짙은 색의 연기가 흘러나오기 시작했다.

"끄아악!"

빌로드는 엄청난 고통을 참지 못하고 소리를 질렀지만 유리마는 그를 품에서 놓아주지 않았다. 아버지를 품에 안은 그는 컴플레이티니스 언데드가 가지고 있는 어둠의 기운을 암흑 신관의 힘으로 중화하기 시작한 것이다.

지상계에서였다면 이 힘을 내는 데는 상당한 힘이 소비되었을 테지만, 마계라면 마신의 곁에 있는 한 거의 무한정으로 어둠의 정화를 행할 수 있었다.

"그냥… 편하게 사셨으면 안 되셨나요? 인간의 생만큼만 사셨다면 편안한 죽음을 맞으셨을 것을……."

유리마는 죽어가는 아버지에게 조용히 말했다.

"미, 미안하구나……."

떨리는 아버지의 목소리가 들려왔다.

"미안하긴요. 제가 더 미안해요, 아버지."

빌로드, 그는 마지막 순간에 컴플레이티니스 언데드의 살심에서 벗어나 평상시의 그가 되어 있었던 것이다.

"짜식, 사내 녀석이 울기는……."

정화가 모두 끝난 후 천천히 빌로드의 몸은 어깨에서부터 검은 재가 되어 흩어져 가기 시작했다.

다시는 생각하고 싶지 않은 이런 추억이 담긴 끔찍한 존재를 크샤스가 만들어냈다는 것은 상당한 분노를 자아내게 했지만, 유리마는 분노를 억누르고 있었다.

"컴플레이티니스 언데드의 암흑의 기운에 잠식당한 자 역시 언데드로 변한다. 다행히 아이샤의 신성 마법에 의해 어둠의 기운은 모두 빠져나갔지만, 현재 그의 몸 상태는 언데드화가 진행되던 중이었기 때문에 상당한 부분의 장기가 손상됐을 것이다. 앞으로의 치료가 문제되는 것이지."

유리마의 말에 한참을 생각에 잠겨 있던 루드웨어는 과거 우연히 보게 된 책에서 나온 내용에 따라 시안을 보며 말했다.

"음… 시안, 우연히 보게 된 동방의 의학서에서 장기는 각각의 성질을 내포하고 있다고 했다. 바로 오행의 기운이란 것이지. 오행의 기운은 불, 물, 나무, 쇠, 흙의 기운이다. 내가 말한 계통의 하급 정령을 소환해서 크레이드의 몸에 집어넣어 장기의 활동을 돕게 해라."

시안이 루드웨어의 말에 따라 5가지에 해당하는 하급 정령들을 종류대로 소환하여 크레이드의 신체의 활동을 활발히 돕게 하자, 정령들은 자신들의 기운이 강한 장기로 가 활발히 움직여 나갔다.

42장 얼음성 공략전

페레이라가 이끄는 북극령의 8만의 마병은 예상외로 전혀 움직일 기미를 보이지 않았다.

프레드와 사라덴이 이끄는 일단의 연합군이 아무리 도발을 해도 방어전 식의 화살 공격만을 고집할 뿐, 나무로 견고히 만들어진 방벽 안에서 나올 생각을 하지 않는 것이다.

"참나, 마법사들이 정면에서 파이어 볼을 쏘는데도 응전할 생각을 안 하다니 황당하군. 전쟁을 많이 해본 것은 아니지만 이런 녀석들은 처음이야, 처음."

"그러게 말일세."

어느새 친한 친구가 되어버린 연합의 선봉장인 루드헨과 필센은 방벽 안에서 몸을 웅크리고 있는 페레이라의 군대 앞에서 그들을 끌어내기 위해 별 짓을 다해보았지만 꿈쩍도 안 하며 나올 생각을 하지 않는 녀석들을 보며 황당해하고 있었다.

"아무래도 페레이란 녀석, 분지로 향했다는 안트워 공작이 오기를 기다리고 있는 것 같은데? 그러니 마병들이 제대로 싸워보지도 못하고 죽는데도 나오지 않는 것 아니야. 뭐, 생각해 보면 마병들이야 안트워 공작이 오면 처분한다고 했으니 약간 줄었다고 아까워하지도 않겠지만 말이야."

그 말에 마령의 필센 장군은 분노에 떨면서 말했다.

"생명이란 그 어느 것을 막론하고 고귀한 것이다. 그것을 모르는 자들은 쓰레기들이지."

"자네 말이 맞네. 인간이란 동물은 참 괴이하지. 이렇게 생명의 고귀함을 아는 사람들이 수많은 사람을 죽이는 전쟁에 참여하질 않나, 저런 녀석들처럼 자신의 목숨은 소중히 할 줄 알면서 남의 생명은 생각하지 않지."

"신의 창조물 중 가장 큰 실패작은 인간이란 말도 있긴 하지. 하지만 자네를 보면 그렇게 생각되진 않는군. 자네와 같은 사람이 넘쳤으면 살기 편해지련만."

"하하하하, 그만 하게, 그만 해. 나 같은 사람이 넘치면 아마 이 세상은 수많은 절망에 빠질 걸세."

"하하하."

두 사람은 항상 티격태격하다 계곡의 전투에서의 합동 작전이 너무나 잘 이루어지자 상대에 대한 선입견을 없애며 높게 평가하게 됐다. 무인의 진정한 모습을 볼 수 있는 것은 싸움 중이라고나 할까?

아무튼 그런 기분을 느낀 그들은 처음엔 지금까지 서로 으르렁거리던 일도 있고 해서 다소 어색했지만, 몇 잔의 술을 나눈 뒤에는 떼어

낼래야 떼어낼 수도 없을 정도의 우정으로까지 이어진 것이다.

웃음을 멈춘 루드헨은 한숨을 쉬며 말했다.

"그건 그렇고, 녀석들을 어떻게 해야 한다?"

"뭐, 나오지 않는다면야 우리로선 별수없지 않나. 하지만 방법이 없지는 않을 거야. 분명 녀석들이 소극적인 전투에 매달려 있는 페레이라의 작전을 모두 수긍하고 있지는 않다고 생각해. 분명 그의 휘하 장군들 중에선 소극적인 작전을 못마땅하게 생각하는 자가 있으리라 생각된다."

"그렇겠군. 첩보부의 말대로라면 우익군을 담당하는 멘하우드 남작이 페레이라와 앙숙이란 소문이 있던데 말이야. 둘 다 안트워 공작 밑에 있어서 아직까지 직접적인 마찰은 없었다고는 하지만, 지금은 페레이라가 사령관의 직위를 가지고 있으니 멘하우드로선 이런 불만을 언젠가는 터뜨리고 말겠지."

그 말에 필센은 고개를 끄덕이며 말했다.

"우린 멘하우드 남작이란 자를 어떻게든 끌어내야 하네. 정보에 의하면 그가 거느린 병력은 3만. 그 정도의 숫자만 처리해도 충분히 우리 쪽에 승산이 생기겠지."

어느 정도의 탈출구가 생기자 두 사람은 서로의 얼굴을 보며 미소를 지어 보였다. 루드헨과 필센, 그들은 새로운 전쟁의 국면을 맞이하기 위한 전술에 합의를 마친 것이다. 이 둘의 작전으로 앞으로의 전쟁은 어떻게 돌아갈 것인지…….

한편 이 시간 북극령 페레이라 군의 작전 회의실 안은 소란스럽기 그지없었다. 몇몇의 장군들은 지금의 사태를 관망하고 있는 듯 보였지만, 다른 자들은 당장이라도 주먹을 쥐고 자리에서 일어날 것 같은 분위기를 풍기고 있었다.

"페레이라 장군! 언제까지 방어전만을 계속할 텐가!"

우익군을 담당하는 멘하우드 남작은 작전 회의실에서 분노를 참지 못하고 소리 지르고 있었다.

그가 느끼는 불만은 상당히 컸는지 군대의 사령관인 페레이라를 보며 고함을 질러대고 있었는데, 어찌 보면 그가 이렇게 분노한 것은 이해가 가는 일이었다.

자신과 앙숙인 페레이라가 군의 총지휘권을 손에 넣고 있는 것은 둘째 치고라도 이번 연합군과의 전투에 있어 페레이라는 사사건건 멘하우드 남작이 제시한 작전을 읽어보지도 않고 무시하고 있었던 것이다.

이런저런 일이 겹치는 데다가 이번의 장군들 사이에서 의견 대립이 일자 기회라 생각하고는 일어선 것이다. 이런 멘하우드 남작의 반발에 가까운 의견은 생각보다 많은 수가 동조하고 있는 듯 보였다.

하긴 어떤 장수가 적의 마법사가 정면에서 방비도 하지 않은 채 마법을 난사하는데도 제대로 된 응전조차 하지 말라는 작전을 지시받고 좋아하겠는가. 어떻게 보면 이것은 군을 통솔하는 장군들에게 모욕과도 비슷한 작전이었다.

페레이라의 측근들조차 가만히 중립을 유지하고는 있었지만 그들 역시 어느 정도 페레이라의 소극적인 작전에 불만족스러워하고 있었다.

분노를 터뜨리는 멘하우드 남작의 말에 가장 큰 동조를 보이고 있는 이는 마령군 마법사들의 마법 공격에 가장 큰 피해를 입은 선봉장 사그르젠드 자작이었다. 그는 가만히 사태를 주시하고 있다가 멘하우드 남작의 말에 동조한다는 뜻으로 고개를 끄덕이며 말했다.

"아무리 이번의 전투가 방어전이라고는 하지만 상황에 따른 응전은 필수적이라 생각됩니다. 페레이라 경의 작전은 북극령의 장군으로서 너무 소극적이고 겁쟁이 같은 작전이라 생각됩니다."

그의 노골적인 발언이 끝나자 회의실은 크게 소란스러워졌다. 하나 사그르젠드 자작의 도발에도 아무런 표정 변화를 일으키지 않던 페레이라는 가볍게 손을 들어 좌중을 침묵시키고는 사그르젠드 자작을 보며 말했다.

"나 역시 지금까지의 대응 방법이 소극적이라는 것은 인정한다. 하지만 자네도 말했다시피 우리의 목적은 철저한 방어에 있다. 만일 우리의 군대가 자칫 무너지기라도 한다면 배신자 프레드와 마령의 연합군이 황성을 점령할 것은 분명할 터, 위험스럽게 적들의 수작을 받아들여 줄 필요는 없지 않은가?"

"하지만 병력의 피해를 일부러 낼 필요는 없지 않습니까!"

"병력의 피해라… 어차피 마병들은 안트워 공작께서 즉위하신다면 사라질 것들이다."

사그르젠드 자작은 그의 말에 더 이상 반박하지 못하고 자리에 앉았고 멘하우드 남작은 이미 회의의 대세가 페레이라에게 넘어갔다는 것을 깨닫고는 주먹을 쥐며 화를 누그러뜨릴 수밖에 없었다.

모든 회의가 끝나고 멘하우드 남작과 사그르젠드 자작은 또다시 소극적인 방어전에만 치우쳐지는 전술이 채택되어졌다는 데 분노를 참지 못하고 있었다.

"페레이라… 장수로서의 자존심마저 버리는 짓을 얼굴조차 붉히지 않고 말하다니."

"안트워 공작께서 이번 일을 알고 노하시지나 않을까 걱정입니다."

"저런 녀석 때문에 휩쓸려 좌천당하고 싶은 마음은 없다."

마령의 선봉 3만 5천 중 5천의 기병은 방어전만을 고집하고 있는 페레이라 군의 우익군 방어선을 기습했다. 적은 마령의 예상대로 소극적인 방어 전술만을 계속 고집하고 있었기 때문에 별 피해는 없으리라 생각되었다. 하지만 이번 작전은 적들을 방심하게 하는 것이 목적이었기에 5천의 기병은 적들이 쏜 화살에 상당한 피해를 입고 후퇴하게 되어 우익군으로 하여금 큰 승전인 것으로 착각하게 만들었다.

"우악! 사람 살려!"

"쏘지 마라! 우린 아군이다!"

처절한 비명이 울리고 있는 전쟁터, 마령의 기병들이 후퇴한 곳에는 화살의 공격으로 희생된 기병들의 말과 장비들… 수백 명의 시체가 널려 있었다.

"찜찜한 작전이군."

"우리야 작전만 지시하면 되지만 기병들은 얼마나 고역이겠는가."

멀리서 이 광경을 지켜보고 있던 루드헨과 필센은 이번 작전에 대해서 이야기하고 있었다. 우익군의 화살에 맞아 죽은 자들은 모두 계곡의 전투에서 활에 맞아 죽은 북극령군과 일단의 포로들이었다.

물론 시체를 이용한다는 것이 조금 꺼림칙하기는 하지만, 확실하지도 않은 작전을 위해서 아군을 희생시킬 수는 없었기에 살아 있는 적군은 마령의 기병대 옷을 입히고, 또 적군의 시체에 마령군의 옷을 입히고는 전쟁터에 뿌리고 다닌 것이다.

기병들이 우익군의 중앙을 급습하여 제대로 된 상황 판단을 하지 못하게 했기 때문에 자신들의 군대가 섞여 있다는 것을 알지 못하고 무차별적으로 활을 난사했고, 손발이 봉쇄당하여 말을 타고 아군에게 도망가려던 그들은 화살에 의해 많은 수가 죽임을 당한 것이다.

"어쨌든 우익군에게 자신들이 승전을 했다는 자신감을 심어줄 필요가 있다고. 어느 정도 기분을 돋워주지 않으면 도발에 따라주지 않을 테니 말이야."

필센 장군의 말에 루드헨은 고개를 끄덕이며 동조했다. 포로가 된 적병과 시체들에게는 조금 미안한 일이었지만, 이 전쟁을 끝내지 않는다면 더 많은 수가 죽임을 당할 것은 뻔한 일이었기에 냉혹한 판단을 내릴 수밖에 없었다. 죽은 자의 시체로 인간의 존엄성을 훼손하든 무엇이든 간에 일단 전쟁은 냉혹한 일이기 때문이다.

이 작전을 세운 것은 전쟁의 주역 중 한 명으로서 빨리 이 전쟁을 끝내는 것이 가장 나은 일이라는 것을 알고 있는 루드헨이었다.

"이 정도 됐으면 멘하우드 남작도 만족했겠지?"

"어쨌든 페레이라의 작전을 비웃을 수 있는 수준은 됐을 테니까. 이제부터 본격적으로 시작해 보자구."

이번 연합군의 기마병의 기습에서 소극적인 전투였지만 큰 승리를 거둔 우익군의 진형의 사기는 고조되어 있었다.

멘하우드 남작과 사그르젠드 자작은 이번의 승전을 기뻐하면서 잔을 나누었다. 소극적인 전투에서 이런 승리를 거둘 수 있었다는 것은 방어에만 치우친 전술을 고집하는 페레이라의 작전이 있기는 했지만, 어찌 됐든 그 주역이 그들이라면 병사만을 잃은 페레이라보다는 실전의 고위 장수인 자신들의 전공으로 인식되기 때문에 한 방 먹인 결과가 된 것이다.

"하하하하, 멍청한 마령 녀석들. 얼마 안 되는 기병 따위로 돌진하다가 패배라니. 하하하하!"

"승전을 축하드립니다. 그나저나 마령 녀석들, 로빈 산맥의 계곡에서의 전투로 꽤 강한 녀석들이라 생각했었는데 이제 보니 허무할 정도로 바보 같은 녀석들이군요. 이렇게 어이없는 기마 돌진을 사용할 줄이야."

"페레이라란 녀석이 너무 녀석들을 높게 평가한 게지. 아무튼 소극적인 전술에서도 이 정도의 승전을 거둔 것은 축하할 일이군. 병사들의 사기도 많이 올라가 있겠지?"

"예, 그렇습니다."

"그렇다면 한판 붙어도 되겠구만. 기세를 타는 것이 중요하니 말일세."

멘하우드 남작의 말에 자작은 고개를 끄덕이며 말했다.

"예. 페레이라의 명령을 어기는 것이 군율의 위반이긴 하지만 진군하여 큰 승리를 가져다 준다면 충분히 무마하고도 남을 일일 테니까요."

"녀석을 자리에서 밀어낼 수 있는 절호의 기회기도 하지. 어떤가, 자네가 선봉에서 호응해 주겠는가?"

"예. 제가 거느린 일만의 병사도 남작께서 출진하신다면 호응하겠습니다."

"고맙네."

"별말씀을 다하십니다. 하하하하."

다음날 필센과 루드헨은 선봉 3만 5천과 본군에서 지원받은 2만의 병사를 나누어 배치하기 시작했다.

"1만 정도로 괜찮겠나?"

"모르지. 하지만 적들이 이번 우리의 작전에 말려들 거라 예상하면 많은 수의 병사는 오히려 짐만 될 뿐일세. 부탁하네, 루드헨. 자네에게 내 목숨이 달려 있으니 말이야."

"거참, 부담주지 말게나. 뭐, 죽으면 할 수 없지. 필센, 자네의 미망인은 내가 보살펴 주지. 하하하."

루드헨은 필센과 이야기하면서 그가 엄청난 애처가라는 것을 알게 되었기 때문에 우스갯소리로 그렇게 말했고, 필센은 루드헨의 말에 기겁을 하면서 주먹을 쥐며 내밀고는 말했다.

"내 무슨 수를 쓰더라도 살아남고 말지. 자넨 정말 친구도 아니야."

"하하하, 농담이네, 농담. 뭐, 어쨌든 실패해도 좋으니 살아만 돌아오게."

"반드시 녀석들을 끌어내고 말지. 기대하라구."

"마령의 군대가 다시 공격해 들어오고 있습니다."

또다시 우익군 쪽으로 마령의 군대가 공격해 들어오자 본군이 머물고 있는 숙소에서 잠시 눈을 붙이고 있던 페레이라로서는 이상하게 생각되었다.

얼마 전에 들어온 소식에서 마령의 기병대에게서 큰 승리를 얻었다는 소식을 듣고 희한한 일이라고 생각했는데, 그런 공격이 다시 우익군 쪽으로 시도되자 무엇인가 이상한 것을 눈치 챈 것이다.

'우익 쪽에서 무엇을 노리고 있단 말인가?

하지만 페레이라로서도 녀석들이 무엇을 노리는지는 알지 못하기 때문에 신중을 기할 수밖에 없었다.

한참을 생각해도 답이 떠오르지 않은 페레이라는 부관에게 말했다.

"멘하우드 남작에게 적의 도발에도 절대로 진형에서 움직이지 말라는 지시를 한 번 더하게."

각인시켜 둘 필요성을 느낀 페레이라는 부관에게 지시했지만, 그 말을 들은 부관은 안절부절못하는 표정을 지었다. 우익군으로 가지 않고 있었기에 의아해진 페레이라가 물었다.

"전달하라는데 그렇게 멀뚱멀뚱하게 서 있는 이유가 뭔가?"

"그것이… 멘하우드 남작께서 출진하셨습니다."

"출진?!"

부관에게서 출진한 이야기를 듣자 그는 더 이상 참지 못하고 소리쳤다.

"난 한 번도 출진 명령을 내린 적이 없는데 그게 무슨 소린가!"

페레이라의 분노한 목소리에 더 기가 죽은 부관은 고개를 들지도 못한 채 간신히 입을 열었다.

"남작께서 어차피 이기기만 하면 되는 것이 아니냐면서… 그리고 선봉이신 사그르젠드 자작께서도 호응하신다며 출진하셨습니다."

"이런 멍청한 녀석들!"

그제야 페레이라는 사건의 전모를 알 수 있었다. 연합군 측은 성격이 급한 멘하우드 남작을 파악하고 한 번의 승리라는 미끼를 던져 우익군을 함정으로 끌어들인 것이다.

거기다가 선봉 일만까지 합세했다면 4만. 반 이상이 넘는 숫자가 적의 함정으로 빠져든 것이다. 만약 4만의 군대가 전멸이라도 당한다면 페레이라가 굴욕을 참으며 고수하던 방어전은 무용지물이 돼버리는 것이기에 페레이라는 다른 방법을 강구할 수밖에 없었다.

'비병을 써야 하는가…….'

만약의 경우에 대비하기 위하여 남겨둔 비병 1만. 페레이라는 멘하우드 남작의 행동을 욕하면서도 방어전을 계속 이어가기 위해서는 어쩔 수 없이 그의 우익군을 구해야 하기 때문에 비병을 출진시킬 수밖에 없었다.

"비병을 출진시킨다. 지휘는 내가 직접할 테니 준비하도록."

"예."

"빌어먹을, 멘하우드 녀석!"

"하하하하, 이 버러지 같은 녀석들!"

4만의 병사는 후퇴하고 있는 연합군의 병사를 유린하고 있었다. 눈앞에 보이는 승리에 멘하우드 남작은 웃음을 참지 못하고 전군에게 후퇴하는 연합군을 계속 추격하게 했다.

하지만 그의 옆에 있던 사그르젠드 자작은 조금씩 불안감이 밀려오기 시작했다. 사령관인 페레이라의 명령을 어긴 것이 조금 걱정되기도 했지만, 진군하고 있는 자신과 남작의 군대가 본진에서 너무 멀리 떨어져 나와 상당한 거리가 벌어져 있었기 때문이다.

"남작, 이 정도의 승전이면 페레이라도 아무 말 못할 테니 일단은 군을 물리시는 게 어떻습니까?"

"무슨 말인가! 이럴 때가 아니면 언제 페레이라 녀석의 콧대를 꺾어놓겠는가! 1만 정도의 적을 전멸시키는 것은 시간문제일세!"

자작의 말에도 눈앞의 승리에 눈이 먼 멘하우드 남작은 사태를 제대로 파악하지 못하고 있었고, 그런 그를 보며 자작은 어쩔 수 없이 그를 따를 수밖에 없었다.

"전군은 후퇴하라!"

유인군의 후위에서 적을 상대하며 후퇴하고 있는 필센 장군은 쇄도해 들어오는 북극령의 병사들을 베면서 계속 후퇴 명령을 소리치고 있었다.

"장군! 일단은 피하십시오! 후위는 저희들이 맡겠습니다!"

일단의 기사들이 가장 위험한 곳인 후위에서 적을 베며 명령을 내리고 있는 필센을 돕기 위해 몰려왔지만 그들의 말에 그는 고개를 저으며 말했다.

"일선의 지휘관이 안전한 곳에 있는다면 작전은 성공하지 못한다!"

"하지만!"

"자네들은 나 필센을 겁쟁이로 만들 셈인가!"

"그건……."

"나 필센을 죽이기 위해선 백만의 군대가 오지 않는 한 불가능할 것이다! 너희들은 후퇴하는 병사들을 독려하여 목적지까지 최대한 빠른 속도로 이동시켜라!"

"예."

펠센 장군의 호기에 감동한 기사들 몇 명은 필센의 주위에 몰려 들어오는 병사들을 베어갔고, 나머지는 각 기로 흩어져 병사들을 독려하기 시작했다.

필센 장군, 그가 목숨을 걸면서 한 유인 작전은 성공을 거두었다.

후방에서 목숨을 걸고 적을 유인한 그의 군대는 드디어 아군이 매복하고 있던 목적지에 도착하게 된 것이다.

"장군님! 매복입니다!"

"매복?"

적진 깊숙이 들어간 멘하우드 남작의 부대는 숲에서 매복하고 있던 좌우의 협공에 진영의 옆구리를 공격당하게 된 것이다.

"전군은 반격하라!"

양쪽에서 몰려오는 적군을 방어하며 멘하우드 남작은 군사들을 독려했지만 그는 이곳까지 오면서 이미 여러 번의 실수를 저질렀다.

첫째, 군사를 몰고 너무 적진 깊숙이 들어온 것. 후방의 본군에 도움을 기대하지 못하는 상황에서 사방에서 협공을 받는 군대는 그 전의가 크게 상실되는 것은 당연했다. 둘째, 적을 추격하느라 진형이 길게 늘어져 있다는 것을 모른 것이다. 적은 수의 군대를 상대한다 해도 군의 진형이 길게 늘어뜨려져 있다면 효율적인 전투는 불가능하기 때문이었다. 셋째, 페레이라의 본군과의 효과적인 협조가 불리한 상황을 몰고 온 것이다. 전공을 세워 페레이라를 누르는 데만 너무 급급했던 남작은 총사령관의 지시를 무시함으로써 원군 요청이 불가능한 상태로 몰고 간 것이다.

이런 여러 가지 실수는 더 이상 멘하우드 남작에게 승리의 기회를 안겨주지 않았다.

멘하우드 남작은 현재 사태의 심각성을 깨닫고 급히 후퇴를 지시했지만 이미 모든 상황은 끝이 나가고 있는 것이다.

"후퇴! 후퇴하란 말이다! 이 빌어먹을 마물들아!"

계속되어지는 협공에 정신이 없는 멘하우드는 도망치는 비병들에게 소리치고 있었다.

"여기서 끝인 것 같군요, 멘하우드 남작."

이런 남작에게 일단의 기사들이 밀어닥쳤다. 상당한 실력을 가진 이들은 지체없이 남작을 보호하고 있는 기사들을 베어버린 후 말을 몰아온 것이다.

"이……!"

자신을 보호하던 기사들이 쓰러지자 남작은 검을 뽑아 들고 일단의 기사단의 대장인 듯한 자를 향해 말을 몰아 쇄도해 들어갔지만 상대의 검술은 상당해서 멘하우드는 상대가 되질 않았다.

몇 번 칼을 맞부딪치는 것 같았지만, 이내 상대의 검에 목을 관통당하여 말 위에서 쓰러진 남작은 원통한 듯 하늘로 손을 뻗는 듯하다가 그대로 절명하고 말았다.

"북극령의 우익군 수장의 목을 베었다!"

한 기사가 멘하우드 남작의 목을 창에 꽂아 하늘 위로 올리자 마병들을 지휘하던 기사들의 사기는 일순간에 꺾였다.

선봉군 일만을 지휘하고 있던 사그르젠드 자작은 만약의 경우를 위해 진군하던 멘하우드 군의 후방에서 지원을 준비하고는 있었지만, 더 이상 도울 수 없다는 것을 깨닫고는 전군에 후퇴를 지시했다. 하지만 예상이라도 한 듯 갑작스럽게 몰려오는 적에게 습격을 당하게 된 것이다. 필사적으로 후퇴는 하고 있지만, 연합의 추격은 만만치 않았다.

처음 기세등등하게 마령의 일만의 군대를 추격했던 것이 역전이 되어버린 것이다.

하지만 이 순간 필센과 루드헨은 그들을 성급하게 전멸시키려 하지 않았다.

"본군과의 연락은 끝냈겠지?"

"물론. 이제 완전한 승리만이 남은 거지. 하하하하!"

두 사람이 꾸미고 있는 일은 한 가지가 더 있었다.

"비병이다!"

비병, 북극령의 방어군이 숨겨놓고 있던 하나의 비장의 카드가 등장한 것이다. 사그르젠드 자작의 군대를 추격하던 연합군은 전군 후퇴의 명령에 따라 진형이 흐트러지면서 산산이 흩어져 숲 속으로 도망갔다.

"추격해라! 저 녀석들에게 비병의 무서움을 보여줘라!"

멘하우드 남작의 우익군이 거의 괴멸했다는 것을 깨달은 페레이라는 노기를 참지 못하고 비병 전군에 공격 지시를 내렸고, 비병들은 숲 속으로 연합군들을 공격하기 위해 쇄도해 들어갔다.

하지만 그것이 페레이라의 실수였다.

그는 마병 하나하나의 성질을 이해하지 못하고 있었던 것이다.

숲이란 것은 나무로 둘러싸여 있기 때문에 그만큼 비병들의 운신 폭은 좁아지는 것이다. 비병들은 넓은 벌판에서의 빠른 속도와 하강 공격이 주를 이루는데, 이런 숲 속에선 그런 공격이 불가능한 것이다.

"죽어라!"

산산이 흩어져서 도망갔다고 생각한 연합군은 숲에서 이미 진형을 갖추고 있었고, 그것을 모르고 들어온 페레이라의 비병들은 철저한 준비를 해온 연합군에 의해 속수무책으로 당할 수밖에 없었다.

숲 속으로 적을 공격하기 위해 들어갔다가 어깨에 큰 부상을 입은 페레이라는 간신히 목숨을 유지하고 와이번을 타고 전장을 빠져나올 수 있었다.

살아남은 비병들의 숫자는 천이 간신히 넘는 숫자였다. 일만의 비병이 한순간의 실수로 거의 전멸에 가까운 피해를 보자 페레이라로서는 허탈할 수밖에 없었다.

'젠장! 이것은 모두 멘하우드 녀석 때문이다.'

철저한 방어전만을 계속 유지했다면 이 정도의 패배는 당하지 않았으리라 생각한 페레이라는 적의 유인 작전에 넘어가서 죽임을 당한 멘하우드를 욕하면서 본진으로 몸을 돌렸다. 하지만 이미 페레이라가 있을 곳은 아무 데도 없었다.

루드헨과 필센의 두 번째 계략, 그것은 완전한 승리를 위한 것이다. 우익군이 유인당하여 출진하면 페레이라는 함정이라는 것을 알게 되어 그들을 원조하기 위해 움직인다. 물론 이미 상당히 먼 곳으로 우익군을 유인했기 때문에 페레이라가 급하게 시간을 맞추어 동원할 수 있는 부대는 비병뿐이라 생각한 두 사람은 비병이 출진한 후 바로 본진에 연락해 남아 있는 마령의 본진을 공격하게 한 것이다.

이 작전은 상당한 효과를 가져왔다. 현재 부상을 입은 채 와이번에 타고 있는 페레이라가 보고 있는 북극령의 본군이 있었던 곳은 마령과 프레드 백작의 깃발로 가득했기 때문이다.

자신의 완벽한 패배를 알게 된 페레이라는 더 이상 자신이 갈 곳이 없다는 것을 깨달을 수 있었다.

자신이 거느린 군대는 프레드 백작의 연합군에게서 황성을 방어하기 위한 군대였다. 황성이 빼앗긴다면 더 이상 안트워 공작이 머무를 수 있는 곳은 없었다.

"큭!"

와이번의 등 위에서 안트워의 총애를 받았던 장군 페레이라는 스스로 목숨을 끊었고 적군의 총대장이 자결을 선택하면서 길었던 북극령의 전투는 마령과 프레드 백작의 군대에게 돌아간 것이다.

황성의 공략은 쉽게 이루어졌다. 물론 4만의 병사들이 황성을 수비하고 있다고는 하지만, 황성의 병사들은 총대장 페레이라의 시체와 항복하면 목숨을 살려주며 지위를 계속 유지시켜 주겠다는 프레드 백작의 약속으로 전면적인 항복을 선언한 것이다.

안트워 공작에 의해 한번 무너진 적이 있었던 얼음성은 그때까지 아직 완전한 복구가 이루어지지 못하고 있었던 것도 그 요인 중 하나라고 할 수 있을 것이다.

아무튼 연합군은 무사히 황성으로 진입할 수 있었고, 프레드 백작은 약속대로 황성에 있던 안트워 공작의 밑에 있던 귀족들의 목숨을 살려주었다. 하지만 지하 감옥에 넣어 후에 이 전쟁의 여파가 안정되었을 때 각지로 유배를 시키기로 결정했다.

컴플레이티니스 언데드에 어둠의 기운에 의해 장기를 손상당한 크레이드는 시안의 정령들의 도움으로 어느 정도 원기를 되찾을 수 있었지만 아직 정신을 차리지는 못하고 있었다.

예상대로라면 크레이드 역시 그들과 함께 가야 했지만, 정신도 차리지 못하는 그가 일행과 같이 움직일 수는 없는 노릇이고, 또 그런 그를 혼자 내버려 둘 수는 없는 노릇이기에 루드웨어는 고심하지 않을 수 없었다.

"제가 남겠어요."

시안은 고심하는 루드웨어 앞에 나가 자신이 남겠다고 말했지만 루드웨어는 고개를 저으며 말했다.

"시안 혼자서는 크레이드를 보호할 수가 없다. 아마 크샤스가 우리에게 컴플레이티니스 언데드를 보낸 이유는 일행을 흩어지게 하여 처리할 생각으로 보낸 것 같다."

시안이 남는 것이야 문제가 없긴 하지만 다시 한 번 언데드가 나타 난다면 시안의 힘으로는 그들을 막아설 수가 없었다.

또 외벽에서는 언제 안트워 공작의 군대가 몰려올지 모르는 상황인 데 시안 혼자서 크레이드를 보호하고 있다간 개죽음당할 것은 뻔한 일이었다.

"저도 이곳에 남도록 하지요"

시스였다. 시스는 마지막 봉인지에서 크샤스와 대결하기에는 자신 의 힘이 모자르다는 것을 깨달았기 때문에 오히려 방해 요인이 될까 봐 남고자 하는 것이다. 그런 생각은 아이샤 역시 같았다. 아이샤는 시스가 남겠다는 말에 자신도 앞으로 나아가 말했다.

"저도 남겠어요. 크레이드 씨 몸에 있던 어둠의 기운이 빠져나간 것은 사실이지만 아직 몸이 회복된 것은 아니니까요. 제가 이곳에 남 는다면 크레이드 씨가 빨리 회복할 수 있으리라 생각합니다."

시스와 아이샤가 남는다는 말에 루드웨어는 고개를 끄덕이며 말했 다.

"좋다. 언데드가 나타난다고 해도 아이샤의 신성 방어벽이면 어느 정도 방어가 가능할 테고, 안트워 공작의 군대도 셋이면 어느 정도 목 숨은 부지할 수 있겠지. 시스."

"예."

"부탁하네. 자네가 이곳에 남는다고는 하지만 크샤스와의 싸움 외 에 다른 변수들이 많이 존재하리라 생각되네. 우리들을 암암리에 도 와줄 수 있는 사람은 오직 후방에 빠져 있는 자네들뿐이니 천천히 상 황을 잘 파악하도록 하게."

"예."

유리마와 루덴스는 루드웨어의 이야기가 끝나자 천천히 일어나 자신의 장비를 주워 들었다. 로노와르 역시 봉인지로 가야 하는 녀석이지만 피곤한 얼굴로 하품을 길게 하더니 루드웨어를 보며 말했다.

"좀 자고 가면 안 될까?"

"자라, 자! 여기서 자고 있으면 안트워 공작이란 놈이 재밌는 걸 해줄 게다. 대륙 첫 번째로 몸도 마음도 빼앗긴 불운의 해츨링이 되겠지."

"……."

루드웨어의 말에 잠시 할 말을 잃었던 로노와르는 잠시 어지러워진 뇌를 정리하고는 졸린 눈을 비비며 자신의 마법검을 주워 들 수밖에 없었다.

어쨌든 대충 봉인지로 향할 일행과 남은 일행이 나누어지자 루드웨어는 조금 홀가분한 기분이 들었다. 원래 용사라는 것은 수가 너무 많으면 볼품이 없기 마련이다.

'용사의 일행에 신관과 엘프가 빠져서 조금 밋밋해졌긴 하지만, 뭐 대충 용사 일행의 윤곽은 잡힌 것 같군. 후후, 기다려라, 대마왕. 내가 간다.'

오버하는 루드웨어였다. 이런 순간 어둠의 대마왕이라 일컬어지는 루덴스는 잠시 오한에 떨어야 했고, 마신 라스타를 모시는 암흑 신관 유리마는 귀가 간지러워져 참을 수가 없었다.

"누가 내 얘기를 하나?"

"어떤 놈이 희한한 생각을 하나 보군."

"……."

두 사람의 말에 잠시 침묵을 지킨 루드웨어는 잠시 후 미소를 지으며 말했다.

"드디어 대결전의 서막이 오르는구나. 용사들이여, 정의를 위해 앞으로 나가자!"

"등신."

"쪼다."

"멍청이."

세 사람은 루드웨어의 말에 간단한 평을 하며 밖으로 나갔고 루드웨어는 실망한 표정이 되어 그들의 뒤를 쫓아 걸어갔다.

"엘레이나님!"

엘레이나는 물밀듯이 밀려오는 안트워 공작의 군대에 의해서 성의 방어벽이 뚫리자 절망에 빠졌다. 제대로 된 기사 한 명 없이 안트워 공작의 대군을 막아내고는 있었지만 이것이 한계였던 것이다.

"전군에… 전군에 퇴각명령을 내려라."

분지성의 성벽은 하나뿐이다. 이것이 뚫리면 분지는 대군에 의해 점령되는 거나 다름없는 것이다. 하지만 이미 성벽을 막을 여력이 없다고 생각한 엘레이나는 성벽을 포기하고 남아 있는 군을 후퇴시켰다.

일단은 봉인지 중심으로 원진을 만들어 방어한다면, 성벽에서 보다 병사들의 밀도가 커질 수 있었다.

하지만 그 방법은 단순히 시간 끌기일 뿐이었다.

'내가 할 수 있는 최선의 방법을 선택할 수밖에…….'

엘레이나의 퇴각 신호와 함께 성벽에서 분전하고 있던 병사들은 성벽을 버리고 후퇴하기 시작했고, 얼마 안 있어 안트워 공작의 병사들은 물밀듯이 들어오기 시작했다.

병사들은 천천히 후퇴하면서 적을 막아내며 봉인지로 원을 좁히고 있었다. 안트워 공작에게 기마병이라도 있었다면 이 작전은 쉽게 무너졌겠지만, 현재 안트워가 거느린 병사들의 대부분은 분지 외곽에 있던 마병들이었기 때문에 기병의 숫자는 극히 소수에 지나지 않아 어느 정도 방어가 가능했다.

하지만 이러한 방어전은 오래가지 않았다.

안트워 공작의 지시로 집중적으로 공격받던 몇몇 곳의 원진 방어가 뚫렸고 그곳을 통해 많은 수의 마병들이 중앙의 봉인지로 밀려 들어온 것이다.

엘레이나는 그것을 보며 절망에 빠질 수밖에 없었는데, 그때·예상하지 못한 일이 벌어졌다.

쿠구구궁!

지진이라도 일어나는 듯이 땅이 뒤흔들리기 시작하더니 갈라져 그곳으로 수많은 마병들이 빠져 죽기 시작했다.

이러한 지진은 10분 동안 계속되며 크샤스의 분지 방어병은 물론 마병까지 전투를 멈추게 하는 결과를 초래했다.

엘레이나는 그 대지를 갈라 버리는 광경을 보며 자신도 모르게 중얼거렸다.

"어스퀘이크?"

어스퀘이크, 대지계 고위 마법 중 하나로 지진을 일으켜 적을 공격하는 마법이다. 하지만 문제는 그것이 아니었다. 현재 오호사의 일원 중에서 대지계의 어스퀘이크 마법을 이 정도의 위력으로 사용할 수 있는 사람은 자신이 알고 있는 한 한 명밖에 없었기 때문이다.

"칼리아스님!"

그녀가 알고 있는 칼리아스는 성벽에서의 마법 후유중으로 며칠 간 일어날 수 없는 상태에 빠져 있어야 했다.

"허허허."

"칼리아스님!"

칼리아스의 웃음소리. 그녀는 어스퀘이크를 사용한 사람이 칼리아스였다는 것을 확신할 수 있었다.

중앙의 봉인지 쪽의 방향에서 너털웃음을 웃으며 한 명의 노마법사가 걸어나왔다. 그의 곁에는 3명의 기사가 호위를 서고 있었는데 모두 검은색의 갑옷으로 투구까지 눌러쓰고 있었기 때문에 누구인지 알수가 없었다.

"허허허, 내가 나타나 꽤 놀랐나 보구나."

"칼리아스님."

엘레이나는 칼리아스의 등장에 상당히 놀라고 있었다. 그리고 하나의 의문점이 생겼다. 왜 칼리아스님은 지금까지 연극을 한 것인가? 그녀는 이해할 수 없었다.

"미안하구나. 폐하의 명이 있었기에 너에게도 말할 수가 없었단다."

칼리아스는 크샤스의 명으로 엘레이나에게 자신이 하고 있던 일을 말하지 못한 것이 상당히 미안했던지 그녀의 어깨를 두드려 주며 계속 말을 이었다.

"폐하께서 준비하신 일이 있었기 때문이란다. 폐하께서는 그것을 준비하는 동안 아무도 알게 해서는 안 된다는 엄명을 내리셨지."

"그 일이⋯⋯?"

엘레이나는 칼리아스가 자신마저 속이고 해야 했던 일이 무엇인지 궁금했기 때문에 물었는데 칼리아스는 미소를 지으며 뒤에 있는 세 명의 기사를 가리키며 말했다.

"바로 저들이지."

순간 그제야 엘레이나는 그들에게서 느껴지는 기운을 알아챌 수 있었다. 전까지는 어스퀘이크의 기운과 갑자기 나타난 칼리아스 때문에 눈치 채지 못하고 있었던 것이다.

'어둠의 기운.'

어둠의 기운. 세 명의 기사에게선 강한 어둠의 기운이 강하게 뿜어져 나오고 있었다. 엘레이나는 그 어둠의 기운을 느끼자 소름이 돋기 시작했다.

보통 인간조차 충분히 느낄 수 있는 어둠의 기운이었기에 그녀의 근처에 있던 다른 병사들도 얼굴이 시퍼레지며 뒷걸음질치기 시작했고, 그것들은 적들도 예외가 아니었다.

세 명의 기사가 칼리아스의 지시를 받아 천천히 앞으로 걸어가자 살기를 뿜으며 달려들던 마병들은 공포에 이기지 못하고 뒤로 물러서기 시작했다.

본능적인 두려움을 이기지 못하고 도망가는 하급 마병들은 입에서 피를 뿜으며 쓰러지고 있었다.

"크아앗!"

드디어 세 명의 기사가 움직이기 시작했다.

그들은 모두 보통의 검을 쓰고 있었지만, 그들의 검에서 뿜어져 나오는 기운 때문에 흡사 마검을 보는 듯했다.

검은색의 영기가 넘쳐 대지를 흘러넘치기 시작했고 영기에 휩쓸린 마병들은 눈이 시뻘게지면서 피를 토하고 쓰러졌다. 그들의 검에 베인 마병들은 순식간에 두 동강이 난 채 바닥이 나뒹굴어졌다. 하지만 얼마 지나지 않아 엘레이나는 자신의 눈으로 보았음에도 믿지 못할 일을 보게 되었다.

"말도 안 돼!"

검은 영기에 휩쓸려 죽거나 검에 죽은 마병들이 일어서기 시작한 것이다. 죽은 자의 몸이 다시 살아나는 것, 그것은 부활의 마법에 의해 소생되거나 나머지 한 경우밖에 없었다.

바로 언데드. 좀비가 그들인 것이다.

"꾸아악!"

세 명의 검은 갑옷을 입은 기사에게 당한 수십의 마병들은 이제는 좀비가 되어 아군을 공격하기 시작했다.

전장은 순식간에 아수라장이 되었지만 죽어가고 있는 자들은 안트워 공작의 마병뿐이었다. 엘레이나를 위시한 병사들은 자신들의 앞에서 일어나고 있는 사태에 멍하니 서 있을 뿐 아무도 입을 열려고 하지 않았다.

"칼리아스님, 저들은……!"

어느 정도 시간이 지나서야 정신을 차린 엘레이나는 칼리아스를 보며 물었고, 그녀의 물음에 그는 미소를 지으며 대답했다.

"저들이 바로 폐하께서 준비하신 것들이지. 저들은 컴플레이티니스 언데드라고 한다."

"컴플레이티니스 언데드!"

컴플레이티니스 언데드는 마계에서만이 출몰하는 최강의 언데드였기 때문에 엘레이나로선 그것에 대해 알 수가 없는 것이다.

"마계에서만 나타난다는 최강의 언데드가 크샤스 폐하의 힘으로 나타난 거지. 어떤가, 엘레이나. 저들의 힘을 본 소감이?"

강했다. 하지만 그것은 강하다고 끝나는 것이 아니었다. 저들이 만약 전쟁에 나선다면 북극령군의 군대는 무적으로 군림할 수 있겠지만 타국으로부터, 아니, 모든 사람들로부터 엄청난 비난의 소리를 들어야 할 것이다.

저들은 죽은 자의 안식마저 방해하는 자들이기 때문이다.

크렌 장군은 안트워 공작이 마병들이 성을 넘어 안으로 진격해 들어가자 이제 자신들이 움직여야 할 때라는 것을 알 수 있었다.

"장군."

안티아노는 크렌 장군의 지시를 기다리고 있었다. 이미 그들이 데리고 온 일만의 병사들은 전투 태세를 마치고 공격 지시를 기다리고 있었다.

"라디안 군, 자네의 생각은 어떤가?"

"안트워 공작은 마병들이 성안으로 진격하는 것을 확인했으니 자신의 사병을 인솔하고 봉인지로 움직일 것이라 생각됩니다. 그렇게 되면 분명 그들의 후방이 비어 있을 것이 분명할 터. 공격해야 할 시간이라 생각합니다."

라디안의 조리있는 말에 크렌 장군은 고개를 끄덕이며 말했다.

"나도 같은 생각이네. 안티아노!"

"예."

"전군에게 공격 지시를 내려라. 안트워 공작의 뒤를 치는 것이다."

"예."

얼마 안 있어 마령의 군대에게 공격 나팔 신호가 울려 퍼지기 시작했다. 크렌 장군은 라디안과 함께 와이번의 등에 올라타 하늘로 치솟아 올랐다.

최후의 결전. 그는 군대의 선두에 서려고 하는 것이다.

"앗!"

크렌 장군의 뒤에서 라디안은 알 수 없는 강한 어둠의 기운이 분지 내에서 흐르고 있다는 것을 느낄 수 있었다.

"라디안 군, 무슨 일인가?"

"아닙니다."

확실하지 않은 느낌인지라 자신이 느낀 것을 크렌 장군에게 말하지 않았지만 분지성 내부에서 심상치 않은 일이 벌어지고 있다는 것을 알 수 있었다.

'무엇인가, 이 강한 어둠의 기운은…….'

자신도 모르게 라디안의 눈에선 눈물이 흐르고 있었다. 공포와 분노, 그리고 절망의 기운들이 라디안의 가슴을 울리고 있었기 때문이다.

'크샤스, 당신은 지금 무엇을 꾸미고 있단 말입니까.'

44장 죽음과 사랑

"우아앗!"

루드웨어는 밀려오는 흑기사들 때문에 골이 아플 지경이었다. 보통 기사들 정도면야 손쉽게 루덴스와 유리마에게 맡겨놓았겠지만 하나하나가 만만치 않은 어둠의 기운을 뿜어내고 있는 컴플레이티니스 언데드였기 때문에 상대하는 것이 여간 골치가 아픈 것이 아니었다.

"윈드 커터! 프레임 버스터!"

이 정도의 숫자만 있으면 세계 정복은 꿈도 아니었다. 이나마 상대가 상대인지라 버티고 있는 것이었으니 루드웨어는 계속 밀려오는 언데드 나이트들을 보며 혹시 크샤스의 목적이 이것들이 아닐까 하는 생각이 들 정도였다.

그만큼 이들의 숫자는 많았고, 각 개체의 힘은 충분히 몇만의 군대를 상대할 수 있을 정도였다.

생각 같아서는 헬 파이어나 미티어를 사용하여 싸그리 날려 버리고 싶었지만, 그랬다가는 궁극의 마신 크레이져의 힘만 늘려주는 꼴이 되는 것이기에 참을 수밖에 없었다.

루덴스와 로노와르는 밀려오는 녀석들을 막으려고 정신이 없었지만, 루덴스와 유리마는 조금 편한 모양이었다.

마계에서 상위권에 속하는 두 사람에게 어둠의 기운이란 것은 별 소용이 없었기 때문에 단순히 그들이 휘두르는 검을 막고 마신 라스타의 권능을 빌려 어둠의 기운을 정화시키면 되었다.

하지만 이런 식으로 시간을 지체한다는 것은 안 되는 일이어서 유리마는 무엇인가를 결심하고는 조용히 주문을 외우기 시작했다.

"어둠에 속한 자들이여, 그대들의 사명은 이제 끝났으니 어둠을 지나 소생의 길로 가라. 다크 글로리."

유리마는 루덴스가 자신에게 오는 언데드를 막아주는 사이에 전체 정화 주문을 외웠다.

유리마에서 뿜어져 나오는 검은빛은 컴플레이티니스 언데드들의 몸을 휘감아가기 시작했고 얼마 지나지 않아 어둠의 기운이 빠져나가자 주위에 있던 언데드들을 땅으로 쓰러지며 먼지로 소멸되기 시작했다.

"큭!"

언데드들의 대부분이 사라졌을 때 유리마는 참지 못하고 선혈을 내뱉으며 쓰러졌다. 유리마가 외운 주문은 상당한 기운을 소비하는 주문으로 보통은 상위 마족의 암흑 신관이 외우는 것인데, 그것을 인간의 몸으로 외웠기 때문에 어둠의 마나가 리듬을 붕괴시켜 장기에 손상을 입은 것이다.

"유리마!"

루드웨어는 유리마가 피를 토하고 쓰러지자 급히 달려갔다. 달려오는 그를 보며 유리마는 손을 내저으며 일어섰으나 얼굴은 핏기 하나 없이 창백하게 변해 있었다.

"걱정 마라. 이 정도로 죽을 것이라면 오지도 않았다."

루드웨어를 안심시키기 위해 말을 했지만 현재 유리마의 몸은 일어서기조차 힘들 지경이었다. 단순한 부상이라면 마법의 힘으로 치유하겠지만 현재 그의 몸은 어둠의 마나의 리듬이 흔들린 것이기 때문에 보통의 치료 마법은 소용없었다. 그리고 루덴스의 마계에 속한 힘 역시 신체 붕괴를 가속화시킬 수 있기 때문에 어느 누구도 유리마의 상태를 치료해 줄 수 없었다.

"피 토했는데 멀쩡하네?"

마치 왜 안 죽느냐는 말투였기에 다른 사람들의 따가운 눈총이 꽂힐 수밖에 없었다.

현재 이곳에서 유리마의 몸 상태를 눈치 채지 못하는 사람은 단 한 명 로노와르뿐이었다.

유리마가 다시 일어서자 사라들의 눈총에 힘입어 로노와르는 안심이 된다는 투로 말했다.

"휴! 다행이다."

그런 로노와르를 보며 유리마는 잠시 무엇인가를 생각하는 듯하더니 로노와르에게 다가가 그의 얼굴에 두 손을 갖다 대었다.

예상치도 못한 유리마의 애로 분위기에 놀란 로노와르는 뒷걸음질 치려 했지만 그는 로노와르를 놔주지 않았다.

"유리마……!"

루드웨어는 그 모습에 기분이 나빠져서 막으려고 걸어갔다. 그 순간 유리마가 로노와르의 얼굴에 자신의 얼굴을 갖다 대더니 키스를 했다.

"헉! 로노와르의 퍼스트 키스가……."

자신보다 먼저 로노와르의 입술을 유리마가 빼앗는 것을 보며 루드웨어는 비참함을 느낄 수밖에 없었다.

분위기 좋은 때 하려고 남겨놓았던 것인데… 그것을……. 루드웨어의 목에서는 숨넘어가는 소리가 나기 시작했다.

피 토하면 머리가 이상해지는 것일까라는 헛된 생각을 잠시 하긴 했지만, 이내 선수친 퍼스트 키스가 생각나서 루드웨어는 폭발하기 일보 직전까지 갔다. 하지만 이어지는 유리마의 말에 온몸의 힘이 빠져 버렸다.

"저의 암흑 마나를 잠시 불어 넣어드렸습니다. 이제 당신은 어둠의 기운을 어느 정도까지 견딜 수 있을 것입니다."

유리마는 자신을 걱정해 준 로노와르에게 어둠의 기운에 대한 면역성을 기르기 위해 암흑 마나를 주입한 것이다.

하지만 그런 고난도의 기술을 로노와르가 알 리가 없었다.

"너의 퍼스트 키스가……. 흑흑흑."

"……."

로노와르에게도 퍼스트 키스는 중요한 것이었다. 그런데 그것을 어디서 굴러온지 모를 암흑 신관에게 뺏겼으니 얼마나 억울하겠는가. 땅에 무릎을 꿇고 오열하는 로노와르에게 루드웨어는 조용히 다가가서는 말했다.

"바보, 유리마는 키스를 한 게 아니라 너에게 어둠의 기운을 불어

넣어준 거라니까."

"키스한 게 아니야?"

"그래, 인공호흡 같은 거라고. 그건 키스가 아니잖아."

물에 빠져 숨 못 쉬는 놈에게 인공호흡이 키스가 아닌 것처럼 힘을 전달하기 위한 행위 역시 키스가 아니라는 말로 로노와르와 자신을 설득하는 루드웨어였다.

"근데 어둠의 기운… 그거 위험한 거 아니야?"

로노와르의 말에 그는 고개를 저으며 말했다.

"인간이라면 상당히 위험하겠지만 넌 드래곤, 거기다가 해츨링이라고. 다크 드래곤과 같은 힘을 얻게 됐을걸?"

"그, 그럼… 나… 다크그린 색의 혼혈 드래곤이 되는 거네?"

"윽!"

로노와르의 말이 터진 순간 모든 사람들은 그 자리에서 쓰러지고 말았다.

"웬 개소리냐……."

"난 그린 드래곤인데 암흑 마나가 들어갔으니 색깔이 진해질 것 아니야. 그러니 나 다크그린 색의 드래곤이 되는 거 아니야?"

"그런가?"

생각해 보니 틀린 말은 아니기에 루드웨어도 고민할 수밖에 없었지만, 어차피 딴 그린 드래곤보다 색깔이 조금 진해지는 것에 지나지 않는다는 생각을 했다.

어차피 이 대륙에는 결정적으로 피부 색깔로 인종을 차별하는 그런 쓸데없는 인식은 없으니 색깔 조금 진해지는 것이 무슨 상관이겠는가.

"색깔이 좀 진해지는 건데, 여름에 태웠다고 생각하라고."

"음… 그럴 수도."

과히 드래곤의 사회에선 충격적인 말이었다. 어느 드래곤이 지 색깔 바꾸는 선텐을 하겠는가? 최초의 선텐 드래곤이 될지도 모르는 로노와르는 그냥 넘어가기로 했다.

"뭐야!"

밀려오는 소식에 안트워 공작은 머리가 아플 지경이었다. 성안으로 진입한 마병들은 자신들끼리 상잔하고 있었고 후방에서는 예상치도 못한 마령의 군대가 급습해 온 것이다.

두 상황 모두 좋은 상황이 아닌지라 안트워 공작은 미간을 찌푸리며 계책을 고민해 봤지만 좀처럼 다른 수가 생각나지 않았다.

'군사적으로 압박하여 완전한 승기를 잡으려 했던 것이 실수였던가.'

사이야를 앞에 내세워 협박을 할 수도 있었지만, 그것은 후에 크샤스가 군권을 되찾을 경우를 생각한다면 위험한 일이었다. 때문에 안트워 공작은 이 분지를 군사적으로 압박하여 크샤스를 궁지에 몬 후 여동생을 구실로 황제의 좌를 선양받을 생각을 하고 있었는데 그것이 틀어져 버린 것이다.

"공작가 사병들의 상황은?"

"현재 마병들을 뒤로 돌렸기 때문에 피해는 그리 크지 않습니다."

"뒤쪽으로 일단의 마병들을 더 증원하고 공작가 사병들은 분지로 진입한다."

"예."

부관의 명령을 받고 사라지자 안트워 공작은 자신의 옆에 묶여 있는 사이야에게 고개를 돌렸다.

"드디어 오빠를 만날 수 있게 됐군."

"……."

사이야는 아무 말도 할 수 없었다.

라디안은 크렌 장군의 와이번에서 내려 혼자 성안으로 들어가고 있었다. 물론 마병들이 라디안의 앞을 가로막고 있었지만 칠인회에서 마법 실력을 향상시킨 라디안은 헤이스트와 여러 가지 마법들을 사용하며 아무 상처 없이 앞으로 나서고 있었는데 한 건물에서 익숙한 고함 소리가 들려왔다.

"이 목소리는!"

시스였다. 라디안은 시스의 고함 소리를 따라 몸을 움직였고 한 건물의 입구에서 시스가 안으로 진입하려는 마병들을 막고 있는 모습을 볼 수 있었다.

"아쿠아 해머!"

라디아의 시동어가 터지자 마법진이 형성되면서 수많은 물기둥이 시스 앞에 있는 마병들을 쓸어가기 시작했다.

물기둥에 마병들을 쓸어가자 시스는 놀라 마법이 형성된 곳을 쳐다보았는데 라디안을 발견하고는 반가운 목소리로 소리쳤다.

"라디안!"

"시스 형!"

라디안은 마법의 물줄기가 사라지자 시스의 이름을 외치며 건물 안으로 들어갔다.

"잘 왔다. 입구는 내가 지키고 있을 테니 일단 안으로 들어가라."

"예."

시스의 말에 따라 안으로 들어갔는데 안에는 신성력을 크레이드를 치료하고 있는 아이샤와 누워 있는 크레이드, 힘을 너무 많이 썼는지 지친 모습으로 앉아 있는 시안이 있었다.

시안은 땅바닥에 힘없이 앉아 있다가 입구에서 들어오는 라디안의 모습을 보고 뛰어들어서는 라디안을 안았다.

"라디안!"

"시안 누나!"

잠시 시안의 가슴에 눌려 발버둥치다가 빠져나온 라디안은 잠시 숨을 몰아쉬더니 크레이드를 가리키며 말했다.

"그런데 크레이드 형이……?"

라디안의 물음에 시안은 지금까지 있었던 일을 말해 주었고 모든 얘기를 들은 라디안은 그제야 자신이 느낀 기운의 정체를 알 수 있었다.

"그렇군요. 분지로 들어설 때 강한 어둠의 기운 때문에 안으로 들어왔는데… 이런 일이 있을 줄은……."

"정말 무서운 녀석들이었어. 크레이드는 제대로 반격도 못하고 이렇게 당한 거라니까."

엘레이나는 칼리아스의 설명을 듣고는 입을 다물 수가 없었다.

"미, 미쳤어요……."

미친 짓이었다. 엘레이나는 크샤스의 이념—모든 종족의 평등—을 위해 대륙 마법 길드에서 이곳으로 찾아온 것이다. 하지만 현재 크샤스가 한 행동은 그런 이념을 모두 파괴하고도 남는 일이었다.

크샤스는 믿었던 동료를 배반한 거나 마찬가지였다. 하지만 칼리아스는 그렇게 생각하지 않는 모양이었다.

"힘… 이념의 완성을 위해선 힘이 필요했다. 혁명을 위해선 어느 정도의 피는 반드시 필요한 법이었기에 크샤스의 친위 기사단 전부를 컨플레이티니스 언데드로 만든 것은 그때 선택할 수 있는 최선의 방법이었다."

마병들의 침입에 왜 상위급 기사들의 모습이 보이지 않았는지 계속 궁금해했던 엘레이나는 차라리 그들이 도망갔다고 믿고 싶었다. 이런 행위는 도저히 용서할 수 없는 일이었기 때문이다.

"광기……."

광기. 이제 모든 것은 미치고 있었다.

왜 자신은 인간을 믿었던 것일까. 인간은 언제라도 자신의 이득을 위해 남을 배반할 수 있는 존재이거늘. 엘레이나는 이제 모든 인간에 대한 불신감마저 들었다.

존경했던 대마법사 칼리아스. 그는 이제 더 이상 그녀에게 존경의 대상이 되지 못했다.

그녀가 이런 생각을 하고 있을 때 두 명의 흑기사가 돌아왔다. 온몸에 시뻘건 피로 물들어 있는 그들은 흡사 악마의 모습과도 같아 엘레이나는 그런 그들을 보며 온몸이 떨려왔다.

아무 말도 하지 않는 자들. 엘레이나는 그들의 시선이 자신에게 꽂혀오는 것 같았다. 왜 자신들이 이렇게 되는 것을 막지 않았느냐는 분노와도 같은 시선들…….

'난… 난 아무것도 몰랐어요…….'

"엘레이나, 미안하구나."

칼리아스는 아무런 말도 하지 않는 엘레이나를 품에 안았다. 그리고 그는 생의 마지막을 장식해야 했다.

"칼리아스님… 혁명을 위하신다면… 저의 피도 원하시겠군요."

"무슨 소리냐. 너만은… 큭!"

복부에 이는 강한 통증에 밑을 내려다본 칼리아스는 엘레이나의 손에 들려 있는 단검이 자신의 배에 꽂힌 것을 볼 수 있었다.

"에, 엘레이나."

엘레이나의 눈에는 눈물이 흐르고 있었다.

"칼리아스님, 당신은 타락한 마법사가 되어선 안 됩니다."

엘레이나는 조금씩 무너져 가는 칼리아스를 보며 자신의 몸도 무너지고 있다는 것을 느낄 수 있었다.

"칼리아스님."

엘레이나는 과거의 기억이 떠올랐다.

변방의 작은 왕국의 농노의 가족 사이에서 태어난 그녀는 불행하게 자라왔다.

일 년 먹을 양식조차 없는 척박한 농토를 일구는 부모님 밑에서 언제나 나무껍질로 연명하며 살아가는 가난한 집안.

그녀는 이런 집안이 너무 싫었고, 그것을 증오했다. 어렸을 때부터 이상한 능력이 있었던 그녀는 마법사 자질이 있는 자만이 가능한 염력을 아무런 배움도 없이 성공시켰고, 동물들과도 이야기할 수 있는 능력도 있었다.

사물을 움직이며 동물들과 이야기하며 놀던 것이 우연히 그곳을 지나던 한 마법사의 눈에 띄었다.

그 마법사는 왕국의 궁정 마법사 직에 있었던 미테울라였다. 그는 농노의 딸로 노예의 신분인 그녀를 해방시켜 자신의 제자로 삼았다.

그때 그녀의 나이 일곱 살이었다.

제자를 기르기 위해 왕국의 궁정 마법사에서 벗어난 미테울라는 왕국 근처의 마법의 탑에서 엘레이나를 가르치며 연구에 몰두했는데, 그런 미테울라를 자주 찾아왔던 이가 바로 칼리아스였다.

미테울라의 친구인 칼리아스는 그 당시 45세의 중년의 나이었다. 결혼하지 않은 그는 미테울라의 일곱 살짜리 제자인 엘레이나를 무척이나 귀여워해 주었다.

일 년에 두 번밖에 오지 않는 그였지만, 엘레이나에게 그동안 막혔던 마법 이론을 언제나 자상한 목소리로 설명해 주었기에 엘레이나는 그런 칼리아스에게 존경심을 가지고 있었다. 그리고 그것은 사랑으로 변해갔다.

깊은 연모의 시간. 하지만 그녀와 칼리아스는 많은 나이 차이 때문에 연인으로 발전할 수 없는 관계였다.

세월이 흘러 스승인 미테울라가 죽고 길드에서 마도사의 직위를 얻게 되었다. 그리고 대륙에서 자신의 입지를 만들기 위해 활동할 때, 엘레이나는 칼리아스가 자신을 오호사에 스카웃한다는 소리를 듣고 밤새 한숨도 자지 못했었다.

사랑하는 칼리아스님과 같이 있을 수 있는 시간, 그것은 그녀에게 어느 것과도 바꿀 수 없는 것이기 때문이다.

하지만 그것은 지금 무너지고 말았다. 엘레이나의 가슴에 영원히 존경과 사랑의 대상으로 남아 있어야 할 칼리아스는 이념에 눈이 먼

타락한 마법사가 되어 있는 것이다. 있을 수 없는 일이었다.

자신의 영원한 사랑인 칼리아스는 위대한 마법사로 남아 있어야 했다.

"에, 엘레이나……."

"사랑해요."

엘레이나는 자신의 이름을 부르며 쓰러지는 칼리아스를 품에 끌어안으며 말했다.

그리고 그녀의 사랑한다는 말을 들은 칼리아스는 미소를 지었다. 사랑하는 여인의 품에서 죽을 수 있었기 때문이다.

눈을 감고 지상에서의 마지막 생을 다한 그의 얼굴을 보며 그녀는 조용히 그의 입에 키스를 남겼다.

샤악—

잠시 후 엘레이나가 칼리아스를 죽인 것을 확인한 흑기사 중 하나가 그녀를 적이라 판단하며 엘레이나의 목을 베었다.

45장 라디안의 눈물

오망성의 마법진 위에서 한 사람이 고뇌하고 있었다.

크샤스, 그는 이제 봉인 해제의 마지막을 준비하고 있었다. 맹목적으로 자신의 명령만을 듣는 십여 명의 흑기사가 그의 주위를 둘러싸고 있었고, 고뇌하는 그의 앞에는 총애하던 기사 중 한 명인 헤르안티스가 부복하고 있었다.

"헤르안티스."

언제나 자신이 부르면 즉시 대답하던 그였지만 이제는 아무 말도 하지 못했다. 그가 총애하던 기사는 컴플레이티니스 언데드가 되어 있었기 때문이다.

그를 둘러싸며 보호하고 있는 십여 명의 흑기사들은 모두 소드 마스터의 경지에 오른 절정의 실력자들이다. 하지만 그들은 주군의 영광을 위하여 스스로 언데드화가 되었다.

마법진의 주위에는 봉인 해제를 준비하던 오호사 소속의 마법사들이 시체가 되어 쓰러져 있었다.

모든 의식이 끝난 지금 마나를 모두 소비하여 탈진해 쓰러진 마법사들은 방해만 될 뿐이었기에 흑기사들을 시켜 모두를 베어버린 것이다.

이제 크샤스는 한 가지 의식만을 남기고 있었다.

하지만 그는 그것을 할 수 있을까 고민하고 있었다. 이 순간 헤르안티스가 말을 할 수 있다면 그에게 고민을 털어놓고 싶었지만, 그것이 불가능했다.

'칼리아스는 이 사실을 알면서도 나에게 봉인의 해제 의식을 하게 했던가.'

칼리아스. 야심찬 마법사. 종족 평준의 모든 이론은 그의 머리 속에서 나왔다. 그는 대륙의 미래를 위해 피는 필요하다 말했고 크샤스 그 역시 그의 말에 동조했다.

하지만 이번에 흘릴 피만은 불가능했다. 그 피가 희생되어지는 때 크샤스는 자신이 정신이 붕괴될 것을 예감할 수 있었다.

'사이야……'

유일하게 남아 있는 자신의 혈육에 이름을 읊조리는 그였다.

하지만 정신을 붕괴시킬 희생의 피가 자신에게 엄청난 고통을 안겨줄 것을 알면서도 그는 멈출 수가 없었다. 이미 시간의 화살은 끝으로 다다르고 있었기 때문이다.

"로이텐, 하루스, 칼, 리처드, 너희들에게 명령한다. 루드웨어와 그의 일행을 저지해라!"

크샤스의 명령이 떨어지자 4명의 기사들이 인사를 하고는 검은색의 안개와 함께 사라졌다. 크샤스는 네 명의 흑기사가 루드웨어의 일행을 죽일 능력은 없지만 마지막 의식이 치러지기 전까지 그들을 어느 정도 지체시킬 수 있다고 생각하고 그들을 보낸 것이다.

"지금 마령의 병력이 안트워 공작의 군대의 배후를 치고 들어오고 있어요. 조금만 더 버티면 될 거예요."

시안에게 마령의 군대가 올 것이라는 말을 하며 안심시킨 라디안은 봉인지로 가기 위해 밖으로 나갔다.

"라디안."

"전 가야 해요. 크샤스 폐하, 그분이 하려는 일은 신의 섭리를 역행하는 일. 반드시 막아야 하는 것이니까요."

라디안의 단호한 말에 시스는 고개를 끄덕이면서 시안에게 말했다.

"시안, 어느 정도 힘이 돌아왔으면 이곳을 지켜라. 난 라디안과 함께 크샤스에게 갈 테니."

시스의 말에 시안은 힘겹게 몸을 일으키고는 걸어왔다. 라디안은 시안의 지친 모습이 안쓰러워 시스가 남길 바랬지만 시스가 한번 결정한 일은 번복하지 않는다는 것을 알기 때문에 아무 말도 할 수가 없었다.

"가자!"

시스가 앞장서자 라디안은 그의 뒤를 따라 뛰었다. 현재 안트워 공작의 마병과 마령의 군대는 성벽의 안팎에서 치열한 접전을 벌이고 있었기에 의외로 성의 중앙으로 갈수록 적의 병사들은 보이지 않았다.

이 때문에 두 사람은 아무런 충돌 없이 안으로 들어갈 수 있었는데 여기저기 널려 있는 시체들을 무시하며 가던 라디안의 몸이 어느 순간 멈춰졌다.

"무슨 일이냐."

시스는 라디안이 갑자기 멈춰 서자 의아해하며 물었는데 라디안은 아무 말도 하지 않고 앞으로 천천히 걸어가더니 잘려진 머리를 들어 올렸다.

"……."

시스는 잘려진 목의 주인을 본 적이 있기 때문에 라디안이 왜 멈춰 섰는지 알 수 있었다. 목의 주인은 라디안을 오호사에 소개시켜 준 여자 마도사 엘레이나의 머리였던 것이다.

엘레이나의 머리를 들고는 주위를 둘러보던 라디안은 엘레이나의 몸을 찾을 수 있었다. 엘레이나의 목 없는 몸과 함께 시체가 되어 있는 사람을 보며 라디안은 중얼거렸다.

"칼리아스님……."

엘레이나의 손에 들려 있는 단검이 그의 복부에 박혀 있는 것으로 보아 엘레이나의 손에 그가 죽었다는 것을 알 수 있었지만 칼리아스의 얼굴은 미소를 띠고 있었다.

그의 미소. 라디안은 처음 칼리아스를 만났을 때를 생각했다.

야심으로 가득 차 있는 얼굴의 그는 평상시에는 야망에 눌려 언제나 무표정한 얼굴로 다녔지만, 단 한 사람 앞에서는 미소를 잃지 않았다.

많은 시간은 아니지만 칼리아스는 엘레이나와 시간을 보낼 때만은 모든 것을 잊고는 순수한 미소를 보여주고 있었던 것이다.

그러한 이유를 잘 모르고 있었던 라디안은 어느 날 술에 취한 엘레이나 누나에게서 이야기를 들을 수 있었다.

오호사의 외부 인사 초빙을 맡고 있었던 엘레이나는 밖으로 돌아다니는 일이 많았다. 하지만 모든 일을 마치면 꼭 들르는 곳이 있었는데, 그곳이 바로 칼리아스님의 직무실이었다. 하지만 그날 칼리아스님은 크샤스님의 명령을 받고 비밀 장소로 간 후였다.

칼리아스님을 찾아가려는 엘레이나에게 아무도 그 비밀 장소를 가르쳐 주지 않자 실망한 그녀는 어디론가 사라졌고, 라디안은 엘레이나를 찾아다니다 술집에서 만취한 그녀를 볼 수 있었다.

평소에 술을 좋아하는 엘레이나였지만 만취한 모습을 보여준 적은 없었기 때문에 라디안은 그녀에 대한 걱정으로 앞 자리에 조용히 앉고는 말했다.

"누나, 무슨 기분 안 좋은 일이라도 있었어요?"

자신의 앞에 라디안이 있다는 것을 안 엘레이나는 벌겋게 변한 얼굴을 들어 미소를 지어 보였다.

"그렇게 보이니?"

"네."

라디안의 대답에 한참 동안 조용히 있던 엘레이나는 술잔 가득 술을 따라 마셨고, 그런 그녀의 모습에 라디안은 걱정이 되었다.

"후후, 웃기지? 남들은 젊고 예쁜 얼굴을 좋아하는데… 난 내가 중년의 여자였으면 좋겠다고 생각하니 말이야."

"……"

엘레이나의 눈에서 눈물이 떨어지자 라디안은 자리에서 일어나 손수건을 들어 그녀의 눈물을 닦아주었다.

라디안은 엘레이나의 눈물의 원인을 어느 정도 짐작할 수 있었다.

"누나, 칼리아스님을 사랑해요?"

라디안의 말에 잠시 흠칫했던 엘레이나였지만 자신의 마음속에 있던 비밀을 라디안이 알아챘다는 것에 다소 마음이 홀가분해진 것을 느끼고는 얼굴을 들어 말했다.

"응. 그런데… 칼리아스님은 날 딸처럼 생각하시는 것 같아."

평소에 누나의 행동에서 느꼈던 것이지만 직접 그 얘기를 듣자 안타까운 생각이 들었다. 라디안이 좋아하는 엘레이나는 이루어지기 힘든 사랑을 하고 있었기 때문이다.

"칼리아스님에게 자랑하고 싶었던 일도 많았는데……."

칼리아스가 자신에게 행선지를 가르쳐 주지 않고 떠났던 것이 그녀의 마음에 아픔으로 다가섰던 것이다.

"하지만 이젠 괜찮아. 착한 라디안이 위로해 주는데 이젠 맘 풀어야지."

그렇게 말하는 엘레이나의 얼굴에는 슬픔이 가득해 있었기에 라디안은 아무 말도 할 수 없었다.

그리고 지금 잘려진 엘레이나의 얼굴은 그때와 같이 슬픔으로 가득 차 있었다.

영원히 같이 할 수 없는 사랑으로 슬퍼하고 있는 엘레이나의 모습이 라디안의 가슴을 무너지게 만들었다.

라디안은 자신도 모르게 눈물이 흘러내리고 있는 것을 느낄 수 있었다.

'누나…….'

라디안은 엘레이나의 머리를 서로 안은 채로 죽어 있는 그들의 몸

위에 올려놓았다. 누나가 사랑하는 사람과 죽어서도 같이 있기를 바라면서, 얼굴에 흘러내린 눈물을 닦았다.

"시스 형, 가요."

라디안의 말에 시스는 고개를 끄덕이며 앞으로 나갔다.

"온다."

루덴스는 주변에서 작은 양의 어둠의 기운이 새어 나오는 것을 느끼고 크샤스의 컴플레이티니스 언데드들이 출현했다는 것을 알 수 있었다.

"녀석들이 내뿜는 기운은 극히 적은 양이지만 적어도 소드 마스터급 이상의 녀석들로 만들어진 것 같군."

컴플레이티니스 언데드들은 살아 있을 때의 실력에서 어둠의 힘이 추가되어 더욱 힘이 강해진 언데드였다. 해서 살아 있을 때 소드 마스터 급의 기사였다면 현재의 상태에선 소드 마스터를 넘어서는 능력을 가진 존재인 것이다.

"유리마, 움직일 수 있겠나?"

루드웨어가 묻자 유리마는 고개를 끄덕이며 말했다.

"물론 이 정도쯤이야 마계에서 라스타님에게 받은 훈련보다 못한 수준이라고."

"건물에서 만났던 녀석과 비슷한 실력들이다. 결코 만만한 녀석들이 아니니 몸조심 잘하라고."

루드웨어는 유리마를 뒤쪽으로 밀고는 앞으로 나가 주변에 마나장을 형성시키기 시작했다. 일반적인 마법사라면 마나장을 내뿜는 행위는 하지 않지만, 마나 소지량이 많은 루드웨어는 가능한 기술이었다.

루드웨어의 마나장은 광범위하게 퍼져 일행에 50미터 이내에 녀석들이 접근한다면 마나장에서 굴곡이 생겨 루드웨어에게 알려주게 된다.

루드웨어의 마나장이 사방으로 흩어지는 것을 확인한 루덴스는 검을 들고 기다리고 있었다. 철저한 후발의 공격 방법이긴 하지만 현재의 상태에선 루드웨어와 루덴스 두 사람 외엔 적을 제대로 공격할 수 있는 사람이 없었기 때문에 가장 적당한 방법이라고 할 수 있었다.

"온다!"

검은 그림자. 대륙에서 손꼽히는 실력을 가지고 있는 루덴스조차 간신히 그 움직임을 파악할 수 있을 정도의 빠른 속도로 그들은 일행의 주위를 맴돌고 있었다.

서로 간의 간격을 좁히지 않은 채 살기만을 내뿜고 있었기에 차츰 루덴스는 이상한 생각이 들기 시작했다.

"루드웨어, 혹시 이 녀석들 시간 끌기 용인가?"

루덴스의 말에 루드웨어는 고개를 끄덕이며 경계를 늦추지 않고 말했다.

"크샤스도 우리가 불사의 몸을 지녔다는 것을 안 이상, 컴플레이티니스 언데드로 우리를 죽일 수 없다는 것을 알고 있을 테니까."

"음… 그렇다면 빨리 처리해야겠군."

루덴스는 천천히 자신의 마검에 마나를 주입하기 시작했다. 루덴스의 마나가 주입된 마검은 검은빛으로 감싸였다.

루덴스가 직접 나서서 자신들을 공격하려고 하자 네 명의 흑기사들은 주위를 도는 것을 멈추고 사방으로 흩어져 나갔다.

루덴스가 나선다면 나머지 세 명은 남은 일행들을 공격할 뜻을 비추는 대형을 취하자 루덴스로서는 검에 마나를 주입해 놓고서도 앞으로 나서지 못하는 형국이 되어버렸다.

"역시 이지를 가진 언데드군. 그냥은 당하지 않겠다는 건가."

루드웨어는 녀석들의 용의주도함에 놀라는 표정을 짓고는 주문을 외우기 시작했다.

46장 칠인회의 원군

광활한 북극령의 벌판이 한눈에 들여다보이는 언덕, 그 언덕 위에 두 사람의 마법사가 하늘을 보며 기분 좋은 얼굴을 하고 있었다.

"날씨 한번 좋지 않은가?"

노년의 마법사가 하늘을 보며 말하자 옆에 있던 50대 정도의 마법사는 하늘을 잠시 응시하다가 고개를 저으며 말했다.

"2회주, 이 날씨가 좋은 겁니까?"

하늘에 먹구름이 잔뜩 끼여 북극의 하늘에 언제 눈발을 날릴지 모르는 날씨였지만, 노마법사는 당연하다는 듯이 말했다.

"대기의 움직임이 좋지 않은가. 아무것도 없이 맹맹한 날보다야 이런 날이 훨씬 좋지, 웨더리우스."

50대의 마법사는 루드웨어가 만든 비밀 마법 조직 칠인회의 5회주인 웨더리우스였고, 그와 이야기를 나누고 있는 노마법사는 라디안의 스승인 2회주 헤른드 라비에타였다. 두 사람은 100명의 마법사와 함께 2차로 북극령의 땅에 발을 디딘 것이다.

헤른드는 상쾌한 공기라는 듯이 저기압의 낮은 공기를 폐부 깊숙이 들이마시더니 껄껄 웃었다. 그런 그의 모습을 보며 웨더리우스는 머리가 아파오는지 이마를 만지작거리고 있었다.

헤른드가 좀처럼 나설 기미를 보이지 않자 뒤에 서 있던 마법사 한 명이 그에게 다가와 말했다.

"저 헤른드님, 이젠 움직여야 합니다."

"응? 시간이 벌써 그렇게 됐나?"

벌써 두 시간이나 한곳에서 경치 구경을 하고 있는 것을 두 눈으로 뻔히 지켜보고 있었던 마법사는 헤른드를 보며 할 말을 잃고 말았고 웨더리우스는 헤른드를 포기했는지 그를 보며 말했다.

"6회주에게서 텔레포트 좌표를 받아왔는가?"

"예. 다만 레허드 분지 안은 강한 마법 결계가 걸려 있기 때문에 가까운 곳의 좌표를 정해주셨습니다."

"음… 일단 외부에서 마법 결계를 파괴하는 것이 우선시되어야겠군. 결계의 레벨은?"

"대략 7서클 정도라고 합니다."

"7서클이라… 음, 50명 정도는 결계 해제 때문에 빠지겠군. 로우나 회주에게 전쟁에 참여하고 있는 마법사 중 지원 가능한 자가 얼마나 되는지도 물어봤는가?"

"예. 물어보았지만 현재 얼음성 점령이 막 완료된지라 마나 운용 가능한 마법사는 6회주 혼자뿐이시랍니다."

그 말에 헤른드는 고개를 끄덕이며 말했다.

"혼자서 놀고 있었나 보군. 마나가 남는 걸 보니 말이야."

"글쎄요. 로우나 회주가 헤른드님 같다면야 충분히 가능한 일이긴 합니다만."

웨더리우스의 말에 헤른드는 고개를 내저으며 말했다.

"어허, 자네는 내가 아무런 근거도 없이 이런 말을 했다고 생각하는가?"

"근거라시면……?"

"푸하하하하! 라디안, 그 녀석이 나와 로우나 회주가 자기 때문에 사이가 좀 나빠졌다고 생각해서 남자를 소개시켜 준다고 했었거든. 아마 로우나 회주는 라디안 녀석이 소개시켜 준 자에게 빠져 어리벙벙해져 있을 것이네."

웨더리우스는 헤른드의 말을 듣고는 자신도 모르게 웃어버렸다.

"요즘따라 히스테리를 자주 부리는 것 같았는데 참 잘하셨습니다."

"잘했지. 우후, 잘했고 말고. 암튼 라디안이 소개시켜 준 남자가 어떤지 물어보고 싶어 죽을 지경이라네. 먼저 로우나를 만나고 싶지만 그랬다간 루드웨어님이 무지 발광하실 것은 뻔한 일이니 그냥 분지로 향하는 것이 나을 것 같군."

"이미 이 정도의 시간을 허비한 것만으로도 약간의 발광을 받아주셔야 할 겁니다."

"흠흠, 그런가? 아무튼 일을 빨리 하도록 하세나. 전 마법사들에게 텔레포트 좌표를 배분하도록 하게."

"예."

헤른드가 지시하자 옆에서 대기하고 있던 마법사는 고개를 숙이고 다른 마법사들에게 좌표 값을 전달하기 위해 움직이기 시작했다.

"그나저나 얼굴 마담 1회주는 뭐 하고 있데나?"

"뭐, 언제나와 같지요. 요즘엔 로아냐드 제국의 3대 재상 가문의 미망인 르미안다 공작 부인과 염문을 뿌리고 다닌다니 조만간에 칠인회의 차명 계좌로 공작가의 이름으로 된 거액이 기부될 것으로 예상됩니다."

"그래? 다행이군. 비공석(飛空石) 연구에 돈이 많이 들어가서 걱정했는데 말이야."

"…헤른드님, 올해에 헤른드님께서 하신다는 비공석 연구 지원비로 회의 예산 10%가 들어간 것을 아십니까?"

"응? 10%밖에 안 들어간 거야? 작년에는 20% 정도 들어간 걸로 아는데 말야. 좀 더 써야되겠군."

헤른드의 말에 웨더리우스는 말도 안 된다는 듯이 손을 내저으며 말했다.

"더 이상의 지원은 없습니다. 작년에 헤른드님께서 20% 정도 되는 회비를 탕감하시는 바람에 다른 회주들에게 지원된 연구비는 전체의 5%도 되지 않았다는 것을 알고 계시기나 하신 겁니까."

"하하하, 그래도 그때의 연구는 어느 정도 성공하지 않았나. 또 그 정도로 성공을 했으니 3회주 고딘 녀석이 겨우 대량 생산을 성공한 게 아닌가."

웨더리우스는 헤른드가 많은 연구비를 탕진하기는 하지만 하나하나의 성과에는 문제가 없다는 것을 알고 있기 때문에 더 이상 아무 말도 하지 않았다.

이번에 칠인회 연금술부에서 가져온 신무기의 기본 마나 회로는 헤른드의 머리에서 만들어진 것이나 다름이 없었다. 2회주가 직접 북극령으로 온 원인도 신무기의 성능 평가를 위해서였다. 실제로 이 증원에 참여하기로 약정되어 있던 사람은 웨더리우스 혼자뿐이었던 것이다.

어떻게 보면 실력있는 마법사가 한 명 더 생겨 안심일 수도 있지만, 상대가 헤른드라면 상황이 조금 달라진다.

헤른드가 증원해 온 덕분에 일선의 작전 지휘관이 두 명이 되어버렸고, 현재와 같이 두 시간이나 허비하게 되는 불상사가 벌어진 것이다.

"차아앗!"

챙―

빠른 스피드로 쇄도하는 적들을 상대하느라 로노와르는 정신이 없을 정도였다. 물론 검술이야 허접한 기사들한테도 당해내지 못하는 실력이라지만, 동체 시력과 스피드만은 인간의 수십 배가 넘는 드래곤인지라 간신히 흑기사들의 공격을 막아내고 있었다.

"루드웨어, 어떻게 좀 해봐!"

위험천만한 시간이 계속되자 로노와르는 루드웨어에게 이 난국을 해결하라고 소리쳐 보았지만 루드웨어라고 해도 별수는 없었다.

주문을 외울 시간도 없이 흑기사들이 빠른 속도로 쇄도해 오기 때문이었다.

"젠장, 주문 외울 시간이라도 있어야 어떻게 해볼 거 아냐!"

"언령은 어디다 두고!"

"이따위 녀석들에게 엄청나게 마나를 잡아먹는 언령을 쓸 순 없잖아!"

"그러다 죽지, 죽어!"

루덴스가 주위를 돌아다니며 흑기사들을 상대하고는 있었지만 이렇게 가다간 모두 지쳐 버릴 것이 뻔했기 때문에 루드웨어로서도 다른 수를 생각하지 않을 수 없었다.

"어쩔 수 없군. 비장의 한 수를 써볼까."

"비장의 한 수?"

루드웨어의 비장의 한 수란 말에 흥미가 도는 듯 로노와르가 묻자 그는 고개를 끄덕이며 말했다.

"칠인회의 2회주란 녀석의 특기지."

그렇게 말한 루드웨어는 품에서 마반석을 꺼내 들었다. 마반석은 일종의 마법 공격 방어 기구로, 마반석에 마법이 부딪친다면 어느 정도의 마법력이 반사된다.

이러한 마반석의 반사는 난반사라 어디로 튈지 모르기 때문에 대마법 방어석으로 단체에서 사용할 수는 없고 개인적으로 들고 다니는 것이 대부분이었다.

루드웨어는 마반석을 왼손에 쥐고선 주먹으로 부수기 시작했고, 그것을 본 로노와르는 루드웨어가 이상해졌다고 생각할 수밖에 없었다.

"뭐 하는 짓이야! 마반석을 부수다니."

"보고만 있으라고."

루드웨어의 손에 들려 있던 주먹만한 마반석은 이제 작은 모래 알갱이가 되어 잘게 부서져 있었다.

"일회용이긴 하지만 이걸로 쉽게 한 놈은 잡을 수 있겠지."

그렇게 말한 루드웨어는 흑기사가 자신을 공격하도록 하기 위해 속임수를 준비했다. 일행들에서 조금 떨어진 그가 주문을 외우는 모습을 취하자, 긴 주문이 필요한 고위 마법을 사용할 수 있는 시간을 주지 않기 위해 한 명의 흑기사가 루드웨어를 향해 빠른 속도로 쇄도해 들어왔다.

"걸렸다!"

갑자기 루드웨어는 쇄도하는 흑기사를 향해 마반석을 부순 모래를 집어 던졌다. 그것을 본 로노와르는 하류 잡배들이나 쓰는 치졸한 방법을 비싼 마반석을 부수어 사용하는 루드웨어에게 한마디를 해주려고 했다. 하지만 잠시 후 로노와르의 생각은 하늘로 멀리 날아가 버리고 말았다.

루드웨어가 던진 마반석의 모래는 마나의 기운이 담겨 있었는지 흑기사의 몸을 원으로 둘러싸기 시작했다.

무엇인가 잘못됐다는 것을 느낀 흑기사는 급히 그 원에서 빠져나가려고 했다. 하지만 몸이 움직이는 대로 원형이 그를 따라 움직여 마반석 모래의 원에서 한 발자국도 나갈 수가 없었다.

루드웨어는 그 모습을 보며 기다렸다는 듯이 원 안으로 마법을 사용하여 통과시켰다.

"윈드 커터!"

"크아악!"

원형으로 둘러싸인 마반석의 모래에 갇혀 버린 흑기사는 마반석의 원 안으로 스며드는 수십 개의 윈드 커터 마법이 자신의 몸을 갈기갈기 찢는 것을 느꼈다.

"저건……."

로노와르는 이 놀라운 기술을 보며 할 말을 잃고 말았다. 루드웨어가 사용한 마법은 두 가지였다. 마법석의 모래를 상대에게 던져 원형으로 감싸는 것과 윈드 커터였지만 그 위력은 장난이 아니었다.

마반석 모래의 원 안으로 들어간 윈드 커터는 원 안에서 마반석에 의해 빠른 속도로 반사되며 적을 공격하기 시작했고 순식간에 그 안에 있던 흑기사는 자잘한 고기 파편이 되어 땅으로 흩어져 버렸다.

마반석은 마나력이 사라지자 사방으로 흩어졌고 뒤이어 루드웨어의 프레임 버스터가 흑기사의 산산조각 난 육체를 재로 만들어 버렸다.

"하하하, 봤느냐. 이것이 칠인회 2회주 헤른드 라비에타의 기술인 리플렉션 서클이다."

로노와르는 리플렉션 서클의 위력에 입을 벌리며 감탄할 수밖에 없었기에, 자신도 한번 배워 루드웨어에게 반드시 써먹겠다고 다짐을 했다.

아무튼 루드웨어가 리플렉션 서클로 네 명의 흑기사 중 한 명을 처리하자 루덴스 역시 움직이기가 편해졌다.

"카오스 오브 스페이스!"

루덴스의 기술 중 하나인 카오스 오브 스페이스가 시전되자 그의 정면의 공간은 일그러지기 시작했고 모든 대기와 생물의 움직임은 암흑 투기에 의해 정지당했다.

그 정지당한 물체에는 흑기사도 한 명 포함되어 있었기에 루덴스는 유리마를 향해 소리쳤다.

"유리마, 정화해라!"

"오케이!"

암흑 신관의 정화는 어둠의 기운에 물들어 있는 생명체의 기운을 마계의 중심부로 되돌리는 것으로, 유리마의 정화 주문이 펼쳐지자 흑기사의 몸에서 어둠의 기운이 빠져나와 차원을 통해 사라지기 시작했다.

컴플레이티니스 언데드인 흑기사의 어둠의 기운은 보통 언데드의 수백 배에 가깝기 때문에 시간이 오래 소비됐다. 하지만 유리마의 정화를 막기 위해 쇄도해 들어오는 두 명의 흑기사는 루드웨어와 로노와르가 간신히 막고 있었기에 정화는 순조롭게 끝날 수 있었다.

모든 어둠의 기운이 정화되자 흑기사는 땅으로 쓰러지면서 부식되어 가기 시작했다.

"어라, 녹잖아?"

"몸에 흐르는 피는 이미 어둠의 기운에 의해 강한 산성을 띤 액체로 변했으니까."

"음."

자신이 모르는 게 너무 많다고 생각하는 로노와르였다. 아무튼 두 명의 흑기사가 죽자 나머지 두 명도 주위를 맴돌 뿐 쉽게 접근하지 못하고 있었다.

"시간을 상당히 소비한 것 같군."

루드웨어는 잠시 주위에 흩어져 배회하는 녀석들을 보며 주문을 외우기 시작했다.

"사이야 공주님?"

라디안은 십여 명의 기사들과 함께 분지 쪽으로 향하는 안트워 공작과 그의 손에 잡혀 끌려가는 크샤스 폐하의 여동생인 사이야를 볼 수 있었다.

시스는 건물 옆에서 조용히 그들을 관찰하면서 만약의 사태를 대비해 검을 뽑아 들고 주시하고 있다가 그들이 중앙 봉인지 쪽으로 계속 걸어가며 말했다.

"저들을 따라가자."

"예."

라디안은 안트워 공작의 손에 잡혀 있는 사이야를 구해야 된다고 생각하는 한편으론 방치해야 되는가 하고 조금씩 고민하기 시작했다.

'안트워 공작이 사이야를 통해 크샤스를 협박한다면 그의 봉인 해제 의식도 막을 수 있을지 모른다.'

하지만 이내 라디안은 고개를 저었다. 아무리 결과를 위해서라고 해도 혈육을 통해 협박해서 그것을 이룬다는 것은 강한 거부감이 들었기 때문이다.

"장군님!"

마령과 안트워 공작의 비병들과의 대전은 다른 국면으로 빠져들고 있었다. 갑자기 전쟁터로 침입한 흑기사들은 겨우 세 명 정도에 지나지 않았지만 그들에 의해 양 군대는 모두 상당한 피해를 입고 있었다.

실력도 실력이지만 그들의 검에 죽은 병사들이 모두 언데드가 되어 아군을 공격하고 있었기에 시간이 지나면 지날수록 그들의 수는 늘어나기만 했다. 흑기사들에 의해 언데드가 된 자들에게 죽은 병사들은 다시 언데드가 되지는 않았지만, 흑기사들이 그들의 곁을 지나가고 나면 강한 어둠의 기운이 스며들어 좀비가 되기 때문에 그 숫자 역시 줄어들지 않았다.

"전군은 후퇴해라!"

이런 식으로 계속 가다간 아군의 피해가 더욱 늘어날 것이라 생각한 크렌 장군은 전면 후퇴를 지시했다. 하지만 그것마저 여의치 않았다. 그동안 이 분지성의 외벽에서 죽은 마병들의 숫자가 엄청났기 때문에 마령의 병사들은 모두 언데드들에게 포위되고 만 것이다.

일단 흑기사들이 사라지기는 했지만 많은 수의 언데드들에 의해 마령의 군대는 전멸을 면하기 어려울 지경에 이르렀다.

"안티아노, 가장 두께가 얇은 곳을 찾아 전군을 방추형으로 하여 포위망을 뚫어라!"

전형적인 포위망의 탈출 방법을 지시하긴 했지만 언데드들의 수가 워낙 많은지라 안티아노는 전세를 파악할 수가 없었다.

"젠장!"

갑자기 나타난 흑기사들에 의해 유리했던 상황은 오히려 반대가 되어버렸기에 크렌은 분노가 치솟아올랐다. 마령의 군대들이 포위되어 있는 곳에 도착한 크렌은 와이번에서 내려 안티아노의 옆에 섰다.

"장군님!"

안티아노는 크렌 장군이 위험한 장소에서 내리자 놀라며 소리쳤지만 크렌은 고개를 저으며 말했다.

"부하들이 위험한 곳에서 싸우고 있는데 나만 어찌 안전을 추구할 수 있겠는가."

크렌은 검을 들고는 포위망에 갇혀 있는 부하들에게 소리쳤다.

"마령의 병사들이여! 나 황태자 루덴스님의 기사 크렌이 너희와 함께 싸우겠다. 자! 나를 따라 죽은 자의 군대를 공격하라!"

소리친 크렌은 하늘에서 봤을 때 가장 포위망의 두께가 얇았던 서북쪽을 향해 검을 휘두르며 공격해 들어갔고, 그의 뒤를 이어 수많은 마령의 병사들이 공격해 들어갔다.

하지만 그런 크렌의 노력에도 불구하고 사상자는 늘어만 가고 이제 남은 수는 크렌 장군과 안티아노를 비롯하여 이천여 명도 채 되지 않을 정도로 줄었다. 하지만 언데드들의 숫자는 아직 2만에 달했다.

"장군."

"분하군……."

포위망에서 더 이상 빠져나갈 수 없다고 판단한 크렌은 마지막으로 적을 베며 마령의 기사로서의 죽음을 맞이하겠다고 생각했다. 언데드들을 향해 뛰어가려는 순간 다행히 그들을 돕는 무리들이 있었다.

쿠궁―

엄청난 폭음과 함께 언데드들의 포위망이 폭발의 소용돌이와 함께 무너지고 있었다. 놀란 크렌은 폭발의 원인이 날아온 언덕 쪽을 쳐다보았는데 그곳에는 일단의 마법사들이 쇠로 만든 원통을 들고 서 있었다.

검은색의 원통을 들고 있는 마법사들의 맨 앞에선 노마법사가 지휘를 하고 있었다.

"제2탄 발사!"

노마법사의 외침과 함께 마법사들이 들고 있던 원통이 다시 불을 뿜었고 파이어 볼 형태의 불덩어리들은 언데드들 위에 작렬하여 단숨에 수많은 적들을 날려 버렸다.

마법사들이 사용하는 원통형의 무기는 바로 헤른드가 발명하여 칠인회의 염금술부에서 대량 제작에 성공한 신무기 마공포였다.

마법의 주입이 가능한 마나 메탈을 사용하여 마법을 쏘아댈 수 있는 이 무기는 마법사들이 사전에 마나 메탈에 마법만 주입한다면 적은 양의 마나로 적을 공격할 수 있는 무기로, 현재 언데드들에게 쏘아

대는 마법은 파이어 볼이었다.

헤른드가 지휘하는 마공포의 힘으로 마령의 병사들을 포위하고 있던 포위망의 한곳이 급격하게 얇아졌고, 크렌 장군은 갑작스러운 아군의 도움에 어안이 벙벙해 있다가 정신을 차리고는 전군을 이끌고 얇아진 포위망 쪽으로 방추형의 진세를 짜서 필살의 탈출을 감행했다.

"파이어 웰!"

헤른드는 마령의 군대의 탈출을 돕기 위해 그들의 후방 쪽에 파이어 웰 마법을 사용하여 적의 추격을 봉쇄했다.

파이어 웰의 엄청난 불길에 마령의 군대를 쫓던 좀비들은 불에 타서 쓰러지기 시작했고, 그 틈에 병사들은 안전하게 후방으로 피신할 수 있었다.

마령의 군대가 안전한 곳으로 피신한 것을 확인한 웨더리우스는 준비해 두었던 마법을 사용했다.

웨더리우스는 기다렸다는 듯이 컨트롤 웨더로 집중적으로 언데드들이 모여 있는 곳에 주먹만한 우박을 떨어뜨렸고, 우박에 강한 타격을 받은 언데드들의 공격 속도를 다소 늦출 수 있었다.

그 틈을 타서 마법사들의 마공포는 다시 불을 뿜기 시작했고 크렌은 마병들로 하여금 역공을 지시해 한 시간 정도의 시간이 지났을 무렵에는 흑기사들이 만들어놓은 좀비들을 전멸시킬 수 있었다.

"칠인회 측의 도움에 감사드립니다."

크렌 장군은 자신들을 도운 마법 병단이 라디안이 말한 칠인회의 2차 지원군이라는 것을 알고는 노마법사에게 정중하게 감사의 말을 전했다.

"허허허, 도움이라니. 나야 해야 될 일을 했을 뿐인데. 아무튼 반갑네. 난 칠인회의 2회주 직을 맡고 있는 헤른드 라비에타라고 하네."

"칠인회의 5회주 웨더리우스라고 합니다."

"마령의 크렌이라고 합니다."

서로 통성명을 나눈 후 헤른드는 크렌에게 방금 전의 일을 물어보았다.

"그나저나 언데드라니?"

크샤스의 마법사 중에 네크로멘서가 있다는 말은 들어본 적이 없었기 때문에 많은 수의 언데드들이 나타난 것이 이상하게 생각되었다.

"저도 자세한 사항은 알지 못합니다. 안트위 공작의 마병들과 싸우던 중에 갑자기 일단의 흑기사들이 나타났습니다. 그들이 베는 마병들과 인간들은 좀비가 되어 다시 살아나더군요. 아니, 그들의 곁에 있던 보통의 시체들도 언데드로 다시 살아나곤 했습니다."

"하하하하!"

크샤스는 안트워 공작의 말을 듣고는 갑자기 큰 소리로 웃어대기 시작했고, 그러한 모습에 안트워 공작은 당황하지 않을 수 없었다.

예상대로라면 크샤스는 자신의 협박에 분노를 터뜨려야 했기 때문이다.

크샤스는 한참을 웃다가 안트워 공작을 보며 말했다.

"공작, 당신은 봉인 의식에 필요한 한 가지를 모르고 있었던 것 같군."

"한 가지?"

"그렇소. 나 역시 얼마 전까지는 그것에 대한 필요성을 알지 못했으니까. 안트워 공작, 내가 말한 봉인 해제 의식에 필요한 한 가지가 무엇인 것 같소이까?"

"……."

당당한 크샤스의 모습. 안트워 공작은 지금의 상황이 크샤스에게 유리하게 돌아가는 이유를 생각해 보았고, 곧 이어 한 가지 생각이 떠오르기 시작했다.

'양날의 검!'

양날의 검. 그것은 상대를 공격할 수 있지만 도리어 자신도 베어질 수 있는 것을 말하고 있었다. 그렇다면 양날의 검이 될 수 있는 존재는 단 하나, 자신이 잡고 있는 크샤스의 여동생인 사이야뿐이었다.

"설마… 봉인 해제 의식에 필요한 한 가지가……!"

"그렇소. 마지막 한 가지, 그것은 대리자의 심장이오."

크샤스의 말에 안트워 공작은 자신의 계획이 무너졌음을 알 수 있었다. 차라리 자신이 사이야를 데리고 오지 않았다면 좀 더 유리한 고지를 차지할 수 있었을 것이라는 생각이 들었지만, 이미 화살은 활을 벗어난 상태였기에 안트워 공작은 입술을 깨물 수밖에 없었다.

하지만 아직 크샤스에게 모든 것이 넘어간 상태는 아니었다. 사이야가 자신의 손에 있는 한 크샤스는 마지막 봉인 해제 의식을 진행할 수 없었다.

한편 사이야는 오빠의 말을 듣고 놀라지 않을 수 없었다. 이야기를 들으며 자신이 오빠의 생명과 깊은 연관이 있다는 것을 알 수 있었고, 이제는 오빠의 계획을 위한 마지막 제물이 되어야 한다는 것을 알았기 때문이다.

'오빠.'

사이야는 오빠를 위해 죽는 것은 별로 어렵지 않았지만, 자신을 제물로 한다는 것을 쉽게 냉혹한 목소리로 말하는 오빠를 보며 슬픔이 밀려왔다.

"하하하하, 이거 완전히 당해 버렸군. 끝까지 당신의 페이스에서 벗어나지 못하다니 말이야."

안트워 공작은 자포자기라도 한 듯 크샤스에게 웃음을 터뜨리며 말했다. 크샤스는 안트워 공작이 결코 쉽지 않은 인물이라는 것을 알고 있기 때문에 긴장을 무너뜨리지 않았다.

"지금이라도 포기한다면 안트워, 당신의 작위 정도는 유지시켜 줄 수 있지. 사이야를 넘겨주겠나?"

크샤스의 말에 솔직히 사이야를 넘겨주고 싶은 마음이 있긴 했지만 지금까지의 노력을 여기서 포기한다는 것이 억울했고, 작위를 유지한 다 해도 반란을 획책한 자신에 대한 감시는 심해질 것이 분명할 터였 다. 그리고 어쩌면 영지 내에서 벗어날 수 없는 처지가 되어버릴 것이 라 생각했다. 안트워 공작은 고개를 저으며 말했다.

"공멸할지언정 패배는 거부하지."

안트워 공작의 결심에 크샤스는 일이 어렵게 풀리고 있다는 것을 느꼈다. 조금 있으면 루드웨어 일행이 자신이 시간을 끌기 위해 보낸 흑기사를 물리치고 올 것을 알고 있기 때문이다.

안트워 공작과의 시간을 오래 끈다는 것은 계획이 틀어질 확률이 더 높아지는 것이었다. 공작이 설마 자신의 요구를 받아들이지 않고 공멸을 선택할 줄은 예상 못한 일이었다.

"공멸? 그것이 가능하다고 생각하는가?"

"물론. 우리 쪽이 애석하게도 정보에는 눈이 어둡다고는 하지만 이 곳에 크샤스, 당신의 적이 있고 결코 만만치 않은 상대라는 것 정도는 알고 있지."

안트워 공작의 한 수는 확실히 크샤스에게 강하게 작용하고 있었다. 크샤스는 그의 말을 한참 생각한 후 어쩔 수 없다는 표정을 지으며 말했다.

"무엇을 원하는가?"

불리한 상황에서 합의점을 끌어냈다고 생각한 안트워 공작은 회심의 미소를 지으며 말했다.

"마령의 땅. 당신의 지상계의 통일이 이루어진다면 내 고향 땅인 마령을 나에게 주시오."

마령. 모든 북극령 주민들의 고향. 안트워 공작은 크샤스가 봉인을 풀고 힘을 얻게 된다면 충분히 대륙 통일이 가능하다고 믿고 흥정을 하고 있는 것이다.

"마령이라… 많은 것을 바라는군."

현재 마령의 땅은 대제국인 로아냐드보다 더 넓은 영토이긴 했지만 대륙 전체에 비한다면 일부의 영토이기도 하다. 하지만 문제는 마령이 대륙의 동서를 가르는 역할을 하고 있기 때문에 크샤스가 대륙 통일을 한다고 해도 마령의 땅에 다른 왕이 존재한다면 그는 마령에 의해 갈라져 동서로 나누어진 영토를 가지게 되는 것이다.

"충분한 요구라고 생각하는데."

자신의 요구가 전혀 지나치지 않다고 말하는 안트워 공작을 보며 크샤스는 웃음을 터뜨리고는 고개를 끄덕이며 말했다.

"좋다. 나 크샤스의 이름을 걸고 대륙이 통일되면 네게 마령의 땅을 넘겨주지."

"거래 성립."

그렇게 말한 안트워 공작은 천천히 사이야를 끌고 크샤스에게 걸어갔다.

"아이스 애로우!"

모든 계약이 성립되어 안심하고 있는 틈을 타 안트워 공작의 등으로 아이스 애로우가 날아왔다.

"큭!"

오른쪽 어깨를 아이스 애로우로 관통당한 안트워 공작은 신음 소리와 함께 무릎을 꿇었고 그 덕분에 사이야는 공작의 손에서 벗어날 수 있었다.

사이야가 공작의 손에서 벗어나자 한 사람의 전사가 재빠르게 나타나 사이야를 들쳐 업고는 뒤쪽으로 몸을 옮겼다.

"누구냐!"

안트워 공작의 기사들은 사이야를 업고 가는 전사의 앞을 막아섰지만, 뒤이어 터져 나온 마법에 움직임을 봉쇄당하고 말았다.

"레비테이션 아더!"

마법에 의해 공중으로 띄워진 기사들은 당황했고 그 틈을 타 전사는 안전하게 뒤쪽으로 빠져나올 수 있었다.

크샤스는 순식간에 안트워 공작에게서 사이야를 빼앗아간 용병과 마법사가 누구인지 알고 있었기에 큰 소리로 웃으며 말했다.

"하하하, 이거 내가 고용한 용병들에게 당해 버렸군."

사이야를 안트워 공작의 손에서 뺏어온 사람들은 바로 라디안과 시스였다.

"폐하겐 죄송하지만 사이야 공주님을 넘겨드릴 순 없습니다."

라디안은 그의 앞에 모습을 드러낸 후 정중하게 말했다. 관통당한 어깨를 움켜쥐고 있던 안트워 공작은 분노에 찬 목소리로 소리쳤다.

"뭐 하는 게냐! 저 녀석들을 죽이고 공주를 되찾아와라!"

크샤스와의 거래 성립이 끝나기도 전에 공주를 뺏긴 안트워 공작은 다시 사이야를 찾아오지 못한다면 마령의 땅은 물론이요, 자신의 목숨조차 부지할 수 없다는 것을 알고 있기 때문에 크샤스가 나서기 전에 자신이 공주를 뺏어와야 된다는 것을 느끼고 기사들에게 명령했다.

"그렇게는 안 되겠는데?"

시스는 안트워의 기사들이 몰려오자 사이야를 라디안에게 넘기고 할버드를 들고 뛰어갔다. 빠른 속도로 쇄도하는 시스를 보며 멈칫거린 선두의 다섯 명의 기사들은 순식간에 할버드의 재물이 되어 베어졌다.

"뭐 하는 게냐!"

한 명의 용병 전사를 처리하지 못하고 쓰러지는 기사들을 보며 안트워 공작은 분노 어린 목소리로 소리쳤지만, 애석하게도 그가 거느린 사병의 거의 대부분은 시스의 상대가 되지 못했다.

용병이라고는 하지만 일단은 황실 기사단 출신, 그런 그를 사병 출신의 기사들이 쓰러뜨린다는 것은 애초부터 불가능한 일이었던 것이다.

얼마 지나지 않아 안트워 공작이 데리고 온 기사들은 시스에 의해 모두 죽임을 당했고 시체가 되어버린 자신의 사병들을 보며 안트워 공작은 그 자리에서 주저앉고 말았다.

이제 자신의 모든 것이 무너졌다는 것을 깨달은 것이다.

"크크크, 나의 야망이… 크하하하하!"

모든 것을 잃어버렸다고 생각한 안트워 공작은 왜인지 웃음이 터져 나왔다. 오랜 시간 한 가지 목표를 위해서 행해온 일이 실패했을 때의 좌절감이 그의 정신을 무너뜨리고 만 것이다.

"미쳤군."

시스는 안트워 공작을 보며 중얼거렸다.

한편 크샤스는 주저앉아 있는 안트워 공작은 아랑곳하지 않고 천천히 라디안의 앞으로 걸어오기 시작했다.

"아!"

그가 다가옴에 따라 강하게 느껴져 오는 기운에 라디안은 움직일 수조차 없었다. 드래곤 피어에 당했을 때와 같은 느낌으로 라디안은 온몸에 힘이 빠지는 것을 느낄 수 있었다.

"라디안!!"

라디안이 무너지려 하자 시스는 가까이 다가오는 크샤스를 향해 할버드를 휘둘렀다. 하지만 시스의 할버드는 강한 힘의 저항을 받는 것처럼 휘어버리다가 강한 쇳소리를 내며 두 동강이 나버렸다.

미스릴로 만들어진 할버드가 부러져 나가는 것을 보며 그의 엄청난 마나의 장막에 시스는 황당함까지 느꼈다.

"재밌군."

크샤스는 라디안의 한 발 앞까지 다가가더니 라디안의 품에 안겨져 있는 사이야를 자신의 품으로 끌어당겼다.

"으윽."

크샤스의 기운에 공포를 느끼고 있던 라디안은 뒷걸음질치며 도망갔다. 아직 어린 나이의 라디안은 그런 기운을 정신력으로 버틸 수가 없었던 것이다.

"여기까지 온 것은 칭찬해 주지. 그 상으로 궁극의 마신 크레이져의 본모습을 보여주도록 할까?"

"크레이져의 본모습?"

라디안은 공포에 젖어 있으면서도 크샤스의 말에 진리를 탐구하는 마법사의 한 사람으로서 강한 흥미를 느꼈다.

"모두들 2급 신의 모습을 생각하며 1급 신인 크레이져의 모습을 인간형으로 착각하고 있지. 하지만 1급 신의 모습은 인간형이 아니다."

"인간형이 아니라고?"

"최초의 창조주. 두 명의 1급 신의 모습은 바로 창조주와 같은 모습이지."

라디안을 보며 그렇게 말한 크샤스는 자신의 손에 잡혀 있는 사이야를 끌고 봉인지의 중앙으로 걸어갔다.

사이야는 변해 버린 오빠의 모습에 공포를 느끼며 반항했지만 10살 정도의 소녀가 크샤스의 강한 힘을 버틸 수는 없었다.

"그렇게 쉽게는 안 되지! 화이트 그리터!"

날카로운 외침과 함께 크샤스의 뒤로 강한 마나의 흐름이 밀려오기 시작했다.

[파!]

크샤스는 언령 마법을 사용하여 마나의 흐름을 유도해 위쪽으로 튕겨 버렸지만, 그사이에 빠르게 급습한 한 인물에 의해 또다시 사이야를 뺏겨 버렸다.

라디안과 이야기하느라 시선이 멀어져 있는 것을 틈타 화이트 그리터를 사용하여 크샤스의 이목을 빼앗고 사이야를 뺏어온 사람은 바로 시스였다.

"시스! 메가 실드!"

사이야를 뺏긴 크샤스가 시스를 향해 암흑 투기의 공격을 해오자 라디안은 빠르게 실드를 펼쳐 크샤스의 공격을 막았다.

하지만 그의 암흑 투기는 엄청난 위력을 가지고 있는지라 단숨에 라디안이 펼쳐 놓은 메가 실드를 파괴한 채 밀려 들어왔고, 암흑 투기는 사이야를 안고 있는 시스의 허벅지를 관통해 나갔다.

"끄악!"

외마디 비명 소리와 함께 시스는 그 자리에서 주저앉았고, 그에게 안겨 있어 암흑 투기에 상처는 입지 않았지만 여파를 견디지 못한 사이야는 기절하고 말았다.

"젠장!"

시스는 허벅지를 관통당한 고통을 참으며 일어서려 했지만 크샤스가 손을 내밀어 그를 저지하면서 말했다.

"거기까지다. 더 이상 방해한다면 손님이라고 해도 살려두지 않겠다."

크샤스가 멈춰 서자 라디안은 시스에게 다가가 허벅지의 상처에 힐링 마법을 사용하여 치료했다.

피가 멈추자 라디안은 길게 숨을 내쉬고는 크샤스를 보며 말했다.

"크샤스 폐하, 폐하의 야망, 그것이 공주님을 희생시킬 정도로 중요합니까?"

라디안의 말에 크샤스는 아무 말도 할 수가 없었다. 칼리아스가 세운 계획이 동생의 목숨을 담보로 한다는 걸 처음부터 알고 있었다면 애당초 그 역시 찬성하지 않았을 것이기 때문이다. 그 일을 안 것은 모든 봉인 마법의 해제가 끝나가는 시점이었다. 모든 일은 마지막으로 향하고 있었기에 그는 포기할 수 없게 된 것이다.

또 크레이져의 힘을 얻는다면 동생을 다시 부활시킬 수 있다고 생각하기 때문에 멈출 생각은 없었다.

"성악설과 성선설을 알고 있나?"

"인간은 태어나면서부터 악을 가지고 있는가, 선을 가지고 있는가의 철학설 아닙니까."

"그렇다. 우릴 창조한 창조주조차 그것에 대한 확신을 가지지 못했다."

"그런……!"

라디안은 크샤스의 말이 믿어지지가 않았다. 수많은 사상가들이 이 두 가지의 상반된 이견으로 대립했지만, 단 한 존재 창조주만은 그 진실을 알고 있다고 믿었기 때문이다.

"두 1급 신, 천신 레이뮤와 마신 크레이져는 인간이 만들어진 후 탄생되어진 존재이다. 창조주는 이 고도의 능력을 가진 두 존재를 서로 반대되는 성질, 즉 선과 악의 존재로 만들어 지상계를 다스리는 두 차원계의 주인으로 만들었다. 천계와 마계가 바로 그것이지. 하지만 서로 완벽하게 상반된 성질을 가진 두 존재는 양립할 수 없었다."

"양립할 수 없었다고요?"

"그래. 애초부터 선과 악은 양립하는 것이 아닌 공존해야 하기 때문이지. 극한의 성질로 나누어진 개체는 공존할 수 없다는 것을 알고 있기 때문에 그들은 서로 소멸을 선택한 것이지. 물론 그것은 천신 레이뮤의 생각일 뿐이다. 마신 크레이져는 그럴 생각이 없었거든. 그 탓에 일어난 전쟁이 신마전쟁. 승리는 천신에게 돌아갔지만 천신은 마신의 봉인을 마지막으로 소멸하고 말았지."

라디안은 크샤스에게 창조의 비사를 들으면서도 믿을 수가 없었다.

그가 이야기하고 있는 모든 내용은 전능한 창조주를 비하하고 있다고 생각할 수 있기 때문이다.

"극한에 이른 악의 존재가 깨어난다면 세상은 끊임없이 지상 세계에서 올라오는 정신파 에너지를 처리하는 두 차원계, 즉 신계와 마계의 붕괴와 함께 극한의 혼란에 처하게 될 것이다."

라디안은 정신파 에너지란 말에 궁금증을 느끼며 물었다.

"폐하께서 말하시는 정신파 에너지라는 것은 무엇입니까?"

"모든 자연계에서 뿜어내는 고유의 마나 파장이다. 인간, 동물, 무생물들은 모두 각각의 마나 파장을 가지고 있다. 이 마나 파장은 상황 흐름의 변화에 따라 각각의 에너지를 발산하게 되지. 이 에너지를 정화시키는 목적을 가진 차원계가 바로 신계와 마계다. 두 차원계가 사라진다면 모든 존재가 뿜어내는 마나 파장에 의해 지상 세계는 포화 상태에 빠져 소멸하겠지."

"그런……!"

그런 것을 알면서도 마신 크레이져를 부활시켜 두 차원계를 멸망시키려 하는 크샤스의 이야기를 들으며 라디안은 말도 안 된다고 소리치고 싶었다.

"하지만 모든 자연에는 자정 능력이란 것이 있다."

"자정 능력?!"

"마나의 존재, 이것은 지상의 정신파 에너지를 정화하지 않는 자연계에서 남아도는 힘이다. 즉, 모든 지상의 존재는 신계와 마계가 있음으로 해서 자연의 힘, 즉 마법을 사용할 수 있는 것이다. 하지만 두 차원계가 무너지면 마나는 지상의 정신파 에너지를 처리하기 위해 마나를 사용하게 되고 자연히 마법의 존재는 지상 세계에서 영원히 사라지게 된다. 마법은 모든 종족의 불균형을 이루게 하는 원인. 이 마법을 사라지게 하는 것이 첫 번째 나의 목적이다."

모든 마법의 소멸, 그것이 크샤스가 원하고 있는 세계의 질서였던 것이다.

49장 크샤스의 고뇌

"하지만 자정 능력이 움직이기 전에 지상계의 생명들 중 살아남는
자가 있겠습니까!"

마계와 신계가 사라진다면 자연계 마나의 자정 능력이 발휘되기도
전 지상은 죽은 자들과 영혼들의 세상이 뒤덮을 것이다. 자연은 수많
은 세월을 두고 변해가는 것.

크샤스가 이루어낼 수 있는 세상은 몇천 년, 아니, 몇만 년 후가 될
지도 모르는 상황이기에 라디안으로선 그의 말을 인정할 수가 없었다.

"모르겠는가? 창조주는 이와 같은 일을 이미 수십 번을 해왔다는
것을. 전 세계에 흩어져 내려오는 창조주의 심판, 그것을 인간들은 자
신들의 부덕함이 신의 분노를 일으켰다고 생각하지만 그것은 잘못 알
려진 사실이다. 신은 새로운 질서를 만들기 위해 지금까지 수많은 창
조와 소멸을 반복해 왔다. 그리고 이 대륙 역시 그런 시행 착오의 하

나로 기억될 것이다."

"그런……."

라디안은 그의 말을 믿을 수가 없었다. 현재 살고 있는 대륙의 존재들, 그들이 창조주가 실험하는 하나의 실험체에 불과하다는 말을.

"자! 보여주지. 창조주와 같은 자! 마신 크레이져의 모습을!"

크샤스는 기절해 있는 사이야의 몸을 왼손으로 들어 올린 후 오른손을 뒤로 뺐다. 여동생의 가슴에 있는 생명의 원천인 대리자의 심장을 빼내기 위해서.

"……."

여동생의 심장을 빼내려는 크샤스를 향해 라디안은 다급하게 소리칠 수밖에 없었다.

"폐하!"

하지만 크샤스는 쉽게 동생의 심장에 손을 댈 수가 없었다.

"음… 오빠."

"헉!"

기절해 있던 사이야가 눈을 떴고 그녀의 눈은 크샤스를 향해 있었다. 자신이 하려던 일을 알고 있는 사이야의 눈은 슬픔으로 가득 차 있었다.

"사이야……."

사이야의 슬픈 눈을 본 크샤스는 잊고 싶었던 과거의 일이 생각나기 시작했다.

그의 부친인 렌피드 하르베이드는 고향의 땅을 되찾기 위해 모든 것을 버린 남자였다.

"아바 마마!"

열두 살의 나이에 그는 왕국을 떠나는 아버지의 모습을 보았다. 왕국과 백성들은 물론 어머니와 자식을 버리면서까지 마령으로 과거의 영토를 찾으러 떠난 아버지.

"크샤스, 너에게는 과거 조국의 아름다운 대지를 물려주고 싶구나."

"아버지……."

자신에게 아름다운 대지를 물려주기 위해 가족을 떠날 수밖에 없었으면서도 그 인자한 미소를 잃지 않은 아버지는 어린 크샤스에게 영웅의 모습으로 비춰졌고, 크샤스는 그런 아버지의 성공을 의심하지 않았다.

반드시 자신을 위해 조국을 되찾아오리라 믿었던 아버지. 하지만 한 달 후 렌피드 하르베이드는 시체가 되어 돌아왔다.

온전하게 육체를 남기지도 못한 채 산산이 찢겨져 오른손만이 가족의 품으로 돌아왔고 그의 모친 로니아는 조국으로 돌아온 렌피드의 손을 붙들며 오열해야 했다.

당시 임신한 상태였던 그의 어머니는 충격을 이기지 못하고 시름시름 앓다 사이야를 낳고는 곧 숨을 거두었고, 사이야는 약해진 로니아의 몸에서 태어나 어렸을 때부터 잔병치레가 많았다.

사이야를 낳고 죽기 전 로니아는 끝없는 눈물을 흘리며 동생을 부탁했고, 그는 어떠한 일이 있더라도 동생을 지키겠다고 어머니께 약속했다.

하지만 크샤스가 북극령에 남아 있는 과거의 유물을 통해 대리자의 신분을 얻은 지 얼마 지나지 않아 사이야는 짧은 인생을 마쳤다.

약한 동생의 몸에 대리자의 심장을 전한다면 자신 역시 얼마 살지 못할 동생과 함께 일찍 죽어야 됨을 알고 있었지만 그는 망설이지 않고 대리자의 심장을 사이야에게 건네어 부활시켰다.

자신의 목숨보다 더 소중한 사람, 이제 단 한 명만이 남은 자신의 혈육 사이야는 그의 전부였던 것이다.

모든 기억이 주마등같이 스쳐 지나갔고 크샤스는 다시 사이야의 얼굴을 쳐다보았다. 그러자 크샤스는 도저히 자신을 보고 있는 여동생의 심장을 빼낼 수가 없었다.

'사이야가 그 고통을 견딜 수 있을까.'

크레이져의 힘을 얻는다면 동생의 부활은 가능할 것이다. 그만큼 크레이져의 힘은 창조의 힘과 엇비슷할 정도로 강하기 때문이다. 하지만 부활을 시킬 수 있다 해도 그녀의 심장을 빼낼 용기가 나지 않았다.

어느 누가 동생을 되살릴 수 있다고 해서 살아 있는 동생의 심장을 쉽게 빼낼 수 있단 말인가.

"오빠."

슬픔으로 가득한 사이야의 눈. 하지만 사이야는 억지로 미소를 짓고 있었다.

"이… 이……!'

마음을 강하게 먹고 동생의 심장에 손을 뻗으려고 했지만 그의 손은 격정에 떨리기만 할 뿐이었다.

"오빠, 제 심장을 가져가세요."

"헉……!'

"사이야는 오빠를 위해서라면 참을 수 있어요."

그렇게 말한 사이야의 눈에선 눈물이 흘러내리고 있었다. 사이야는 사랑하는 오빠를 위해 엄청난 고통이 따를 것을 감수하고 자신의 심장을 내놓으려 하고 있는 것이다.

"아아아악!!"

도저히 할 수 없었다. 크샤스는 동생의 몸을 내려놓은 뒤 자리에서 무릎을 꿇고 말았다.

"폐하……."

그것을 보고 있던 라디안은 그를 부르려다 포기하고 말았다. 그에게 아무 말도 할 수가 없었기 때문이다.

"옳은 선택이다."

그 순간 누군가의 목소리가 크샤스를 향해 터져 나왔다.

"루드웨어."

목소리의 주인공이 루드웨어라는 것을 안 크샤스는 몸을 일으켰다.

"세상이 더럽고 불합리하다 해도 해서 되는 일과 해서 안 되는 일이 있다. 크샤스, 너의 그 목표가 아무리 크고 정당하다 해도 동생의 목숨을 빼앗으면서까지 이루어야 하는가."

루드웨어의 말은 크샤스의 가슴에 비수가 되어 꽂혀왔다. 칼리아스는 목적을 위해선 어떠한 희생이라도 감수해야 한다고 말해 왔고, 그와 사상이 같은 크샤스는 그의 말을 믿어왔다. 하지만 혈육의 정 앞에선 그것이 불가능하다는 것을 느껴야만 했다.

아무리 자신의 일이 중요하다 해도 사이야의 목숨을 빼앗을 순 없었다.

크샤스의 눈은 흐려지고 있었다. 지금까지 하나의 이상을 추구해 온 그의 눈은 혈육의 정과 이상을 사이에 두고 헤매고 있는 것이다.

"하하하하! 루드웨어, 네 녀석의 말은 틀리지 않다. 사이야의 심장을 꺼낼 자신이 없군. 하지만 필요한 자들이 여기에 다 모였으니 다른 일을 시작해도 상관없겠지."

"다른 일?"

"이곳은 마신 크레이져님의 봉인지. 나의 힘이 가장 강해지는 이곳에서 네 녀석들은 나를 이길 수 없다."

"우릴 죽일 수 있다고 생각하는가?"

"물론 심장의 위치를 모르는 내가 대리자인 너희들을 죽일 수 있는 가능성은 없다. 하지만 봉인은 가능하지 않나."

크샤스의 손짓과 함께 그의 뒤에 서 있던 10여 명의 흑기사들이 사방으로 흩어져 빠른 속도로 움직이기 시작했다. 하나하나가 시스의 열 배 이상 가는 실력자들이었기 때문에 루드웨어 일행으로서도 쉽게 상대하지 못했다.

만약 그들과의 싸움에서 필요 이상의 힘을 사용한다면 루드웨어 일행은 크샤스에게 봉인당해질 위험이 있기 때문에 적정 수준의 힘 이상을 사용할 수 없었다.

"상황이 별론데……."

"그냥 져주면 안 되나."

로노와르는 쉽게 끝날 수 있었는데 아깝다는 듯이 손가락을 빨았다.

루드웨어는 뒤에 있는 사람들에게 손짓하여 모여들게 했다. 흩어져서 싸우는 것보다 뭉쳐 있는 것이 더 효율적인 싸움이 가능하다고 생각했기 때문이다.

루드웨어의 지시에 따라 일행들은 한곳에 모였다.

"라디안, 마나는 얼마나 남아 있느냐?"

"70% 이상은 남아 있습니다."

"좋아. 그렇다면 준비하라고. 헤른드 2회주에게 배운 실력이라면 충분히 도움이 된다고 생각하니까."

"열심히 해보겠습니다."

라디안은 자신이 알고 있는 가장 강력한 주문을 외우기 위해 로드에 마나를 집중하기 시작했다.

"대기에 흐르는 무언의 힘이여, 대자연의 흐름에 따라 너의 모습을 달리하니……."

라디안이 외우는 주문을 한참 듣고 있던 루드웨어는 손바닥을 치며 미소를 지었다.

"꽤 괜찮은 마법 주문이군."

"무슨 마법을 쓰는 주문인데?"

루드웨어가 라디안이 주문 외우는 것을 칭찬하자 궁금해진 로노와 르가 물었다.

"응? 몰라. 그냥 주문이 멋있어서."

"……."

괜히 물었다고 생각했다. 어차피 주문이야 마나 공식을 배열할 때 정신 집중의 효과와 마나 배열 공식의 입력에 쓰이기 때문에 각 마법사마다 같은 마법이라도 주문이 다른 경우가 허다했다.

마법사들은 어차피 필요한 주문이라면 문학적인 멋을 한껏 부리는 것을 선택하는 것이 대부분이기에 남이 말하는 주문을 가끔씩 차용하기도 한다. 루드웨어는 라디안의 주문이 꽤 멋있다고 생각했는지 자신도 주문을 조금 차용할 목적으로 그렇게 말한 것이었다.

"쓸데없는 데 정신 팔지 말고 집중하라고."

유리마는 흑기사들이 주위를 빠른 속도로 돌면서 조금씩 접근해 오는 것을 느끼고 일행에게 말했다. 유리마의 말은 개중에서 조금 신용하는 로노와르였는지라 마법검을 들고 흑기사들의 기를 추적하기 시작했다.

이번에는 반드시 루드웨어가 놀랄 만한 활약을 하고야 말겠다고 결심한 로노와르는 모든 정신을 집중하고 적의 움직임을 파악하려 했다. 하지만 빠른 속도로 사방을 돌고 있는지라 얼마 지나지 않아 어지러움증에 헤롱헤롱해지고 말았다.

"졌다……."

싸우기도 전에 로노와르는 현기증에 쓰러지고 말았다. 어이없는 패배였다.

로노와르의 패배에 잠시 서늘한 기운을 느꼈던 일행들은 허망한 표정을 잠시 짓다가 정신을 차렸다. 어차피 로노와르의 도움은 별로 기대하지 않았기 때문에 정신적 충격은 별로 받지 않은 것이다.

"유리마, 온다!"

루덴스는 유리마가 서 있는 방향에서 빠르게 쇄도하는 2명의 움직임을 파악하고 소리쳤다.

"디그."

루드웨어는 단숨에 쇄도하는 쪽의 땅을 디그로 파헤쳤고, 흑기사 중 일인이 외마디 비명과 함께 파진 땅으로 떨어졌다.

"하이 그래비티!"

이어진 루드웨어의 마법으로 함정에 빠진 흑기사를 고중력으로 깔아뭉개면서 구덩이에서 빠져나오지 못하게 한 후 나머지 두 명을 보며 소리쳤다.

"그리스! 스톤 웰! 디그! 하이 그래비티!"

휘청— 쿵!

그리스 마법에 의해 미끄러진 흑기사 한 명은 이어진 스톤 웰 마법에 의해 돌에 부딪혔고, 디그로 만들어진 구덩이에 빠져 중력 마법에 눌려 오징어가 되고 말았다.

그렇게 강한 마법들은 아니었지만 하나하나가 상황에 효율적으로 대처하는 마법이었기에 흑기사들은 제대로 된 공격 한번도 해보지 못하고 쓰러질 수밖에 없었다.

"우오! 굉장한데."

루드웨어의 연속 마법 공격을 보며 현기증으로 쓰러졌던 로노와르는 입을 벌리며 놀랄 따름이었다. 정말 녀석이 현기증으로 쓰러졌는지, 아니면 현실을 도피한 것인지 의심이 들었지만, 어차피 처음부터 그런 녀석이었기에 상관하지 않은 루드웨어는 크게 웃으며 자랑을 했다.

"하하하, 네 녀석도 나중에 제대로 마법을 사용하려면 한번 읽어보라고. 나의 저서 '마법 이렇게만 하면 루드웨어만큼 한다'에 효율적인 연속 마법 기술이 자세하게 소개되어 있으니까 말이야. 푸하하하!"

루드웨어가 사용하는 이러한 마법 공식은 일종의 마법 연계기로 고서클의 주문은 시간이 많이 걸리며 마나 소모 또한 많은지라 중간 정도의 마법사들은 적을 상대할 때 이런 연계기를 자주 사용한다.

하지만 이러한 연계 기술은 위력이 약하기 때문에 크샤스의 흑기사들을 상대할 때는 그리 큰 효과를 가지지 못한다. 하이 그래비티 같은 것은 정신 집중이 흐트러지면 충분히 빠져나올 수 있기 때문이다.

로노와르가 말 거는 사이에 구덩이에서 나온 두 명의 흑기사는 급히 뒤로 물러서며 다시 때를 기다리는 듯 일행의 주위를 돌기 시작했다.

"도대체 잡지도 못하는 연계기 같은 건 왜 쓴 거야?"

"……."

로노와르의 이런 실망감과는 다르게 헤른드에게서 효율적인 마법의 중요성을 강의받았던 라디안은 자신이 준비해 놓은 마법의 시동어만을 남긴 채 초롱초롱한 눈으로 루드웨어를 보고 있었다.

"헉!"

초롱초롱한 눈망울, 앙증맞은 입술과 코. 루드웨어는 라디안을 안아버리고 싶은 심정이 들었지만 이내 그것은 안 된다는 듯이 고개를 젓고 말았다.

'말도 안 돼… 내가 쇼타콘 증세를…….'

물론 충분히 루드웨어는 쇼타콘이었다. 아직 성체도 되지 않은 로노와르, 그것도 남성 드래곤을 신붓감으로 만든다고 끌고 다니는 로노와르가 아니던가.

"루드웨어!"

"젠장!"

전투 중에 딴생각을 한다는 것이 얼마나 위험한 것인가를 몸소 가르쳐 주는 루드웨어였다. 아차 하는 사이에 루드웨어의 면전에 흑기사 다섯 명이 쇄도해 들어온 것이다.

[풍(風)!]

루드웨어는 시간이 없다고 느끼고는 언령 마법을 사용하여 다섯 명의 흑기사들을 날려 버리고는 빠른 속도로 앞으로 쇄도해 나가 한 명의 흑기사 앞에 섰다.

[파(破)!]

루드웨어의 언령 마법에 의해 산산조각이 난 흑기사는 이어지는 프레임 버스터에 재가 되어버렸다. 한 명의 동료가 쓰러지자 앞으로 쇄도해 나온 루드웨어를 향해 사방에서 네 명의 흑기사들이 공격해 들어왔다.

실드 따위가 통하지 않는다는 것을 알고 있는 루드웨어는 동료가 있는 쪽으로 쇄도해 들어오는 흑기사에게 뛰어들며 마법을 외쳤다.

"플라이!"

플라이 마법을 사용하여 공중으로 날아간 루드웨어는 흑기사들의 공격을 간신히 피하고 일행의 곁으로 돌아왔다.

"휴~ 한 놈 처치했다."

자랑스럽게 말하고 있는 루드웨어. 하지만 그를 보는 시선은 심상치가 않았다.

루덴스는 남들의 시선에 멍하니 서 있는 루드웨어를 보며 말했다.

"너, 왜 나갔냐?"

"그야 쇄도해 오는 녀석들을 처리하려고."

"한곳에 모여서 싸우자는 놈이 혼자서 뛰쳐나가지를 않나, 마나 아낀다고 쓰지 않았던 언령을 두 개나 쓰질 않나… 정신이 없구나."

"헉."

그제야 자신의 실수를 생각해 낸 루드웨어였다.

'이럴 수가!'

잠시 라디안의 미소에 맛이 가버린 루드웨어는 전에 있던 모든 일을 잊어먹고 혼자 설친 것이었다.

미소년에 빠지는 수많은 젊은 청년들을 생각하며 동감을 하는 루드웨어였다.

50장 유리마의 결심

　유리마와 시스는 부상이었고 로노와르는 원래 전력에 도움이 안 되
는 녀석이었기 때문에 일행 중 제대로 싸울 수 있는 사람은 루드웨어
와 루덴스, 라디안뿐이었다. 그러므로 지금은 상당히 불리한 입장이
라고 할 수 있었다.

　"루드웨어, 흑기사들이 오면 나한테 다 맡기라고!"

　얼빠진 그린 드래곤 로노와르는 자기가 다 처치하겠다고 가슴을 치
며 큰소리치고는 있었지만 아무도 로노와르의 말을 믿진 않았다.

　다만 아직 로노와르의 진정한 모습을 잘 모르는 라디안만이 무언의
파이팅을 외쳐 주고 있을 뿐이었으니……. 루드웨어는 그런 로노와르
에게 한마디 했다.

　"구석에 박혀서 계속 삐쳐 있어라."

　그 말에 로노와르는 서늘한 모습이 돼서는 역시나 배경 연출용 암

흑 투기를 뿜어내며 땅바닥에 원을 그리며 눈물을 삼켰다.

"나만 미워해……."

"괴, 굉장하군요! 암흑 투기라니……."

상황을 모르는 라니안만이 또 한 번 그 엄청난 배경 연출에 탄복할 뿐이었다.

흑기사들이 전투가 가능한 범위 안까지 쇄도해 들어오자 루드웨어가 외쳤다.

"라디안, 시작해라!"

루드웨어가 소리치자 라디안은 준비해 두었던 주문의 시동어를 외쳤다.

"파이어 스톰!"

라디안의 시동어가 터지자 마나의 흐름이 주변으로 퍼지면서 강력한 불의 폭풍을 만들어냈다.

파이어 스톰 자체는 흑기사들에게 큰 영향을 주지는 못했지만 진로와 속도에 어느 정도 장애를 주어 흑기사들의 공격 속도는 약간씩 느려진 것이다.

이때를 기다렸다는 듯이 루덴스와 루드웨어는 앞으로 나가 흑기사들을 공격하기 시작했다.

"콘 오브 아이스!"

루드웨어가 만든 원뿔 모양의 얼음은 흑기사들의 세 명의 몸을 꿴 채 날아갔고, 그의 뒤를 이어 루덴스는 다크 크리쳐로 적 한 명을 쓰러뜨렸다.

"인센디어리 클라우드!"

이어진 라디안의 주문인 인센디어리 클라우드는 전방에 인화성이 있는 안개를 짙게 깔면서 퍼지기 시작했고, 루드웨어는 인화성 안개에 흑기사들 몇 명이 갇히자 파이어 애로우를 쏴 안개에 불을 붙였다.

쿠구궁!

엄청난 화염의 불꽃이 주변을 감싸며 맹렬한 폭발을 일으키고 인화성 안개가 있던 곳은 얕게 구덩이가 만들어질 정도였다.

"다크 크래티컬 운즈!"

이어서 계속 밀려오는 흑기사들을 보며 유리마 역시 암흑 마법을 사용하여 적을 공격했다.

유리마의 마법에 격중당한 흑기사 한 명은 온몸이 갈기갈기 찢겨진 채 날아갔고 찢어진 흑기사의 몸체를 라디안이 프레임 버스터를 태워 버렸다.

하지만 일행들이 많은 힘을 소모한 뒤에도 흑기사들의 수는 그리 많이 줄어들지 않았다. 완전히 소멸시키지 않는 한 흑기사들은 계속 부활했고 루덴스의 다크 크리쳐에 당한 흑기사들은 얼마 지나지 않아 원래와 같은 모습으로 부활했다. 암흑 계열의 기술인 다크 크리쳐는 흑기사들에게 통하지 않고 있는 것이다.

"음."

자신의 힘이 흑기사들에게 통하지 않는 것을 알고 있는 루덴스였지만 그렇게라도 하지 않는다면 그들의 공격이 계속 되어지기 때문에 어쩔 수 없이 계속 힘을 사용할 수밖에 없었다.

결과적으로 흑기사들을 완전히 소멸시킬 수 있는 사람은 루드웨어와 라디안뿐이었다. 하지만 라디안은 이미 많은 마법의 난사로 마나가 얼마 남지 않았고 이제 남은 것은 루드웨어뿐이었다.

"……"

멀뚱멀뚱 서 있는 한 드래곤을 보며 왠지 화가 나는 루드웨어였지만, 드래곤 하트를 먹어버리는 것 외에는 도움이 안 되는 것을 알고도 데리고 온 것이 자신이었는지라 어쩔 수 없이 한숨만 쉬었다. 그런 루드웨어에게 로노와르는 한 발의 총탄을 날렸으니.

"아웅~ 심심해."

하품을 하며 심심하다고 한탄하는 로노와르의 행동은 눈치에 코치는 물론 얄밉기까지 한 것으로, 다른 사람들의 전투력은 가뜩이나 모자란 판에 반으로 뚝 떨어지고 말았다.

"로노와르."

"왜!"

심심하던 찰나에 루드웨어가 자신을 부르자 똘망똘망한 눈빛을 내며 그를 쳐다보았다. 자신도 싸울 수 있게 해주나 싶어 기대해 마지않는 로노와르.

"구석에 처박혀서 조용히 삐쳐 있어라."

정말 깊숙한 구석에 박혀 이젠 세상과의 단절을 결심한 로노와르는 두 귀를 손으로 막은 뒤 두 눈을 감고 중얼거렸다.

"다들 나만 미워해……."

"불쌍해요."

마음씨 여린 라디안만이 불쌍한 로노와르를 생각할 뿐이었다.

이런저런 로노와르의 투정 사이에도 흑기사들의 공격은 끊이지 않았기에 루드웨어로선 열심히 땀빼며 싸울 수밖에 없었다.

"어이! 형씨들, 잠시 일이 있어서 미안해요."

뻔뻔한 루드웨어는 땀이 범벅이 된 루덴스와 유리마 사이에 끼어들면서 얄미운 소리를 하곤 다시 참전했다. 루덴스는 검으로 찔러 버리고 싶은 충동이 가득했지만 상황이 상황인지라 참을 수밖에 없었다.

"하하하하! 루드웨어, 아직 버틸 만한가 보군."

크샤스는 흑기사들과 싸우는 루드웨어 일행을 보며 웃음을 터뜨렸다.

"크샤스!"

루드웨어는 크샤스가 원하는 대로 일이 진행이 되자 순간적으로 분통이 터질 것 같았다. 아직 흑기사들의 수는 아홉 정도가 남아 있어 그들을 모두 쓰러뜨린다면 로노와르와 부상자 시스를 제외하고 이곳에 있는 사람 모두가 힘을 소비하게 된다.

그렇게 된다면 기다리고 있던 크샤스가 봉인 마법을 사용하여 자신들을 모두 봉인시킬 것이라는 것을 알고 있었다.

"루드웨어, 정신 차려라! 일단은 주위에 있는 녀석들부터 처리하는 것이 우선이다!"

루덴스의 목소리에 이런저런 생각으로 멍한 상태에서 정신을 차린 루드웨어는 주위에 있는 흑기사들의 움직임을 살펴갔다. 이제 남은 수는 아홉. 하지만 이 아홉의 숫자는 그리 만만한 것이 아니었다. 그 하나에도 주의를 기울이지 않을 수 없는 적수들인 것이다.

"검기다!"

아홉 군데에서 검기의 기운이 밀어 닥쳐오자 루드웨어는 일행들에게 소리치고 매직 실드를 다섯 겹이나 쳐 일행들을 보호하려 했지만 실드가 견딜 수 있는 힘이 아니었는지 순식간에 실드는 모두 깨져 나갔다. 하지만 실드의 영향 탓에 여섯 개 정도의 검기는 소멸하고 세 개 정도의 검기만이 남았는지라 간신히 검기의 공격을 처리할 수 있었다.

"휴."

루드웨어는 겨우 위기를 벗어나긴 했지만 앞으로의 상황에 한숨을 쉴 뿐이었다. 흑기사들이 집요하게 사방에서 검기로 공격한다면 앞으로 나서는 방법밖에 없는데, 제대로 싸울 수 있는 루덴스와 루드웨어가 앞으로 나선다면 남아 있는 사람들은 흑기사들의 공격에 버텨내는 것이 힘들었기 때문에 앞으로 나서지도 가만히 있지도 못하는 상황이 돼버린 것이다.

유리마는 루드웨어의 찡그려지는 얼굴을 보며 무슨 결심을 했는지 루덴스에게 말했다.

"루덴스."

비장한 목소리에 루덴스는 유리마의 얼굴을 보았다. 무엇인가 큰 결심을 한 표정에 루덴스는 고개를 저으며 말했다.

"네가 무슨 말을 하려는지 알고 있지만 거절한다."

"루덴스."

유리마는 고개를 돌리려 하는 루덴스의 팔을 잡고 떨리는 목소리로 말했다.

"50년… 50년이면 되네. 자네가 하고자 하는 일을 50년만 늦추어 주게."

50년이란 말에 루덴스는 아무 말도 할 수가 없었다. 지난 날 그는 유리마가 늦추려는 한 순간을 위해 100여 년을 마계에서 종사했던 사람이다. 그것을 다시 50년을 늦추어달라는 유리마가 야속하긴 했지만 엄청난 격변기를 치를지 모르는 마계를 루덴스 역시 그냥 보고만 있을 수 없어 이윽고 고개를 끄덕이고 말았다.

"그건 내가 인정하지 못한다."

루드웨어였다. 루드웨어는 유리마가 하려는 일이 무엇인지 알고 그를 정면으로 막아선 것이다.

"그것 외에 방법은 없다. 크샤스의 함정을 알면서도 빠질 셈인가."

"그래도 안 돼. 앞으로의 일은 시간이 지나면서 생각하자. 미리 걱정해서 죽을 생각은 하지 말라고."

루드웨어 역시 유리마가 쓰려는 방법이 무엇인지 알고 있었고, 그것이 자신들에게 상당히 유리한 결과를 초래하게 될 줄 알면서도 그를 막아설 수밖에 없었다.

"루드웨어, 어차피 어둠의 기운의 제어를 실패한 난 아버지처럼 컴플레이티니스 언데드로 변해갈 수밖에 없다."

"신성력으로 어둠의 기운을 없애면 살 수 있다."

"바보같이. 어둠의 기운이 없는 암흑 신관은 더 이상 암흑 신관이 아니다. 난 살기 위해 존재를 잃고 싶은 생각은 없다."

"바보 같은……."

루드웨어는 유리마에게 무슨 말이라도 쏘아주고 싶었지만 이미 결심을 굳힌 유리마를 막을 순 없다는 것을 알고 있기에 더 이상 아무 말도 할 수가 없었다.

"이것이 마지막이다. 루드웨어, 로노와르와 행복하게 사는 모습을 유령이나 돼서 지켜보도록 하지."

"흥! 암흑 신관이란 녀석이 유령 따위가 된다고 하다니 신성 모독이다. 멍청한 스펙터나 돼서 지나가는 여행자나 놀리고 있으라고. 언젠간 나도 찾아갈 테니."

"고맙군."

흑기사들의 공격이 계속되는 상황에서도 할 말 다하는 루드웨어의 일행. 정말 위기감이 있는지는 잘 모르겠지만 유리마는 비장한 결심을 하고 조용히 주문을 읊조리기 시작했다.

51장 로노와르의 변태

　다크 글로리는 마계에서 어둠의 기운을 정화할 수 있는 계층, 즉 3급 신 이상의 마신과 고위 마족급의 어둠의 신관만이 사용할 수 있는 마계 계통의 신성 마법 중 최강의 마법이다.

　신계의 계통을 지닌 생물은 물론 어둠의 기운을 가진 존재까지 사용이 가능한 이 마법은 창조주가 세운 세계의 질서와도 관계있는 마법이다.

　창조주의 질서를 지키는 자 중에서 인간의 위치란 그렇게 중요하지 않았다. 하지만 흑과 백의 중간에 서 있는 인간은 모든 신성, 암흑 계열의 마법은 물론 자연 마나를 통한 마법도 가능한 위치였기에 창조주는 두 가지 최강의 마법에 한해서만은 인간으로 하여금 사용하지 못하도록 제재를 가했다.

　이와 반대되는 기술로 신계에는 최강의 신성 마법 '글로리 오브

갓이 있다. 1급 신의 힘을 빌려 악을 소멸하는 이 신성 마법은 3급 신인 수형신과 그들의 부하인 천사 계층만이 사용할 수 있으며 인간이 사용한다면 부활의 힘은 물론 창조까지 가능하지만 그 자신은 육체와 영혼을 잃고 세계 자체에서 완전히 소멸하게 된다.

암흑계 최고 마법 다크 글로리는 모든 암흑 계열을 정화시키며 신성 계열에 강한 타격을 줄 수 있는 마법으로 공격력은 신성 마법 중 최강을 자랑하지만 인간이 사용할 경우 두 개의 흑과 백의 기운 중 백의 기운이 소멸되어 버린다. 중간에 서 있는 자에게 흑의 기운만이 존재한다면 그것은 죽음으로 이어지는 길이다.

유리마, 그는 이전에 컴플레이티니스 언데드를 상대할 때 다크 글로리를 사용한 적이 있었다. 마신 라스타의 가호를 받으며 힘을 이어받은 유리마는 어느 정도의 기운에 항거할 수 있지만 한쪽으로 치우쳐진 기운에 의해 모든 장기의 손상을 입고 말았다. 이런 어둠의 기운을 없애지 못한다면 그는 살아 있어도 살아 있지 못하는 존재인 컴플레이티니스 언데드가 되는 것이다.

그리고 지금 그는 다시 한 번 그들을 상대로 다크 글로리를 사용하려 하고 있었다.

"소멸을 부탁한다."

루드웨어를 보며 말한 유리마는 다가오는 흑기사들을 보며 시동어만을 남겨두고 있었다.

'무엇이 너로 하여금 죽음을 각오하게 하는가.'

루드웨어는 유리마의 결정을 이해할 수 없었다.

유리마는 이곳에 오면서부터 죽음을 각오하고 있었다. 자신의 모든 신체가 붕괴될 것을 알면서도 다크 글로리를 한 번 사용했던 유리마였기에 이해할 수가 없었다.

'그렇게까지 루덴스를 잡아야 하는가.'

마신 크레이져가 부활한다면 지금까지 마신의 봉인지로 오던 어둠의 기운들은 다시 마계로 향하게 된다. 1급 신이 아닌 2급 신의 어둠의 기운을 정화해야 하는 지금, 마계는 신계처럼 5명 정도의 2급 신을 1급 신으로 승격시켜야 정신파 에너지를 정화할 수 있게 된다.

하지만 신계와는 달리 마계는 철저한 강자존의 세계. 마계에는 총 126명의 2급 신이 존재하고 있고 그들의 힘은 거의 비슷하다고 할 수 있었다.

마신 라스타를 제외한 4개의 자리를 위해 마계는 대전쟁을 벌이게 될 것이다.

이 싸움에서 유리마는 인간으로서 직접적으로 전쟁을 최소화시키기 위해 싸울 수 없지만 루덴스라면 마신 라스타의 대리자로서 전쟁에서 마계가 입을 피해를 어느 정도 줄일 수 있다고 믿고 있었다.

하지만 루덴스는 사랑하는 한 여자를 위해 대리자의 위치에 선 자, 그는 100년을 계약으로 사랑하는 여인을 끝없는 잠에 빠지게 하여 마신 라스타와의 계약을 지켜왔다. 하지만 이젠 모든 계약의 끝의 시간, 여인을 깨워 그녀의 수명만큼 마지막 시간을 보내려 한 루덴스였던 것이다.

그것을 유리마는 자신의 죽음을 대신하여 50년의 시간을 벌려고 하는 것이다. 자신의 진정한 땅, 마계를 위해서…….

"어둠에 속한 자들이여, 그대들의 사명은 이제 끝났으니 어둠을 지나 소생의 길로 가라! 다크 글로리!"

자신의 모든 힘을 다하여 유리마는 주위에 몰려오는 흑기사들을 향해 다크 글로리의 어둠의 빛을 뿌렸고, 흑기사들의 몸은 어둠의 빛에 의해 조금씩 무너져 가기 시작했다.

흑기사들의 몸에 있는 어둠의 기운을 다크 글로리가 정화시키기 때문이다.

어둠의 빛이 사라지자 모든 흑기사들이 쓰러져 보통의 시체가 되어버렸다. 유리마는 자신의 몸을 뒤덮어가는 어둠의 기운에 고통스러워하며 무릎을 꿇고 말았다.

"루드웨어……."

유리마는 간신히 루드웨어를 부를 수 있었고 루드웨어는 언령 마법을 펼쳤다.

[쇄(碎)! 염(炎)!]

언령에 의해 산산이 부서져 나간 유리마의 몸은 이어진 언령에 의해 재가 되어버렸다. 루드웨어는 한참을 유리마의 흔적이 되어버린 재를 지켜보다 크샤스를 보며 말했다.

"이제 당신의 야망은 끝이 났다."

루드웨어의 말에 크샤스는 고개를 끄덕였다. 흑기사들의 죽음으로 모든 것이 재로 변해 버린 것이다.

"크하하하하!"

누군가의 웃음소리. 라디안은 그 웃음소리의 주인공을 쳐다보는 순간 자신도 모르게 탄성을 질렀다.

"아뿔사!"

안트워 공작, 그는 봉인지의 중심에 서 있었다. 그리고 그의 품에는 사이야가 그에게 입이 막힌 채 발버둥치고 있었던 것이다.

"사이야!"

크샤스는 사이야가 안트워 공작의 손에 잡혀 있는 것을 보고 놀라지 않을 수 없었다. 이 장소에 있는 어느 누구도 미쳤다고 생각한 안트워 공작이 사이야를 잡을 줄은 생각하지 못한 것이다.

"크크크, 이렇게 끝나기에는 너무 억울하지 않은가, 크샤스."

안트워 공작은 붉게 충혈된 눈으로 크샤스를 보며 말했다.

"무엇을 하려 하는가!"

"무엇? 하하하하! 난 네 녀석이 정해놓은 시나리오대로 움직이는 마리오네트에 불과했다. 마리오네트로서 해야 할 일을 해야 하지 않겠는가!"

"헉!"

라디안은 안트워 공작의 행동에 입을 다물 수가 없었다. 크샤스를 보며 안트워 공작은 손에 들린 단검으로 사이야의 등을 꿰뚫어 버린 것이다.

"사이야!"

크샤스는 놀라 사이야에게 뛰어가 휘청거리는 안트워 공작을 밀쳐 버린 후 쓰러지는 사이야를 품에 안았다.

사이야는 고통 속에서 신음하며 피를 흘리고 있다가 오빠에게 안기자 고통스러운 와중에서도 미소를 지었다.

오빠인 크샤스를 안심시키려 한 행동이었지만, 사이야의 그런 행동은 더욱 크샤스의 마음을 아프게 할 뿐이었다.

"오빠 품에 안기니… 좋다……."

"사이야."

크샤스는 사이야의 말에 눈물을 흘리며 그녀의 볼을 쓰다듬어 주었다.

"나… 엄마와 아빠에게 가고 싶어……."

"……."

한 번도 부모의 얼굴을 본 적이 없는 사이야였다. 사이야는 언제나 궁전에 걸려 있는 두 사람의 초상화만을 보고 자랐기에 크샤스는 사이야의 말을 이해할 수 있었다.

사이야는 조용히 눈을 감았다. 아직 피지도 못한 꽃이 떨어지고 만 것이다. 이념, 권력… 그것이 무슨 소용인가. 크샤스는 한참을 멍하니 사이야를 품에 안고 있다가 고개를 들어 안트워 공작을 보며 말했다.

"안트워… 네가 원하는 것을 이루게 해주지."

"크샤스!"

루드웨어는 그가 무슨 짓을 하려고 하는지 알기에 소리를 지르며 막아서려 했지만 이미 크샤스의 눈에서는 피눈물이 흐르고 있었다.

모든 혈육이 사라진 지금 그에게 남은 것은 단 하나, 야망뿐이었다.

"아악!"

안트워 공작은 사이야에게 단검을 찌를 때 등을 꿰뚫었을 뿐 심장에는 아무런 손상도 주지 못했다. 그것을 크샤스는 손을 들어 죽은 여동생의 가슴을 찢어 심장을 빼어 든 것이다.

라디안은 그 처참한 광경에 비명을 지르며 뒷걸음질치다가 넘어지고 말았다. 하지만 넘어진 와중에서도 크샤스에게서 눈을 떼지 못했다.

동생의 가슴을 찢으며 심장을 빼어 든 크샤스의 모습은 악마와도 같았기 때문이다.

"보라! 창조주의 어린 양들이여! 세상의 죄를 정화하는 자, 마신 크레이져의 그 진정한 모습을!"

크샤스의 몸에서 뿜어져 나오는 어둠의 안개는 한 마리의 뱀의 형상이 되어 봉인 마법진을 휘감아 돌기 시작했다.

"젠장! 로노와르!"

루드웨어는 로노와르에게 소리쳤다.

루드웨어가 하려는 말이 무엇인지 알고 있는 로노와르는 크샤스가 행하는 봉인 해제 의식의 마법진으로 뛰어가며 주위에 흩어져 있는 드래곤 하트를 손에 넣기 시작했다.

루드웨어와 로노와르는 마지막 승부수를 띄우려 하는 것이다.

천신 레이뮤가 펼쳐 놓은 봉인의 힘이 사방으로 흩어지려 하자 루드웨어는 양손을 하늘로 올리며 주문을 외우기 시작했다.

"창조주의 힘이며 모든 선을 받아들이는 자, 천신 레이뮤여! 그대가 세상에 풀어놓은 힘을 이제 그대의 종에게 주소서!"

루드웨어의 마지막 한 수, 이곳에 왔으면서도 사용하고 싶지 않았던 방법을 어쩔 수 없이 사용하게 된 것이다. 천신 레이뮤가 크레이져를 봉인하기 위하여 이 땅에 남겨놓은 신성의 힘, 루드웨어는 그것을 받아들이려 하는 것이다.

"아악!"

갑작스런 로노와르의 비명 소리에 놀란 라디안은 드래곤 하트를 손에 넣고 있는 로노와르를 쳐다보았다.

로노와르는 마법진에 펼쳐 놓아진 드래곤 하트를 손에 넣은 뒤 그것을 자신의 몸으로 받아들이고 있었는데 그 엄청난 마나를 한꺼번에 받아들이자 고통스러운 비명을 지른 것이다.

강한 마나의 힘으로 모든 신체가 재조합되며 로노와르의 몸은 오색의 빛에 감싸이고 있었다.

모든 신의 모습은 창조주가 만들어놓았다.

2급 신, 그들은 인간의 모습을 하고 있었다. 모든 선과 악을 받아들이는 중간의 역할을 하는 생명체, 창조주는 2급 신의 모습을 인간의 형태로 만들어놓은 것이다. 3급 신, 그들은 인간이 아닌 생명체의 모습을 하고 있었다. 늑대, 양, 소 등 태고 신앙에 관련된 모든 동물 신들은 바로 3급 신으로, 3급 신은 창조주가 생명체를 만듦과 동시에 그들의 수호자의 역할로 만들어놓은 신들이었다.

그리고 천신 레이뮤와 마신 크레이져, 그들은 최고위급 1급 신으로서 창조주의 모습과 똑같이 만들어졌다.

존재하지만 존재하지 않는 모습, 그들의 진정한 모습은 정신체였다.

선과 악의 정신 에너지를 정화하는 역할을 하고 있는 이들 1급 신들에게 가장 효율적이며 정화가 가능한 신체인 자신의 모습으로 창조주는 그들을 만들어낸 것이다.

루드웨어와 로노와르, 그리고 크샤스. 이 세 명의 변화는 그리 큰 시간을 소비하지 않았지만 그래도 가장 빠르게 변화된 모습을 하고 일어선 자는 로노와르였다.

최고위급 신의 힘을 받아들이는 두 사람보다 그들에는 미치지 못하는 드래곤의 힘을 받아들인 로노와르의 변태 시간이 그만큼 적었던 것이다.

변화된 모습… 로노와르는 이미 폴리모프의 모습이 풀려져 있는 상태였다. 해츨링이었을 때의 로노와르의 모습은 초록색의 에이션트 드래곤인 프로란스에 반 정도의 크기였는데 비해 많은 수의 드래곤 하트를 받아들인 로노와르의 모습에선 과거의 모습을 찾아볼 수가 없었다.

본체의 색은 그린 드래곤의 전형적인 모습인 초록색이었지만 그 주위에서는 무지갯빛의 마나가 뿜어져 나오고 있었고 머리에는 네 개의 뿔이 돋아나 있었다.

한 쌍의 날개가 보통인 드래곤에 비해 로노와르는 열두 쌍의 날개를 지니고 있었고, 본체의 크기는 어마어마하게 커져 에이션트 드래곤의 세 배 정도나 되는 크기로 변해 있었다.

[…이미지.]

자신을 바라보고 있는 라디안의 눈이 범상치 않다고 느낀 로노와르는 자신도 모르게 이미지 마법을 펼쳐 자신의 모습을 형상시켰는데, 그 순간 로노와르의 온몸에는 소름이 돋아나기 시작했다.

[돌연변이 드래곤이 됐당. 으헝헝~]

그래도 외모에는 관심이 있었는지 자신의 모습이 너무 변했다는 것을 느낀 로노와르는 땅을 치며 통곡했다. 루드웨어에게 모습이 변한다는 것을 대충 들었지만 이건 마룡보다 더 심하게 변한 것이 아닌가 라고 생각하는 로노와르는 땅바닥에 주저앉아 땅을 치며 통곡하고 있었다.

생각해 보라. 에이션트 드래곤의 세 배 정도의 크기인 돌연변이 드래곤이 땅을 치며 통곡하는 모습. 얼마나 꼴불견이겠는가.

현재의 심각한 사태를 인식하지 못하고, 변해 버린 자신의 모습에 통곡하는 로노와르의 울음소리가 들리자 루드웨어는 정신을 집중하지 못하고 천신의 힘을 흐트러뜨리고 말았다.

'저 등신! 변태했으면 크샤스한테 브레스라도 뿜어야 될 거 아니야!'

속으로 로노와르를 욕한 루드웨어는 이래선 안 된다고 생각하며 정신을 집중해 천신 레이뮤의 힘을 받아들이고 있었다.

"로노와르님! 지금은 그러실 때가 아니에요!"

다급해진 라디안이 로노와르를 보며 크게 소리쳤고, 로노와르는 그제야 현재의 상황을 머리 속에 연상시킬 수 있었다.

[그렇군. 라디안, 고맙다.]

강한 용언의 텔레파시로 말한 로노와르 때문에 라디안은 정신이 흐트러지며 쓰러질 뻔했지만 로노와르가 정신을 차렸다는 생각에 안심이 됐는지 어느 정도 버틸 수 있었다.

[받아라, 악당!]

하늘로 날아오른 로노와르는 열두 개의 날개를 통해 엄청난 양의 마나를 몸으로 끌어당긴 후 크레이져의 힘을 받아들이는 크샤스를 향해 브레스를 뿜어냈다.

드래곤의 날개란 것이 하늘을 나는 역할은 물론 자연 마나를 흡수하는 매개체 역할을 한다는 것을 감안한다면 현재 로노와르의 브레스는 에이션트 드래곤 열두 마리가 뿜어내는 브레스보다 강한 위력을 지녔다고 할 수 있었다.

"끄아악!"

"윽!"

로노와르가 쓴 브레스의 여파로 인한 강한 에너지로 타격을 받게 된 루덴스와 라디안, 그리고 시스는 비명과 함께 뒤쪽으로 튕겨져 날아갔지만, 간신히 몸의 중심을 잡은 루덴스가 펼친 암흑 계열의 실드에 멈출 수 있었다.

"굉장하다."

라디안은 로노와르가 뿜어낸 브레스의 위력에 할 말을 잃고 말았다.

로노와르의 정면에 브레스의 타격을 받은 대지는 이제 완전히 죽음의 땅으로 변해갔다. 모든 속성의 드래곤 하트를 섭취함으로써 무지개 드래곤이 돼버린 로노와르의 브레스는 각각의 성질을 내포하는 브레스이기에 대지 자체가 소멸해 버릴 정도였고, 브레스의 영향으로 땅속에 있는 마그마에 영향이 미쳐 대지는 엄청난 불꽃의 현장으로 바뀌어갔다.

하지만 그 소멸의 대지 속에서도 멀쩡한 곳이 있다면 그곳은 크샤스와 루드웨어가 있는 곳이었다. 강한 힘에 의해 보호를 받는 두 사람이 있던 장소는 로노와르의 브레스를 받기 이전의 상황과 변한 것이 없었다.

52장 최후의 결전

"어라?"

자신의 브레스의 위력을 보며 잠시 당황한 로노와르였지만 더욱 놀라운 것은 그 브레스로도 아무런 영향을 주지 못한 크샤스였다.

"말도 안 돼!"

라디안 역시 로노와르의 브레스가 아무런 영향도 미치지 못하자 어안이 벙벙할 뿐이었다. 세상의 어느 존재가 그런 브레스를 견딜 수 있단 말인가.

로노와르와 라디안이 놀라는 가운데에서도 크샤스의 의식은 멈추지 않고 있었다. 아니, 이제 그 끝에 다다른 듯한 느낌을 주고 있었다.

크샤스의 몸 위로 떠오르는 강한 존재감. 라디안은 움직일 수조차 없게 되어버렸다.

로노와르 역시 그 존재감으로 인해 온몸이 떨릴 정도였지만 강한 힘을 손에 넣은 지금은 견디어낼 수 있었다.

[하하하하!]

대지를 울리는 듯한 웃음소리, 단순한 웃음이라고 치부하기에는 엄청난 위력이었기에 분지의 땅은 마치 어스퀘이크의 마법에 당한 것처럼 흔들리며 갈라지기 시작했다.

봉인에서 풀려난 궁극의 마신 크레이져의 힘이었다.

[천신 레이뮤여! 그대가 지키려 했던 인간들에 의해 그대의 의지가 무너졌구나. 크하하하하!]

크샤스의 입에서 나오는 목소리였지만 더 이상 그 존재는 크샤스가 아니었다. 모든 봉인 해제 의식이 끝난 지금 정신체의 크레이져가 대리자인 크샤스의 몸을 차지한 것이다.

이 순간 로노와르는 하늘을 보며 소리치고 있는 크샤스의 뒤쪽으로 천천히 돌아가고 있었다.

필승 전략의 일환으로 괜히 지금은 없는 천신 레이뮤를 욕하고 있는 크레이져를 배후에서 급습하기 위한 것으로, 로노와르는 강한 자신감에 차 있었다.

'큭큭! 뒤통수 조심해라.'

크샤스의 뒤로 조용히 파고든 로노와르는 열두 쌍의 날개에 마나를 순식간에 모으고는 크레이져를 향해 소리치며 브레스를 뿜기 위해 숨을 들이쉬었다.

"멍청이 크레이져, 받아라! 흐읍!"

하지만 누가 멍청이란 말인가. 로노와르의 눈에는 자신을 한심하다는 듯이 쳐다보는 크레이져의 눈이 들어왔다.

마신 크레이져를 공격하기 위해 마나를 모으는 것을 왜 그가 모르겠는가. 자신을 인간의 범주로 생각하고 공격하려는 덩치 큰 드래곤이 크레이져로서는 정말 한심하게 생각될 수밖에 없었다.

"흐읍… 캑캑!"

그 눈초리에 당황한 로노와르는 브레스를 뿜으려다가 숨이 넘어갈 정도가 되고 고통스럽게 기침을 하며 땅바닥에 주저앉았다.

크레이져는 잠시 로노와르를 응시하다가 고개를 저으며 말했다.

[창조주가 계실 때 본 후로 오랜만에 보는 다원소 드래곤이라 기대를 조금 했는데… 어쩌다가 저런 드래곤이 나왔는지. 쯧쯧.]

순식간에 크레이져에 의해 모든 드래곤의 망신이 되어버린 로노와르로서는 분통이 터질 지경이었지만 어떡하랴. 라디안은 물론 그 냉랭한 루덴스까지 로노와르의 행동에 어이가 없다는 표정을 하고 있었다.

[정신 공격이냐! 그 정도는 어림없다! 후욱!]

크레이져의 당연한 소리를 정신 공격으로 치부해 버린 로노와르는 다시 한 번 크레이져를 향해 브레스를 뿜었다.

엄청난 위력의 로노와르 특제 브레스는 순식간에 크레이져가 있는 대지를 소멸시켜 버릴 정도의 위력으로 밀어닥쳐 크레이져가 있던 공간에 엄청난 크기의 구덩이를 만들어놓았고, 얼마 지나지 않아 지하의 마그마가 터지며 용암이 분출되기 시작했다.

로노와르에 의해서 크레이져가 있던 곳에 화산 활동이 시작된 것이다.

하지만 예상했듯이 그 정도의 브레스에 크레이져는 아무런 상처도 입지 않았다. 아니, 크레이져는 이참에 로노와르에 의해서 일어난 화산 폭발을 자신의 힘으로 삼으려는 듯이 원자 폭탄 수천 배에 달하는 그 힘을 함축하며 원형으로 만들어갔다. 다행히 크레이져가 화산의 힘을 모으느라 로노와르에 의해 희생될 뻔한 라디안과 시스들은 무사했지만 로노와르는 크레이져가 모은 화산의 힘을 함축한 공에 의해 공격당할 위기에 처하고 말았다.

[다원소 드래곤, 네 녀석의 브레스를 받아줬으니 이제 내 공격을 받아보려무나.]

크레이져는 화산 활동의 힘, 볼케이노로 만든 공을 로노와르에게 던졌다.

[우악!!]

로노와르는 자신에게 날아오는 엄청난 힘의 함축체인 볼케이노 볼을 보고 잠시 당황했다. 하나 이내 잽싸게 다시 한 번 브레스를 뿜었다.

다원소 드래곤의 브레스는 모든 자연의 마나를 압도하기 때문에 현재의 로노와르의 브레스라면 충분히 막을 수 있었겠지만 이 힘에는 크레이져의 힘도 포함되어 있어 볼케이노 볼은 쉽게 소멸되지 않고 로노와르의 얼굴을 향해 빠른 속도로 날아왔다.

쿠구궁!

[꾸악! 빈 볼이다!!]

볼케이노 볼에 얼굴을 가격당한 로노와르는 그 볼에 맞아 빈 볼이라 외치며 엄청난 폭발과 함께 날아가 버렸다. 그 위력을 증명이라도 하는 듯이 땅을 찢을 듯이 날아간 로노와르는 근처의 산과 부딪쳐 날아가는 것이 멈추었지만 큰 충격으로 정신을 차리지 못하고 있었다.

자연 마나의 힘을 모은 볼케이노 볼이라 모든 원소 마법에 내성이 있는 로노와르에게 큰 충격을 주기는 했지만 죽을 정도는 아니었던 것이다.

로노와르가 정신을 못 차리고 쓰러져 있자 크레이져는 라디안들과 자신의 공격을 보고 있던 루덴스를 보며 말했다.

[나의 아들 라스타의 대리자여, 그대 역시 나를 거부하는가?]

과거 마계의 제1급 신이었던 존재의 대리자인 루덴스는 크레이져의 힘에 항거할 정도의 힘은 없었지만 그가 하고자 하는 일이 무엇인지 알고 있기 때문에 고개를 저으며 말했다.

"당신이 하고자 하는 세상의 재창조, 저는 물론 전 마계의 일원들 모두가 당신이 하고자 하는 일을 반대하고 있습니다."

[그런가? 안타깝군. 마계가 나를 따른다면 마계만은 재창조의 범주에서 벗어나게 하려고 했는데. 뭐, 잘된 일이기도 하지. 완전한 재창조, 그것이 이루어질 수 있으니 말이야.]

루덴스는 긴장하지 않을 수 없었다. 상대는 1급 신인 궁극의 마신 크레이져, 그가 하고자 한다면 대리자의 심장을 파괴하지 않는 한 불사의 존재로 남아 있는 루덴스조차 완전한 소멸을 시킬 수 있었다.

[가라.]

"크악!"

크레이져의 말이 나오자마자 루덴스의 오른쪽 팔은 먼지가 되어 사라졌고 사라진 팔로 피가 터져 나오기 시작했다.

루덴스는 팔이 소멸되어 고통이 밀려오자 참지 못하고 무릎을 꿇고 말았다.

[나의 권위를 인정하지 않는 마계를 천천히 소멸시켜 주도록 하지.]

크레이져의 말에는 차가운 냉혹성이 담겨 있었고, 그의 말이 끝나기가 무섭게 이번에는 오른쪽 다리가 먼지가 되어 흩어져 버렸다.

"크윽!!"

다리가 소멸되자 땅으로 처박혀 버린 루덴스는 고통에 신음하면서도 크레이져의 눈을 노려보았다.

강한 의지가 담겨져 있는 눈. 크레이져는 루덴스의 그런 눈을 보며 인상을 찌푸렸다. 한쪽 팔과 다리가 소멸되는 고통 속에서도 의지를 잃지 않는 그를 보며 생각만 바꾼다면 루덴스와 마계를 자신의 일에 참여시키고 새로운 창조의 세상에서 다시 시작하고 싶었기 때문이다.

[선택해라. 네 녀석의 한마디에 마계는 새로운 시기를 얻게 될 것이다.]

크레이져의 재권유. 그 말이 끝남과 동시에 다른 쪽의 다리가 역시 같은 방법으로 소멸되었지만 루덴스는 고통을 참으며 땅에 쓰러진 채로 소리쳤다.

"세계의 유일한 존재, 크레이져여! 그것은 존재가 아니다! 존재란 타인이 있고 내가 있어야 가치가 있는 것이다! 세계가 재창조된다면 크레이져, 당신의 존재도 무가치하다는 것을 모른단 말인가!"

의지를 굽히지 않는 루덴스의 외침은 크레이져로 하여금 강한 분노를 느끼게 했다.

[어리석은 것!]

그 순간 루덴스의 남아 있는 사지인 다른 쪽의 팔마저 소멸되었고 루덴스는 고통에 못 이겨 기절하고 말았다.

불사의 존재인 루덴스가 만약 다른 자에 의해 사지가 소멸됐다면 재생이 될 수도 있었겠지만 궁극의 존재인 크레이져에게 소멸된 이상 재생은 이루어지지 않았다.

루덴스는 사지가 절단당한 고통을 고스란히 느껴야 하는 것이다.

라디안은 공포 속에서도 간신히 몸을 움직여 루덴스에게 기어가 그의 몸에 힐링 마법을 걸었지만 크레이져의 권능은 모든 마법을 튕겨 내 버렸다.

[어린 마법사여, 너에게 묻겠다. 죽겠는가, 아니면 나와 함께 재창조의 한 사람이 되겠는가.]

라디안은 크레이져의 물음에 공포를 느꼈지만 몸을 일으키고는 소리쳤다.

"저… 저 역시 루덴스님의 생각과 같습니다. 자신의 홀로 된 존재만이 있는 세상은 더 이상 세상일 수 없을 테니까요."

[어리석구나. 지금 네가 나의 권유를 거부하고 소멸된다면, 그 역시 존재가 사라지는 것이 아니겠는가?]

"지금 이곳에서 소멸된다 해도 저의 존재를 증명해 줄 수 있는 세상이 있으니까요."

[불합리한 세계에 물든 자여, 가라.]

완전한 소멸. 라디안은 크레이져의 힘에 의해 온몸이 먼지로 화하는 것을 느낄 수 있었다.

[크레이져여, 아직도 과오를 범하려 하는가.]

그 순간 엄청난 힘이 몰아치면서 라디안의 소멸돼 가는 몸이 재구성되기 시작했다. 먼지로 화하는 것 같던 라디안의 몸이 다시 원래의 상태로 돌아가고 있는 것이다. 소멸돼 가던 몸이 재구성되자 라디안은 온몸에 힘이 빠진 듯 그 자리에서 쓰러져 기절하고 말았다.

[레이뮤여.]

[레이뮤는 사라졌다. 난 레이뮤의 힘을 대리하는 자 루드웨어다.]

라디안의 몸을 재구성한 힘을 알고 있는 크레이져는 레이뮤를 불렀지만 힘을 이어받은 자 루드웨어는 그것을 부정하며 자신을 밝혔다.

[대리할 존재가 없는 대리자가 있을 수가 있는가, 천신 레이뮤여.]

[어리석군, 크레이져. 어찌 레이뮤가 존재하지 않는가. 여기 대리하는 자가 있는데 그 존재를 부정하려 하다니. 허상에 얽매여 있는 자여, 허상에서 눈을 떠라. 당신은 창조주의 재창조의 의미를 잘못 알고 있다.]

[재창조의 의미?]

[창조란 카오스를 질서로 바꾸는 일이다. 재창조는 카오스로 바뀌어가는 이 세상에 다시 질서를 만들어주는 일일 뿐이다. 이루어진 카오스를 붕괴하는 것은 창조주의 의미를 잘못 알고 있다는 것일 수밖에 없다.]

루드웨어는 천신 레이뮤의 봉인의 힘을 받아들이고 크레이져와 대립하기 시작했다. 단순히 토론으로 시작된 첫 싸움이지만 루드웨어의 이론을 그가 무시한다면 언제 공격이 시작될지 모르는 상황이었다.

봉인에 쓰인 힘만을 흡수한 루드웨어였기에 완전체인 크레이져의 힘에는 미치지 못하므로 본격적인 싸움이 일어난다면 루드웨어는 패배를 면하기 어려웠다.

[하하하하, 루드웨어라 했나? 네 녀석의 말은 잘 이해했다. 하지만 내가 하려는 일을 멈출 마음은 없다. 아니, 자네의 이야기를 들으니 더욱 모든 것을 붕괴하고 싶군. 루드웨어여, 생명이란 끝이 있어야 새로운 시작이 있다. 어떤가, 나와 함께 재창조의 길을 걸어보지 않겠는가?]

프로 야구단 스카우터 뺨치게 실력만 있어 보이면 스카우트하려는 크레이져였지만 애석하게도 경력이 없는 스카우터를 쉽게 믿을 선수들은 없었다. 조만간 정리 해고될 위기에 처할 것 같은 크레이져였다.

[거절하겠다. 어리석은 마신의 행동에 따라줄 바보는 아니니까.]

협상 결렬이었다. 이제 루드웨어와 크레이져에게 남은 것은 싸움뿐이었다. 크레이져는 안타깝다는 듯이 혀를 치고 있었는데, 그런 크레이져에게 루드웨어는 한마디를 남겼다.

[그런데 이상하군. 너의 대리자 크샤스, 그는 너의 힘을 얻으려 봉인 해제 의식을 한 것으로 알고 있는데… 크레이져, 당신이 그의 몸을 완전히 지배했는가?]

[물론이다. 연약한 인간의 정신력이 마신의 정신력을 이길 수 있으리라 보는가?]

하지만 루드웨어는 뭔가 석연치 않은 느낌이 들었다. 로노와르의 브레스를 상대할 때도 그랬다. 왜 그는 강한 권능의 힘을 쓰지 않고 귀찮게 볼케이노를 이용하여 공격했을까.

아직 크샤스의 몸을 완전히 차지하지 못했다면 어느 정도 승산이 있었다.

루드웨어는 크샤스의 정신이 아직 남아 있는지 확인하기 위하여 라디안에게 텔레파시를 보내 말했다.

[라디안, 지금 당장 사이야의 시체를 마법으로 태워 버려라.]

"예?"

라디안은 갑작스럽게 들려온 루드웨어의 목소리에 당황했지만 무슨 이유가 있으리라 생각하고 천천히 주문을 외우기 시작했다.

크레이져 역시 라디안이 주문을 외운다는 것을 알고 있었지만 인간의 마법이 자신에게 상처를 줄 수 없다는 것을 알고 있기 때문에 그것을 가만히 내버려 두고 있었다. 한데 크레이져의 예상과는 달리 라디안의 마법은 다른 곳을 향하고 있었다.

"프레임 버스터!"

시동어와 함께 날아간 프레임 버스터는 크레이져의 곁에 있는 사이야의 시체에 적중되었다.

[크악!]

그 순간 크레이져의 몸이 흔들리면서 힘이 약해지기 시작했다. 루드웨어는 그 변화를 유심하게 관찰했다.

[크레이져! 계약을 어기려 하는가!]

크샤스의 몸에서 들리는 또 하나의 목소리, 그것은 바로 크샤스의 목소리였다.

[어리석은 인간이여! 재창조의 길에서 하나의 생명 따위가 그렇게도 중요하다 말인가?]

[난 재창조 같은 것은 모른다. 크레이져, 너에게 몸을 넘겨주면 나의 여동생을 부활시켜 주겠다고 하지 않았던가!]

[어리석군. 마는 인간의 마음속의 약한 부분을 휘젓고 들어가는 것이다. 난 창조주가 만들어낸 마의 대표자라는 것을 잊었는가?]

크샤스는 봉인 해제 의식 중에 나타난 크레이져에게 여동생 사이야를 살려주는 대신 자신의 몸을 달라는 크레이져의 요구를 거절하지 못하고 승낙한 것인데, 그것을 크레이져가 배반하고 있는 것이다.

한편 라디안은 불타고 있는 사이야의 몸을 아쿠아 플래쉬로 꺼뜨리고 있었다. 아무리 시체라곤 해도 한때 자신이 모시고 있었던 주군의 동생을 마법으로 재로 만들 수는 없었기 때문이다.

[…크레이져, 한 인간조차 변화시키지 못하는 네가 재창조의 길을 갈 수 있다고 생각하는가?]

분노한 크샤스였다. 수많은 부하들에게 배신당했던 비운의 왕 크샤스. 그는 마지막으로 의지하려 했던 크레이져에게까지 배신당하자 분노가 치솟아올랐다.

[끄아악!]

크레이져의 몸이 덜덜 떨리기 시작했다. 크샤스가 크레이져의 정신체와 싸우며 육체를 다시 찾으려 했기 때문이다. 크레이져의 정신체가 아무리 뛰어나다고 해도 아직 새로운 육체에 대한 적응이 안 된 상태였고, 크샤스의 만만치 않는 정신력과 자신의 육체에 대한 친화력은 충분히 크샤스의 시도가 승산이 있게 만들었다.

하지만 크샤스의 시도는 어이없이 실패하고 말았다. 정말 분위기 파악 못하는 한 마리 드래곤 때문에 말이다.

[에이, 빌어먹을 크레이져!]

볼케이노 볼에 타격을 받고 날아갔던 로노와르는 기절해 있다가 깨어났다. 깨어나자마자 열이 뻗친 로노와르는 앞뒤 가릴 것 없이 날아와서 다짜고짜 크레이져에게 할 수 있는 단 하나의 공격인 브레스를 날려 버린 것이다.

[크아악!]

크샤스와의 정신력 싸움에서 갑자기 밀어닥친 브레스를 감지하지 못한 크레이져는 비명 소리와 함께 브레스에 강타당했다.

[저런!]

루드웨어는 바로 권능을 사용하여 근처에 있던 다른 이들을 로노와르의 브레스에서 벗어나게 했지만 상황은 로노와르의 참전으로 이상하게 돌아가고 있었다.

브레스가 사라지자 크레이져의 몸이 드러났다. 로노와르의 브레스

를 허용하여 군데군데 뼈가 드러날 정도의 상처를 입고 심한 화상을
입어 과거의 크샤스의 모습을 찾아볼 수 없었다.

[크크크, 얼빠진 다원소 드래곤에게 고맙다고 해야겠군.]

로노와르의 브레스로 인하여 신체가 파괴된 크샤스는 신체의 친화
력이 떨어지자 크레이져의 정신체에 밀려 버리고 만 것이다.

이 사태를 이해하지 못한 로노와르는 크레이져의 고맙다는 말에 허
망해하고 있었다.

[멍청이 로노와르, 피해라!]

강한 권능의 움직임을 느낀 루드웨어는 로노와르를 보며 소리쳤다.
이런 권능의 움직임을 느낄 수 있었던 로노와르는 급히 피해야겠다는
생각을 했는데, 그 순간 로노와르의 몸이 사라지며 루드웨어 쪽으로
옮겨갔고 로노와르가 있던 자리는 공간이 왜곡되더니 근처에 있던 모
든 사물을 파괴해 버렸다.

[용언을 사용할 수 있게 됐군.]

루드웨어는 로노와르가 한순간의 위기를 피하느라 무의식적으로
용언을 사용했다는 것을 알 수 있었다. 로노와르는 이 얼얼한 사태를
이해하지 못하고 자신이 어떻게 몸을 피할 수 있었는가를 고민하고
있다가 루드웨어의 말을 듣곤 기쁜 얼굴이 되었다.

[내가 용언을 사용할 수 있게 된 거야? 푸하하하하!]

[그래, 성체가 됐으니 용언을 사용할 수 있게 된 거지. 아무튼 용언
을 사용할 수 있게 됐으니 용 투기를 사용할 수 있는 신체로 변해라.]

[용 투기?]

[그래. 지금 네 몸은 너무 커서 둔하니까 용 투기를 사용할 수 있는
드래코니안으로 변해서 몸의 반응 속도를 최대한 높여야 한다.]

루드웨어의 말을 들으며 로노와르는 과거에 한번 보았던 드래코니안의 모습을 생각하며 자신을 드래코니안의 모습으로 바꿔달라는 염원을 했고, 그것이 용언으로 변하여 거대했던 로노와르의 몸이 빛을 뿜으며 변해갔다.

드래코니안. 드래곤들이 용 투기를 사용하기 위한 인간형 전투체를 말하는 것이었다. 로노와르의 드래코니안의 모습, 그것은 실로 여신이 하강한 것 같다는 느낌이 들기에 충분했다. 발끝까지 내려오는 초록색의 긴 머리에 신성할 정도의 미를 가지고 있는 얼굴이었다. 다만 머리 위로 조금은 어색한 뿔이 네 개 돋아나 있었고, 등 뒤에 드래곤이었을 때 가지고 있었던 날개 열두 쌍이 돋아나 있었다.

뭐, 천사의 날개라면 천사로 의심할 수도 있겠지만 드래곤의 날개라는 것이 보통 마족의 날개와 약간 다를 뿐 피부가 변한 것은 비슷했기 때문에 아름다운 미모를 가지며 8등신의 여체를 드러내고 있는 로노와르의 모습은 말 그대로 사탄의 모습이었다.

[헉!]

뭐, 루드웨어에겐 사탄의 모습이든 천사의 모습이든 예쁘기만 하면 좋기는 한데, 로노와르의 모습에서는 안아주고 싶은 백치미까지 흘러나오는 데다 처음 드래코니안으로 변해서 현재 로노와르의 상태는 말 그대로 올 누드!

루드웨어의 코에서 코피가 흐르기 시작했다.

[합!]

다른 사람이 볼까 봐 두려운 루드웨어는 재빨리 로노와르에게 권능으로 전투복을 만들어 입혀주었다.

[어라! 루드웨어, 코피난다.]

코피의 원인을 모르는 로노와르는 코피나는 루드웨어의 피를 닦아주기 위해 얼굴을 가까이 들이댔는데 갑자기 아름다운 얼굴의 로노와르가 자신에게 다가오자 루드웨어는 당황해했다.

해츨링이었을 때 인간의 모습을 한 로노와르가 미청년의 형태일 때는 몰랐는데 성체가 된 후 굉장한 미인이 돼버린 로노와르가 칠칠치 못하게 코피나 흘린다며 미소를 지으며 다가와 용언으로 만들어낸 손수건으로 자신의 코피를 닦아주자 루드웨어는 그 모습에 참을 수 없게 되었다.

'안 돼! 지금은 때가 아니야! 참아야 해! …인내!! 인내!!'

한편 두 사람의 사랑 놀음을 보고 있던 크레이져는 자신의 짝 없음을 한탄하다 분노가 치솟아올랐는지 두 사람을 보며 소리쳤다.

[네 녀석들이 감히 나 크레이져를 능멸하려 하다니 용서할 수 없다!]

권능의 강한 공격이 일대를 뒤집으며 크레이져의 공격이 시작되었다. 더 이상 사랑 놀음이 불가능하게 된 루드웨어는 권능을 사용하여 크레이져의 공격을 피한 후 로노와르를 보며 소리쳤다.

[로노와르, 용 투기를 모아라!]

[용 투기?]

용 투기를 어떻게 사용하는지 모르는 로노와르였고, 한순간 루드웨어는 프로란스의 조기 교육의 미흡함에 눈물이 흐를 지경이었다.

[유리마에게 받았던 암흑 투기와 다른 느낌이 있을 거다.]

루드웨어는 로노와르에게 대충 설명하고 크레이져에게 권능을 사용했다. 루드웨어의 권능은 레드 드래곤의 브레스보다 더 높은 고열을 내는 화염으로 변하며 크레이져를 공격해 들어갔다.

[어리석구나. 완전하지 못한 레이뮤의 능력으로 날 상대하려 하

다니!

 손쉽게 루드웨어의 공격을 파괴한 크레이져는 두 사람에게 권능의 공격이 별 효과가 없다고 판단하고는 앞으로 쇄도해 들어가며 권능으로 검을 만들어내고는 루드웨어에게 휘둘렀다.

 챙!

 루드웨어 역시 검을 만들어내어 크레이져의 검을 막아섰지만 힘이 모자란 루드웨어의 검은 순식간에 가루가 되어버렸다. 두 사람의 힘의 크기는 상당한 차이가 있었기 때문이다.

 계속적으로 검을 만들어내며 크레이져의 공격을 막아내고 있었지만 힘의 차이가 큰 이상 전설의 최고의 검이라는 창조주의 검을 제외하고는 모든 검은 크레이져의 공격을 막아낼 정도의 강도가 없었다.

 창조주의 검을 구할 방법이 없는 루드웨어로서는 검이 파괴되는 즉시 새로운 검을 만들어내며 크레이져의 공격을 막아낼 수밖에 없는 급박한 상황에 처하고 말았다.

 한편 로노와르는 유리마에게 받았던 암흑 투기와는 다른 느낌의 마나를 찾은 후 몸에 집중시키고 있었다. 아니, 암흑 투기 자체는 이제 로노와르에게 없었다. 모든 원소의 힘과 융합한 로노와르의 용 투기는 이제 한 가지만을 제외하고 모든 원소가 융합돼 있는 용 투기로 변한 것이다.

 루드웨어는 크레이져의 공격을 막아내기에 버거웠다.

 '젠장! 로노와르의 브레스만 아니었어도 쉽게 끝났을 텐데…….헉!'

 그 순간 루드웨어는 새로운 방법이 떠올랐다. 이 상황을 빠져나갈 수 있는 방법. 크레이져의 검을 막아내던 루드웨어는 급하게 뒤로 물러선 후 크레이져를 향해 권능을 사용했다.

크레이져는 루드웨어가 급한 김에 약한 권능을 사용하여 자신을 공격했다고 생각하고 몸으로 권능을 받으며 쇄도해 들어갔는데 루드웨어가 사용한 권능은 공격의 권능이 아니었다.

[이건!]

루드웨어의 권능을 맞고서야 크레이져는 자신의 실수를 깨달을 수 있었다. 루드웨어의 권능, 그것은 바로 치유의 권능이었던 것이다.

브레스에 맞아 좀비 같은 모습을 하고 있던 크레이져의 몸은 한순간에 원상태로 복귀되었는데, 몸이 정상이 되면 생길 한 가지 애로 사항이 크레이져에게 존재하고 있었던 것이다.

[크레이져!]

크샤스의 목소리였다. 몸의 친화력이 복구되자 다시 한 번 크샤스는 자신의 몸을 되찾기 위해 정신력 싸움을 벌인 것이다.

[젠장!]

루드웨어의 암수를 생각하지 못했던 크레이져는 욕을 하며 크샤스의 정신력에 항거할 수밖에 없었고, 그만큼 힘은 반으로 감소하고 말았다.

[로노와르, 받아라!]

루드웨어는 크레이져를 소멸시킬 수 있는 유일한 방법을 사용하기로 결심하고 용 투기를 모으고 있는 로노와르에게 천신의 권능을 주입했다.

[아악!]

갑작스럽게 주입된 천신의 권능에 로노와르는 심한 고통을 느끼며 비명을 질렀지만 천신의 권능은 로노와르에게 완전히 주입되어 용 투기에 융합되었다.

[로노와르, 모든 원소의 마나를 용 투기로 융합했으면 크레이져를 공격해라!]

로노와르의 용 투기, 이제 그것은 모든 원소와 빛과 어둠을 융합한 상태였다. 태고의 창조주가 지녔던 힘인 모든 자연의 힘이 이제 로노와르의 몸에 모인 것이다.

[나도 할 수 있다. 그리터!]

루덴스의 비기 중 하나인 그리터. 그렇게 가르쳐 달라고 졸랐는데도 루덴스가 가르쳐 주지 않자 혼자 쓸쓸히 독학을 해야 했던 로노와르는 겨우 비스무리하게 익힐 수 있었던 그리터에 용 투기를 실어 크레이져의 몸에 쏘았다.

[끄악!]

모든 원소를 파괴할 수 있는 용 투기, 최초의 창조주가 가졌던 모든 원소의 힘이 크레이져의 몸에 적중되자 크레이져의 몸은 점점 부서지기 시작했다.

[차, 창조주의 힘!]

크레이져는 자신의 몸이 부서지고 있음을 느낄 수 있었다. 권능을 사용하여 몸을 재생시키려 했지만 창조주의 힘과 비슷한 로노와르의 그리터의 파괴를 막을 수가 없었다.

[젠장……!]

크샤스의 정신력과 싸우느라 힘을 소비시키지 않은 상태였다면 미약한 창조주의 힘은 막을 수 있었지만 지나간 일이었다. 자신의 완전한 소멸이 멀지 않았다고 생각한 크레이져는 모든 권능의 사용을 하나로 집중했다.

[나 혼자 죽지는 않는다!]

죽기 전에 모든 권능의 힘을 모은 크레이져는 완전하게 소멸하며 마지막 힘을 로노와르를 향해 사용했다.

[로노와르!]

마지막 크레이져의 힘은 엄청났다. 로노와르는 크레이져가 소멸해 가면서 사용한 권능의 힘에 놀라 뒷걸음질쳤지만 그것을 피할 수는 없었다. 그리터는 많은 기를 사용하는 기술, 거기다가 초보였던 로노와르는 거의 모든 용 투기를 사용해 공격했었기에 크레이져의 공격을 막아낼 여력이 없었다.

쿠구궁—!

크레이져의 마지막 권능은 일대를 엄청난 폭발과 함께 뒤집어 버리고 말았다.

"로노와르님!"

라디안은 이 어이없는 사태를 보며 소리쳤지만 로노와르의 모습은 확인할 수가 없었다. 크레이져의 마지막 권능으로 인해 일대는 아수라장이 되어버렸기 때문이다.

"이런 일이……."

모든 일은 마무리되었다. 세계를 무너뜨리려 한 궁극의 마신 크레이져는 소멸된 것이다. 하지만 라디안은 마지막의 이 사태를 받아들일 수가 없었다. 세계를 구한 로노와르, 그가 죽었다고 생각했기 때문이다.

"일어나라, 라디안."

루덴스였다. 루덴스는 크레이져의 권능의 힘이 사라지자 사지를 다시 재생시킬 수 있었다.

라디안은 루덴스의 말에 축 늘어진 어깨로 일어서며 눈물을 흘리고 있었다.

"루, 루덴스님."

울먹이는 라디안을 보며 루덴스는 그의 어깨를 두드려 주며 말했다.

"어린 마법사여, 자네는 이곳에서 루드웨어의 마나를 느낄 수 있는가?"

"아!"

그제야 라디안은 있어야 할 루드웨어의 힘이 느껴지지 않는다는 것을 알 수 있었다.

"모든 일은 끝났다. 이제 너의 자리로 돌아가도록 해라."

"예, 루덴스님."

눈물을 흘렸던 라디안은 이내 기쁜 표정이 되어 루덴스에게 대답했다.

"아… 여기는……?"

그때 한 소녀의 목소리가 들려왔는데, 라디안은 목소리의 주인공이 누구인지 알 수 있었다.

"사이야 공주님!"

라디안은 목소리의 주인공에게 소리치며 뛰어갔다. 루드웨어, 그는 마지막으로 사이야를 부활시키고 사라졌던 것이다.

에필로그

에필로그

마신 크레이져의 마지막 권능을 맞고 죽어버린 로노와르는 어두컴 컴한 동굴에서 눈을 뜰 수가 있었다.

"어라?"

많이 익숙한 동굴. 넓지막한 게 편안한 느낌을 주는 이 동굴은 다름 아닌 자신의 레어였던 것이다.

"나… 살았나 보다."

그제야 자신이 살았다는 것을 알 수 있었던 로노와르는 특유의 멍 한 한숨을 쉬다 루드웨어가 만들어놓았던 침대에서 일어났다.

그리고 근처의 바위 위에 놓인 흰빛을 뿜고 있는 편지를 발견할 수 있었다.

"웬 편지?"

빛을 내고 있는 편지. 어느 누가 그것을 그냥 지나칠 수 있겠는가?

로노와르는 편지 봉투를 뜯어 안에 있는 편지를 읽어보았다.

　사랑하는 나의 아내 로노와르에게.

　어이, 예쁘장한 드래곤. 일어났는가?

　뭐, 평상시 너라면 드래곤은 죽어도 레어에서 사는구나라고 착각하
겠지만, 미안하게도 그곳은 네 녀석의 레어야.

　어떻게 살았는가 궁금하기도 할까 봐 내 편지를 남겨놓았다.

　네 녀석이 마지막 크레이져의 권능을 막지 못하고 죽게 되는 것 같
아서 나도 모르게 너의 정면을 막아섰지 뭐야. 미쳤지. 죽으려고 작정
을 했으니 말이야. 다행히도 크레이져의 권능은 상당히 약해져 있어
나 역시 죽음은 면할 수 있었지만 말이야.

　그 덕에 많은 권능을 소비했지. 뭐, 사이야란 꼬마를 살리느라 소비
한 권능도 어느 정도 되니 이 대륙 최고 마법사인 나라도 버티기가 힘
들더구만. 간신히 네 녀석을 레어에 데려다주고 나올 수밖에 없었는
데, 그러고 나니 온몸에서 마나가 빠져나오는 현상이 심해지더군. 뭐,
크게 걱정할 것은 아니고 아마 100년 정도는 수행을 쌓아야 할 것 같
아서 이렇게 편지를 남긴다.

　사랑하는 나의 아내 로노와르,

　내가 없는 동안 다른 드래곤과 바람 피지 말라고. 하긴 뿔 네 개에
날개 열두 장의 돌연변이 드래곤에게 반할 녀석은 없다고는 생각하지
만 돌다리도 강도 테스트해 본 후 건너라는 옛 대마법사의 말도 있고
해서 말하는 거야.

　아마 100년 후쯤에는 멀쩡한 모습으로 네 녀석에게 갈 수 있을 거
라 생각한다. 그때가 되면 우리 모든 드래곤을 모아놓고 성대한 결혼

식을 하자고. 예쁜 새끼 낳고 잘 살아보세. 하하하하!

아무튼 잘 지내고, 그동안 결혼 자금이나 인간들에게 강탈하고 있으라고.

그럼 안녕.

추신:돌아갈 때 멋진 선물 들고 갈 테니 기대하라고.

　　　　　　　　　　　　　　—너의 사랑하는 남편 루드웨어로부터.

"이 빌어먹을 자식이—!!"

그날 사라토 산맥의 그린 드래곤 로노와르의 레어에서는 모든 동물들을 공포에 떨게 만드는 드래곤 피어가 울려 퍼졌다고 한다.

그것을 구경하고 있던 오크들의 이야기를 들어보면 인간형으로 폴리모프한 로노와르는 눈물을 흘리며 미소를 짓는 이율배반적인 행동을 하고 있었다고 한다.

외전

루드가 로노를 만났을 때

외전 루드가 로노를 만났을 때(1)

　상쾌한 봄날의 아침. 팔자 좋은 새들은 오늘도 하릴없이 나뭇가지 위에서 지지배배 아침을 알리고 있으니, 눈치 빠른 사냥꾼에 의해 이내 땅으로 추락하여 어린 꼬마의 아침 식탁에 오르는 불상사가 여지없이 일어나고 있었다.

　사라토 산맥에 있는 루페드 계곡의 물 좋은 곳에는 오늘도 손만 대면 얼어버릴 것 같은 차가운 물이 무한급수(無限給水)의 원칙에 따라 흐르고 있었다.

　새벽에 일어난 토끼 같은 한 남자는 세수할 모양으로 수건을 들고 계곡의 바위에 잠시 잠을 깰 겸 앉아 있다가 어느 정도 잠이 깼는지 시원한 자연산 생수를 잠시 들이켰다.

　"물이 너무 차갑다."

　새벽에 일어난 토끼가 눈 비비고 일어나 세수하러 왔다가 물만 먹고 간 이유는 모두 물이 차갑기 때문일 것이다.

보일러 시설이 제대로 되어 있지 않는 계곡이라며 투덜대던 사나이는 그래도 세수는 해야겠는지 손에 물을 약간 묻혀서는 고양이 세수만을 하고 천천히 자리에서 일어나 길게 기지개를 켰다.

"아! 좋다."

상쾌한 아침의 공기를 폐에 가득히 들이마신 남자는 오늘도 활기찬 하루가 시작됐다는 듯이 룰루랄라 노래를 부르며 계곡에서 숲으로 나 있는 조그만 오솔길을 따라 걸음을 옮겼다.

십 분여를 오솔길을 따라 들어가자 숲 가운데에 위치한 작은 공터에 작은 오두막이 눈에 띄었다.

건축 설계사가 본다면 그 허접한 솜씨에 눈물을 흘릴 것같이 만들어진 엉성한 오두막이 바로 그 남자의 집이었던 것이다.

끼익― 하며 귀에 거슬리는 소리를 내는 문이 열리자 오두막 안의 모습이 드러났다.

근처에 있는 나무를 잘라 엉성하게 만든 침대 위에는 그래도 고급스러운 침대보가 지저분하게 널려져 있었고, 균형이 안 맞는 듯 기울어진 탁자 위에는 어제 먹다 만 빵과 수프가 흉측하게 놓여져 있는 것이 과히 총각의 전형적인 방이라고 할 수 있었다.

청년은 청동 거울을 탁자 위로 가져와서는 얼굴을 들이대며 몇 개 부러진 황소의 흉측한 갈비뼈 같은 빗을 들어서는 머리를 손질하기 시작했다.

새집을 지은 듯 사방으로 뻗쳐 있는 머리털은 빗질을 해주자 이제는 조금 보아줄 정도로 보였지만, 역시나 머리를 안 감은 덕에 여기저기 비듬이 붙어 근처에 가고 싶지 않은 모습을 하고 있었다.

그래도 이런 지저분한 몰골과는 달리 그의 얼굴은 조금 보아줄 만했다. 지가 제일 높은 줄 알고 솟아 있는 코와 똘망똘망한 눈망울, 초록색의 긴 머리는 비듬만 빼면 단정하게 보이는 것이 괜찮은 미남의 전형적인 모습이었다.

물론 그가 절세미남이란 것은 아니다. 그저 조금 보아줄 정도의 미남, 아무튼 그 정도다.

오두막의 한구석에는 한참을 빨래하지 않았는지 사라토 산맥과 거의 비등할 정도로 많은 빨래가 쌓여 있었다. 그는 빨래 더미에 다이빙을 해서는 그래도 냄새가 덜 나는 옷가지를 꺼내어서 몸에 걸치기 시작했다.

"룰루랄라~ 오늘도 즐거운 하루 일을……."

그 순간 그는 노래 부르던 것을 멈추고 말았다. 무엇인가 안 좋은 기분이 그의 등줄기를 스치고 지나간 것이다.

'설마……'

청년은 문득 중요한 사실을 잊었다는 것을 생각하고는 한쪽 벽에 그래도 공부는 한다고 자랑하는 듯이 책을 쌓아놓은 곳에 가서는 낡은 책을 하나 집어 들고 무엇인가를 찾기 시작했다. 이윽고 그것을 확인하고는 그 자리에서 풀썩 무릎을 꿇고 말았다.

"이럴 수가… 스승님의 책을… 내가 모두 익히고 말았다니……. 흑흑, 이젠 즐거운 하루 일이 없당."

애석하게도 그는 배울 것을 모두 배우고 만 것이다. 그가 이런 궁벽한 산골에 와서 혼자 살고 있는 이유는 그의 스승인 라지베헤루가 남긴 '금단의 서'라는, 대륙의 마법사라면 어느 누구라도 탐낼 고위 마법과 마물 소환이 적힌 책을 익히기 위해서였다.

그의 스승인 라지베헤루는 그를 혼자 남겨두고 책 한 권을 던져 주면서 멀리 하늘나라로 유희를 떠났기에 그는 대륙을 돌아다니다 물 좋은 곳을 발견하고는 채 익히지 못했던 금단의 서를 익힌 것이다.

여기까지 말했으니 대충 이 사람이 누군인지는 알 수 있을 것이다. 라지베헤루의 유일한 제자이자 건방진 마법사, 바로 루드웨어인 것이다.

루드웨어는 한참을 책을 부여잡고 울음을 터뜨린 후 조용히 일어나 눈물을 닦고는 훌쩍거렸다. 남들은 책 한 권을 떼면 책걸이라고 한답시고 잔치를 하는데 그는 왜 이렇게 서러워하는 것일까? 그것은 바로 하나의 이유 때문이었다.

스승인 라지베헤루가 죽고 그는 대륙을 떠돌아다니며 어설픈 마법을 숙련시키고 있었다. 하지만 북부의 숨겨진 땅이라는 소비에르 제국의 높은 산맥을 넘고 있을 때 그는 그곳에서 하나의 신전을 발견할 수 있었다.

보통 산속에 숨겨진 낡은 신전이라면 비싼 아티팩트는 아니더라도 몇백 년 된 고귀한 유물이 하나 정도는 눈에 띄는 것이 보통이었기에 그는 소비에르의 진미를 생각하며 신전 안으로 숨어 들어갔다.

오랜 시간 방치되어 있었던지 사원 안에는 각종 동물들의 변은 물론이요, 겁도 없이 신에게 반항하는 잡초들이 신전의 바닥 사이에서 꿋꿋하게 뻗어 나오고 있었고, 세월의 흔적을 증명이라도 하듯 이곳 저곳의 벽은 허물어져 간간이 넘어지기 쉬운 장애물을 만들어놓고 있었다.

"와! 엄청 낡았다."

사원 여기저기를 둘러보던 루드웨어는 한곳에서 얼굴은 날아간 채 몸만 남아 있는 흉측한 하나의 석상을 발견하고는 잽싸게 그쪽으로 뛰어갔다.

두 손을 단전으로 내린 채 동그란 공 하나를 손에 들고 있는 석상. 루드웨어는 잠시 이것이 대륙 최초로 배구라는 운동을 만들어낸 운동가의 석상이 아닐까 고민했지만, 얼마 지나지 않아 그 의문은 완전히 풀렸다.

석상의 밑에는 사각형의 석판 위에 고대 유온 족의 상형 문자가 쓰여져 있었기 때문이다.

"북방 유온 족의 문자네?"

많은 지식을 가진 놈은 아니었지만, 그래도 스승인 라지베헤루를 따라 대륙 곳곳의 도서관을 많은 들렀던 루드웨어였던지라 그 글자를 더듬더듬 읽어 나갈 수 있었다.

"음… 그러니까 음… 천신… 레이뮤… 경배하라… 에잇, 모르겠당!"

끈기없는 놈이었다. 아무튼 루드웨어는 모든 글자를 해석할 수는 없었지만, 그래도 이 석상이 천신 레이뮤라는 것은 알 수 있었다.

"천신 레이뮤라면, 칠칠치 못하게 신마전쟁에서 궁극의 마신을 봉인하고 사라진 신이잖아. 음… 그리고 보면 고대에는 천신 레이뮤가 오성신보다 더 큰 권위를 지니고 있었다고 했으니까… 우히히, 좋은 물건이 하나 정도는 있겠구만."

이 신전이 천신 레이뮤를 모스는 신전이라는 것을 파악한 루드웨어는 즐거운 진미를 생각하며 신전의 곳곳을 헤매이기 시작했다.

숲 속에 묻혀 있었던 탓인지 맨 처음 이곳에 들어왔을 때는 그렇게 크지 않다고 생각했지만, 막상 안으로 들어와 보니 신전의 크기는 장난이 아니었다.

천신 레이뮤의 예배당이라고 생각되는 곳은 루드웨어가 뛰면 적어도 삼십 분 이상은 걸릴 100미터 정도의 넓은 곳이었고, 그밖에 그 용도를 알 수 없는 많은 곳들이 산재해 있었던 것이다.

한참을 신전을 뒤지며 귀중한 물건을 찾고 있던 도굴꾼 루드웨어는 두 시간여 정도를 여기저기 헤매이며 돌아다녔지만, 이미 선배 도굴꾼의 손길이 스쳐 지나간 것인지 루드웨어가 찾는 그런 물건들은 보이지도 않았다.

하지만 지성이면 감천인지 재물에 눈이 어두운 그는 포기를 하지 않고 열심히 찾기 시작했고, 드디어 괴이한 힘이 느껴지는 곳을 발견할 수 있었다.

천신 레이뮤가 대활약을 벌이는 장면이 열두 개의 거대한 벽에 양각되어 있는 벽 중 하늘에서 대륙을 향해 천신 레이뮤가 빛을 뿌리는 장면의 벽화에서 이상한 힘이 느껴지고 있는 것이다.

"신성력?"

벽을 손으로 살짝 두드려 본 후 마나를 약간 주입해 본 루드웨어는 그 이상한 힘의 정체가 신성력이라는 것을 알 수 있었다.

상당한 두께의 벽이라는 것을 짐작할 수 있었음에도 루드웨어가 놀랄 정도로 신성력을 뿜고 있다는 것은 벽 저편에 상당한 신성력을 가지고 있는 기물이 있다는 것을 뜻하기 때문이었다. 그의 입은 루드웨어만한 두꺼비가 하품을 하는 것마냥 커졌다.

"히히히."

벽을 뚫기 위해 히죽거리며 뒤로 물러선 루드웨어는 조용히 주문을 읊조리기 시작했다. 현재 그가 가지고 있는 마법 능력은 8서클 마스터. 이 정도면 인간으로선 거의 극한에 이르는 마법 실력이라고는 하지만 그의 목표는 9서클을 넘어서 스승인 라지베헤루를 넘어서는 것이기에 아직도 열심히 노력하고 있었다.

아무튼 8서클의 엄청난 마법 실력을 가지고 있는 루드웨어가 주문을 외우자 그의 몸에서 상당한 양의 마나가 요동 치기 시작했다.

"파이어 볼!"

뭐, 8서클의 마스터가 3서클의 파이어 볼을 사용하는 것을 보며 이상하게 생각은 하지 말기를 바란다. 벽 하나 뚫는 데 8서클 마법을 난사하는 것은 정말 바보 같은 일이기 때문이다. 하지만 바보였다.

엄청난 폭음과 함께 벽에선 엄청난 불꽃의 폭발이 일어났다. 하지만 잠시 후 자욱한 연기가 사라져 가며 벽의 모습이 드러났을 땐 아무런 상처도 없는 벽의 모습이 드러났다.

"엥? 이게 뭐야!"

놀란 루드웨어는 벽으로 뛰어가 여기저기를 만져 보았지만 역시 그슬린 것을 제외하고는 흠집 하나 없는 석벽이었다.

"젠장! 어쩐지……."

몇백 년은 지난 듯한 성전의 모습과는 달리 벽화는 너무나 명확하게 그 모습을 드러내고 있었다. 양각이 된 벽화는 그만큼 풍화가 잘되기 때문에 지금쯤이면 흐릿하게 보여야 정상이었지만, 루드웨어의 앞에 보이는 벽화는 명확하기 그지없는 것이다.

단순한 것도 추리하지 못하는 자신의 머리를 잠시 주먹으로 몇 대 갈긴 루드웨어는 벽을 만져 보며 재질을 검사하기 시작했다.

"음, 보통의 대리석으로 만들어진 벽인데… 어째서 흠집이 안 나지? 신성력 때문인가?"

루드웨어는 벽을 살펴볼 때와는 달리 많은 양의 마나를 석벽 안으로 집어넣었다. 그 순간 큰 반발력과 함께 루드웨어의 마나는 반사되어 사방으로 흩어져 버렸다.

"음, 일정 이상의 마나를 받으면 되튕긴단 말인가? 젠장, 이것만 팔아도 돈 되겠네."

이 정도의 벽화를 만든다는 것은 상당한 노력이 필요한 것이기 때문에 벽만 팔아도 적어도 수만 골드는 얻을 수 있다고 생각하며 중얼거리는 루드웨어였다.

한참을 석벽에 등을 기대며 고민에 잠긴 루드웨어는 석벽 너머로 갈 수 있는 방법을 고민하기 시작했다.

"석벽 너머는 돈이 굴러다니는데, 분명 공간이 있다는 것은 통로가 있다는 뜻인데… 도대체 어디 있는 거야?"

그가 있는 석벽은 말했던 것과 같이 열두 개의 벽화가 나란히 양각되어 있는 곳이었다. 그중 제일 마지막 벽화가 문제의 석벽이고 나머지 열한 개의 벽화는 풍화가 방지되기는 했지만 일정 이상의 마나를 되튕기는 능력은 없었다.

분명 열쇠 구멍이나 비밀 장치가 있다고 생각한 루드웨어는 열한 개의 벽화를 차례대로 훑어보기 시작했다.

벽화의 내용은 창세에서 대륙의 탄생까지의 천신 레이뮤의 신화가 그려져 있었다.

창조주의 명을 받아 궁극의 마신 크레이져와 천신 레이뮤가 대륙을 생명이 살아 있는 땅으로 만들기까지의 그림이었다.

"평범한 내용이잖아."

벽화 자체는 보통의 신화에서 나오는 그런 내용으로 평범하기 그지 없었다. 하지만 루드웨어는 계속 벽화를 살펴보던 중 이상한 장면을 보게 되었다.

일곱 번째 대륙을 두 신, 레이뮤와 크레이져가 반대로 나뉘어져 빛과 어둠을 이루는 장면에서 크레이져의 얼굴이 찡그려져 있었기 때문이다.

"뭐지?"

이상한 생각에 다른 벽화들을 살펴보았지만, 그곳에는 모두 위엄있는 크레이져의 모습이 조각되어 있는 데 반해 유독 그 벽화에서만은 크레이져가 찡그리고 있었기에 루드웨어는 그 주변을 샅샅이 훑어보기 시작했다.

"그래, 이거야!"

루드웨어는 벽화의 한 부분을 보며 그 이유를 찾아낼 수 있었다. 낮과 밤으로 나뉘어진 두 신의 모습이 합쳐지는 부분, 바로 두 신의 다리 부분에 그 문제가 있었던 것이다.

애석하게도 천신 레이뮤의 발이 크레이져의 발을 밟고 있는 기현상이 드러나 있었다. 이러니 크레이져가 얼굴을 찡그리는 것은 당연한 게 아니겠는가?

하지만 얼마 지나지 않아 그것이 오산이라는 것을 알 수 있었다. 다른 곳도 모두 그렇게 나와 있으니 의도한 것은 아닌 것이다.

하긴, 천하의 마신 크레이져가 발 좀 밟혔다고 얼굴을 찡그리겠는가? 또 그런 벽화를 만들었다면 분명 벽화를 만든 예술가는 몰매 맞고 쫓겨났을 것이 분명했다. 천신 레이뮤의 신전이 번성했을 때는 그와 함께 어둠의 마신 크레이져의 신전도 번성했기 때문이다.

하지만 마신 크레이져가 얼굴을 찡그리고 있는 것은 사실이었기에, 그것에 무슨 문제가 있다고 생각한 루드웨어는 다시 한 번 벽화를 보며 곰곰이 생각에 잠기기 시작했다.

하지만 그 방법은 도저히 생각나지 않았고, 얼마 지나지 않아 그는 좌절할 수밖에 없었다.

"젠장! 그냥 조각 잘못한 거 아니야?"

하지만 이런 정교한 조각을 한 예술가가 실수한 작품을 그냥 내버려 뒀을 리는 없었기에 이젠 짜증까지 밀려오고 있었다.

"에잇! 제발 인상 좀 펴라, 이 크레이져야!"

화가 난 루드웨어는 벽화에 그려져 있는 찡그린 크레이져의 얼굴을 잡고는 강제로 인상을 펴게 하려고 힘을 주었는데 그 순간 엄청난 일이 벌어졌다.

정말 이건 홧김에 한 것이었는데, 크레이져의 인상이 펴지면서 위엄있는 모습을 되찾은 것이다.

"조금 꼬집어줬다고 바로 쫄기는. 쳇!"

괜히 심술 내는 루드웨어였다. 하지만 그 후 그의 얼굴은 활짝 펴지면서 연신 크레이져의 얼굴에 키스를 하기 시작했다.

바로 마신의 인상이 펴짐과 동시에 파이어 볼로도 부서지지 않던 열두 번째 벽화가 서서히 열리기 시작했기 때문이다.

"앙! 크레이져 오빠, 님 멋져요!"

너무 기분 좋은 루드웨어는 느끼한 언어를 남발하고 말았으니 하늘은 절대 그런 그를 용서하지 않았다. 그 순간 크레이져의 인상이 굳어지며 다시 서서히 문이 닫히기 시작한 것이다.

"젠장할!"

시간을 지체할 수 없다고 판단한 루드웨어는 재빨리 서서히 닫히는 문을 향해 몸을 날렸고, 정말 간발의 차로 루드웨어는 감추어진 통로 안으로 들어갈 수 있었다.

하지만 이내 후회하고 말았으니, 나갈 수 있는 방법도 없이 그는 물욕에 눈이 어두워 무턱대고 안으로 뛰어 들어갔기 때문이다.

"젠장! 난 왜 이런 거야!"

자신을 욕하는 루드웨어였지만, 어떡하랴. 이미 화살은 활을 떠났고, 컵의 물은 엎질러진 후였고, 루드웨어는 비밀 통로로 들어온 후였던 것이다.

투덜투덜거리던 그는 라이트 마법을 사용하여 어두운 비밀 통로에 불을 밝혔다.

"헉!"

흉측한 얼굴의 등장. 놀란 루드웨어는 뒤로 자빠지고 말았는데, 자세히 들여다보니 그 폼이 어디선가 많이 본 폼인지라 루드웨어는 라이트를 들이대고는 그것을 자세히 들여다보았다.

"휴~ 레이뮤 형이었군."

언제 천신 레이뮤가 루드웨어의 형이 되었는지는 모르겠지만, 아무튼 루드웨어가 놀란 그것은 바로 레이뮤의 석상이었던 것이다.

원래 사진은 라이트의 조작에 따라 그 이미지가 달라지는 것처럼 위엄있는 석상도 밑에서 위로 라이트를 비추니 거의 흉측한 귀신 꼴로 나타난 것뿐이다.

이상하게 라이트 마법으로 향하는 마나의 공급이 시원치 않아서 생긴 현상이었는데, 아무래도 동굴 안의 신성력이 루드웨어의 마나에 상당한 영향을 주는 듯했다.

"4서클 수준이로군."

자신의 마법이 신성력의 영향으로 장애를 받아 4서클 정도의 수준으로 떨어진 것을 느낀 루드웨어는 제발 신전을 지키는 가디안이 나타나지 않기를 빌었다.

가디안이란 것이 고대 마도 제국의 던전이나 드래곤의 레어에서 나타나기도 했지만, 간혹 이런 낡은 신전에서 발견되기도 했기 때문이다.

거의 바닥난 전지마냥 불규칙한 빛을 비추고 있는 라이트 마법으로 루드웨어는 천천히 동굴 안으로 들어가기 시작했다. 입구 쪽에는 문을 여는 장치가 없다고 생각한 그는 분명 입구의 끝에 다른 탈출구가 있다고 생각한 것이다.

생각 외로 동굴은 상당히 깊었고, 루드웨어의 마나는 조금씩 바닥을 드러내기 시작했다. 신성력의 영향으로 그의 마나 소모가 상당히 많았기 때문이다.

"불 끄면 무서운데… 어쩔 수 없지."

조금 무섭기는 했지만, 일단은 뭐가 나타날지 모르는 상황이었기에 라이트 마법으로 마나를 소비할 수 없다고 생각한 루드웨어는 큰맘 먹고 마법을 해제했다.

빛조차 들어오지 않는 비밀 통로는 이제 짙은 어둠에 깔리며 한 치 앞도 보이지 않게 되었다.

약간의 빛조차 들어오지 않는 상황에서 루드웨어는 조용히 눈을 감고 앞으로 걸어가기 시작했다. 8서클의 뛰어난 마법사인 루드웨어는 걸을 때 공기의 흐름을 느끼며 통로의 방향을 예측할 수 있었던 것이다.

물론 왜 맨 처음부터 이 방법을 안 썼냐고 말한다면, 루드웨어는 말할 것이다.

"니가 혼자서 깜깜한 동굴 걸어가 봐라, 얼마나 무섭나."

능력있는 마법사라고 해도 루드웨어 역시 귀신 무서운 줄 아는 인간이었던 것이다.

어두컴컴한 동굴을 혼자 걸어가는 기분은 정말 안 겪은 사람은 모를 것이다. 루드웨어는 가슴 떨리는 이 순간을 정말 잊을 수 없을 것이라고 중얼거리면서 천천히 발걸음을 옮겨갔다.

다행히 얼마 지나지 않아 동굴 끝에서 빛이 새어 나오기 시작했다.

눈을 감은 루드웨어의 살갗을 뚫고 파고들 정도의 빛이었기에, 그는 눈을 뜨고 빛이 오고 있는 방향으로 천천히 걸어갔다.

"우와……."

그곳에는 엄청나게 넓은 광장 방과 함께 거대한 두 개의 석상이 서 있었다. 그것은 처음 그가 보고 있던 석상과 같은 형태였는데, 다른 것이 있다면 석상이 들고 있는 구에서 밝은 빛이 나오며 사방을 밝히고 있다는 것이다.

거대한 광장을 환하게 비추고 있을 정도로 강렬한 빛을 내고 있는 석상은 마치 대지를 비추는 태양과 같았기에 루드웨어는 탐복할 수밖에 없었다.

지하의 거대한 광장의 끝에는 한 채의 고전틱한 신전이 모습을 드러내고 있었다.

신전 안에 자신이 원하는 것이 있을 것이라 생각한 루드웨어는 안으로 들어서려고 하는데 갑자기 이상한 반발력이 자신을 밀어내고 있는 것을 느낄 수 있었다.

"결계?"

그를 밀어낸 것은 결계의 힘이었다. 투명의 결계를 만지며 어떻게든 들어가려고 했지만, 강력한 반발력은 결코 불순한 루드웨어를 안으로 들여보내려 하지 않았다.

"음… 무슨 방법이 있겠지."

또다시 벽화를 살펴본 것과 같이 사방을 둘러본 루드웨어는 벽의 한쪽에 무슨 글자가 쓰여 있는 것을 볼 수 있었다.

또다시 북방 유온 족의 고대어를 해석해야 하나 보다 하고 생각한 루드웨어는 귀찮다는 기색이 만연한 모습으로 석벽으로 다가섰는데, 그 글자를 본 순간 놀라지 않을 수 없었다.

"신어?"

신어는 신계의 신족이나 신들이 사용하는 문자로 18개의 자음과 10개의 모음으로 이루어진 표음 문자였다.

천지인의 방식으로 각각 초성, 중성, 종성의 형태로 합쳐지는 음의 숫자는 상당했고, 거기에 합용 병서와 각자 병서까지 등장한다. 전설에 의하면 신계의 대왕이라 일컬어지는 세종대왕이란 사람과 신계 학술 기관인 집현전의 여러 신족들에 의해 만들어졌다고 전해지는 대륙에서 가장 과학적인 문자라고 알려져 있었다.

　이러한 면 때문에 많은 대륙의 언어학자들이 신어를 해석하기 위해 많은 노력을 가하고 있지만 많은 자료들이 유실된 형편이라 조사에 많은 차질을 빚고 있었다. 각지의 지명을 연구하는 것도 이미 고대 마도 왕국 시대의 전 지명을 마도 언어로 바꾸는 일이 있었기에, 현재에 와서 내려오는 신어의 어휘는 극소수에 지나지 않고 있었다. 해서 신어의 연구는 큰 차질을 빚고 있으며 학자마다 그 의견이 제각각이라 확실한 것은 알 수 없었다.

　유일하게 남은 오대성신의 고대 성전들과 벽화가 유일하게 남은 신어로 된 자료인 것이다.

　라지베헤루 역시 고대 신어에 대한 해석에 참여한 적이 있었기 때문에 루드웨어도 어느 정도 신어를 읽을 수는 있었다. 물론 여기서 읽을 수만 있는 것이지 해석은 불가능이란 말을 해주고 싶다.

　여긴 천신 레이뮤의 신전이니 그대가 선택받은 자라면 안으로 들어설 수 있으리라.

—레이뮤 백.

　"쳇! 읽기만 하면 뭐 해. 뜻을 모르는데."

　신어는 표음 문자인만큼 자음과 모음, 그리고 초, 중, 종성의 쓰임만 안다면 읽는 것은 상당히 편한 문제였기에 읽기는 읽었지만 그 뜻을 알 수가 없었다.

　하지만 모든 문자를 더듬어 읽었을 때 벽의 글자가 환하게 빛을 내기 시작했다.

"이건?"

문자에서 나온 빛은 가느다란 형태로 빛을 내뿜더니 천장에 있는 원형이 신성 마법진에 꽂히곤 사방에 순백의 찬란한 빛을 뿌리기 시작했다.

애석하게도 이 정도로의 반응을 보면 루드웨어는 선택받은 자였던 것이다.

찬란한 빛이 광장에 샤워라도 하는 듯이 뿌려지자 아무것도 없던 광장의 바닥에서 흰색의 영이 하나씩 솟아오르기 시작했다.

"고스트?"

유부의 영을 말하는 것으로 간혹 사람들을 습격하는 일도 있다. 이들은 인간이 강한 집념을 가지고 죽었을 때 그 영혼이 사라지지 않고 지상계를 떠도는 것으로 고스트라 불리고 있었다.

하지만 광장의 바닥에서 나타난 고스트들은 무엇인가 다른 모습을 띠고 있었다.

그들은 수백의 개체가 흰색의 영체가 되어 땅으로 솟아오르더니 루드웨어를 향해 크게 절을 하기 시작한 것이다.

[진정한 신족의 대표자 천신 레이뮤님의 대리자를 뵙습니다.]

물론 이 말은 신어로 말하는 것이기에 루드웨어로선 그 뜻을 알 도리가 없었다. 갑자기 수많은 고스트들이 자신을 보며 크게 소리를 지르고 절을 하자 어안이 벙벙할 따름이었다.

절이 끝나자 고스트들은 갈라지면서 신전의 입구로 향하는 하나의 길을 만들어냈고, 루드웨어는 뭔지는 모르겠지만 이들의 모습을 보니 신전으로 들어가라는 뜻 같았기에 천천히 걸음을 옮겨 안으로 들어갔다.

신전 안으로 들어서자 역시 고스트의 모습인 자가 여덟 명이 서 있었는데 그들은 모두 고위 신관의 복장을 하고 있었다.

그것도 사라진 마도 제국 시대의 고위 신관의 복장을 말이다.

루드웨어가 들어서는 것을 보며 고개를 숙이며 공손하게 인사를 한 여덟 명의 신관들은 자신들의 정체를 밝혔다.

"어서 오십시오, 천신 레이뮤님에게 선택받은 분이시여."

"응? 그건 무슨 소리야? 천신 레이뮤에게 선택받았다니?"

이번에 들린 여덟 신관의 말은 다행히도 고대어이기는 하지만 마도어였기에 루드웨어도 어느 정도는 알아들을 수 있었다. 그런데 그들의 말을 들어보면 자신이 천신 레이뮤에게 선택받은 자라고 하는데 영문을 알 수가 없었다.

"그대가 이곳까지 온 것은 모두 레이뮤님의 뜻에 의한 것. 자, 안으로 드시지요."

무슨 연유인지는 모르지만 자신이 레이뮤의 뜻에 의해 이곳으로 왔다고 하는 말을 듣자 루드웨어는 고개를 갸우뚱했다.

천천히 고스트 고위 신관의 뒤를 따라 신전 안으로 걸어가는 루드웨어는 어느새 신전의 천장을 볼 수 있었다. 스테인드글라스로 만들어진 아름다운 오색의 천장엔 만다라가 그려져 있었다.

"만다라?"

여덟 명의 고위 신관들이 각자의 방위에서 수많은 사제들과 함께 서 있고, 그 가운데 한 명의 존귀한 존재가 두 명의 어린 존재에 보좌를 받으며 엄숙한 모습으로 앉아 있는 형상. 그것은 고대 신성교단에서 간간이 발견할 수 있는 전형적인 만다라의 모습이었다.

"설마? 그럼 이들이……?"

오대성신의 위에 서 있는 존재 천신 레이뮤에게는 그를 따르는 여덟 명의 신관이 있었다는 전설이 있다.

그들 모두 드래곤을 넘어서는 힘을 가지고 있었기에 고대 마도 제국 시대에 강한 권능으로 천신 레이뮤를 보좌하고 있었다고 전해졌다. 한데 루드웨어의 눈앞에 보이는 이들이 바로 그 신관들인 것이다.

여덟 명의 성자들은 천신의 명을 받아 한 명의 위대한 자를 대륙으로 보내니 그는 천신의 대리자이며 모든 권능을 대표하는 자, 고대 마도의 사람들은 그 위대한 자를 가리켜 선택받은 자 일렉처라 부르며 칭송한다.

이것은 고대의 마도 제국의 역사서에 나오는 한 문장이었다. 마법사들 사이에선 이 일렉처, 선택받은 자에 대해 의견이 분분했는데, 이것이 마도를 대표하는 마도의 대리자와 같은 것이 아닐까 조심스럽게 추정해 보는 이들도 있었다.

이런 생각이 미치자 루드웨어의 만면에는 정말 보기 역겨울 정도로 웃음기가 만연했다.

"키키키, 내가 그럼 일렉처라는 거 아냐? 우하하하하!"

지금 루드웨어의 마음은 백만 골드짜리 마법 협회 공식 복권에 당첨된 것 같은 기분인지라 웃음을 참을 수가 없었다.

뭐, 이 탓에 앞에서 걸어가는 고스트 고위 신관의 등줄기에는 무엇이 잘못된 것은 아닐까 하는 식은땀 방울이 주렁주렁 매달리기는 했지만, 어쨌든 신의 뜻에 의해 진행된 만큼 루드웨어를 안으로 계속 안내해 갔다.

오 분여 정도를 안으로 걸어간 그는 겉보기와는 달리 신전 안이 상당히 넓다고 생각하며 투덜거리고 있었는데, 드디어 목적한 곳에 도착하게 되었다.

위엄있는 얼굴을 하고 있는 천신 레이뮤의 석상과 그의 옆에 오대 성신이라는 다섯 명의 신들의 석상이 서 있었는데 상당히 웅장한 모습이라고 할 수 있었다.

여섯의 석상에서는 하나의 순백의 빛이 뻗어 나와 신전의 가운에 있는 제단에 빛을 뿌리고 있었고, 제단에는 한 개의 포션이 자리를 잡고 있었다.

"이건?"

루드웨어는 포션에서 내뿜어지는 엄청난 신성력을 느끼고는 그것이 그가 느꼈던 신성의 물품이라는 것을 알 수 있었다.

손바닥보다 작은 포션에서 내뿜는 신성력이 한참은 더 떨어진 외부에서도 느껴질 정도라면 그 신성력의 정도는 실로 엄청난지라 루드웨어로선 크게 놀라지 않을 수 없었다.

여덟 명의 신관이 재단을 둘러싸고는 하늘을 향해 두 손을 올리며 무엇인가 주문을 외우기 시작했다.

그 말은 고대 신어였기 때문에 루드웨어로선 알아들을 수 없었는데, 주문이 거의 끝나가고 있다고 생각했을 때 제단 위의 포션이 천천히 공중으로 떠오르더니 선택받은 자 루드웨어에게 전해졌다.

"뭐야?"

포션이 자신의 손으로 오자 영문을 모르는 루드웨어는 여덟 신관을 향해 물었는데, 신관 중 가장 수염이 긴 신관이 그에게 다가와서는 자애로운 목소리로 말했다.

"선택받은 분이시여, 그 포션은 신성의 포션이라 합니다."

"신성의 포션?"

"예. 그것을 마신 자는 지상계의 천신 레이뮤님의 대리자가 되는 것이며, 그 존재는 신계의 신과 버금가는 직위를 가지게 되는 것입니다."

"음."

그 말에 루드웨어는 조금 망설이지 않을 수 없었다. 자신이 바라는 것은 팔면 돈이 될 수 있는 고대 물품이었는데, 돌아온 것은 지상계의 신의 대리자가 되는 것이기 때문이다.

물론 평범한 사람이라면 신에 버금가는 직위를 기쁜 마음으로 받아들이겠지만, 루드웨어의 경우는 높은 사람이 되고 싶은 마음은 절대로 없었기에 마시고 싶은 마음이 없었다.

"저… 나 안 마시면 안 될까?"

떨리는 목소리로 루드웨어가 말했지만 여덟 신관은 하나같이 고개를 저으며 이제는 흉포한 얼굴이 되어 그를 노려보기 시작했다. 루드웨어로선 신성력으로 인해 힘이 터무니없이 떨어진 상태였기에 고스트인 그들과 대적할 힘이 없었다.

"젠장."

포션을 들어 입에 삼킨 루드웨어가 '나 마셨지' 라는 얼굴을 하며 돌아서 나가려고 하자 그때 두 명의 고스트 고위 신관이 그의 앞을 막아섰다.

무슨 짓이야라는 표정을 지으며 비키라고 손짓하는 루드웨어를 수염이 가장 긴 신관과 힘 좋게 생긴 신관이 와서는 갑자기 몸을 잡고는 입을 다물게 하고 코를 잡았다.

'젠장!'

그렇다. 루드웨어는 포션을 마시지 않기 위해 입 안에 넣기만 하고 삼키지 않은 채 도망가려고 했는데, 이미 그것을 눈치 챈 여덟 명의 고위 신관들이 그의 몸을 잡은 것이다.

입이 강제로 닫히고 코를 막힌 루드웨어는 숨이 막혀 어쩔 수 없이 포션을 삼키고 말았으니, 이것이 천신 레이뮤의 대리자요, 일렉처인 루드웨어였던 것이다.

"안 돼! 난 마시기 싫단 말이야! 으헝헝헝!!"

고통스러운 비명을 지르며 통곡하는 루드웨어였다.

"위대한 천신 레이뮤의 대리자의 탄생을 축하드립니다."

그 말과 함께 여덟 신관은 만면에 가득히 만족한 웃음을 띠며 사라졌고, 신전 역시 천천히 허물어져 가기 시작했다.

"젠장! 내보내 줘야 될 거 아니야!"

신전이 무너지자 놀란 루드웨어는 밖을 향해 재빨리 몸을 날렸는데, 그 순간 그의 몸은 먼지화되어 사라져 가기 시작했다.

"응?"

자신의 몸이 소멸돼 가는 것처럼 느껴지자 루드웨어는 놀라지 않을 수 없었다. 잠시 깜깜한 한순간의 시기가 지난 후 그가 정신을 차렸을 때는 산속에 쓰레기처럼 버려져 있는 자신을 발견할 수 있었다.

"꿈인가?"

그가 보았던 신전이 있던 장소는 평범한 산의 한 부분으로 변해 있었기에 그는 너무나 피곤한 나머지 꾸었던 꿈이라고 생각할 수밖에 없었다.

"쳇, 그럼 그렇지. 내가 일렉처라니 그게 말이나 되냐."

투덜거리며 자리에서 일어난 루드웨어는 옷에 묻은 흙을 털고는 자리에서 일어났다. 한데 그 순간 자신의 몸에 엄청난 기운이 도사리고 있는 것을 알 수 있었다.

'설마?'

조심스럽게 마나를 사용하여 그 기운을 건드려 보자 다행히 체내에서 반발하는 기운은 없었다. 하지만 순백의 따뜻한 느낌의 마나가 건드려지자 온몸으로 퍼져 나가기 시작했고, 그의 몸의 피로는 말끔히 씻겨져 나갔다.

순백의 따뜻한 느낌을 가진 기운은 단 하나밖에 없었기에 루드웨어는 좌절할 수밖에 없었다. 바로 신성력의 기운이기 때문이다.

"크흐흐흑! 나의 평범한 생활은 이제 모두 끝난 거야. 흑흑흑!"

하늘의 신을 원망하는 루드웨어였다.

그것이 바로 오십 년 정도 전이었다. 예정대로라면 루드웨어는 평범한 노마도사의 얼굴을 하고 있어야 했는데, 애석하게도 신성의 포션에는 불로의 효능이 있어 아직까지 루드웨어는 멍청해 보이는 청년의 얼굴을 하고 있는 불상사를 겪게 된 것이다.

몸 안에는 엄청난 신성력과 함께 마계에서 익혔던 마계의 암흑 마나, 그리고 스승에게 익혔던 마법의 마나 이렇게 세 개가 있었다. 한데 신성력과 함께 그 두 개도 자연히 급성장을 했기 때문에 현재 그의 마법 수준은 10서클에 달하고 있었다.

하지만 그는 뛰어나기를 바라기는 했지만 이렇게 터무니없이 뛰어난 것은 바라지 않았다. 너무나 강한 힘 덕에 세상에서 바라는 모험도 불가능하게 되어버린 루드웨어는 모든 방랑을 끝내고 산속에 은거하여 스승이 남긴 금단의 서를 익히며 시간을 때우고 있었는데, 드디어 그 금단의 서를 모두 익히고 만 것이다.

대륙에 나와 있는 거의 모든 마법을 알고 있는 그로서는 불가능한 힘을 지녔기에 모험도 정말 아무것도 할 일이 없는 것이었다.

오두막의 어설픈 통나무 의자에 앉아 허탈에 잠겨 있는 루드웨어는 눈물 콧물을 다 흘리며 괴로워하고 있었다. 그때 밖에서 열 사람 정도의 인기척이 들려왔다.

"누구지?"

이런 깊숙한 곳에 사람이 들어오는 것은 극히 드문 일이었기에 루드웨어는 역시 어설프게 만들어져 있는 창문으로 고개를 빼꼼이 열어 보고는 자신의 거처에 나타난 일단의 사람들의 모습을 지켜보았다.

그 순간 루드웨어는 흉측하게 생긴 낯선 남자와 얼굴을 마주쳐 비명 소리를 내며 뒤로 물러섰다.

"끼아악!"

"흐억!"

루드웨어의 상황과 똑같이 반대쪽에 있던 사람도 허파에 바람 빠지는 소리를 내며 뒤로 자빠졌다.

"누, 누구세요?"

간신히 정신을 차린 루드웨어는 얼굴을 창밖으로 내밀고는 그를 보며 말했고, 그 역시 어느 정도 정신을 차렸는지 쑥스럽다는 듯이 벌게진 얼굴을 진정시키며 말했다.

"사람이 살고 있었군요."

"예. 제가 사람인 것은 맞으니까요."

"저희는 왕국에서 파견되어 온 용병들입니다."

"용병? 용병이 무슨 일로 여기까지 왔죠? 아! 일단은 안으로 들어오시죠. 변변한 것은 없지만 차라도 한잔하십지요."

루드웨어는 일단의 사람들에게 자신의 오두막으로 들어오라고 말했다.

오두막으로 찾아온 사람은 모두 일곱 명. 그중 두 명은 마법사였고, 세 명은 전사, 한 명은 전투의 여신 히루안의 신관이었고, 나머지 한 명은 기사였다.

루드웨어가 얼굴을 마주친 사람은 그 세 명의 전사 중 한 명이었다. 그들은 오두막 안으로 들어와서는 그 엄청난 모습에 잠시 질린 표정을 짓고는 근처에 있는 아무 물건이나 끌어서는 의자 대용으로 앉았다.

엉성한 주방에서 차를 끓인 루드웨어는 여덟 개의 찻잔을 가지고 와서는 그들의 앞에 내려놓고 자리에 앉았다.

루드웨어가 자리에 앉자 두 명의 마법사 중 중년의 나이인 듯한 금발의 남자가 말했다.

"오두막의 책들을 보니 산속에서 수행하는 마법사이신 모양이군요."

"예. 현재 7서클 익스퍼트의 단계를 수행하고 있습니다."

10서클이라고 하면 절대 안 믿어줄 것이 뻔한 일인지라 루드웨어는 7서클 익스퍼트로 자신의 칭호를 말했는데, 그 순간 두 명의 마법사는 크게 놀라는 표정을 지었다.

"괴, 굉장하시군요. 젊은 나이에 7서클 익스퍼트의 단계까지 수행을 하시다니."

크게 놀란 사람은 중년의 마법사 옆에 있던 빨간 머리의 청년 마법사였다.

"굉장하다니요. 오히려 전 당신이 놀랍습니다. 아직 스물도 넘지 않으신 것 같은데 벌써 5서클을 마스터하시다니 말입니다."

그 말에 중년 남자와 청년은 크게 놀라는 표정을 지었다. 루드웨어는 한순간에 청년의 마법 능력을 알아챘기 때문이다.

"그리고 옆에 계신 분은 7서클을 마스터하셨군요. 존경스럽습니다."

"과찬의 말씀이십니다. 당신도 얼마 지나지 않으면 7서클을 마스터하실 것 같은데요."

"하하하, 앞으로 십 년은 더 수행해야 할 겁니다."

역시 마법사는 마법사끼리 이야기가 잘 통한다는 듯이 세 사람은 벌써부터 화기애애하게 대화를 진행하고 있었다.

"전 이곳에서 마법 수행을 하고 있는 루드웨어라고 합니다."

"대륙 마법 길드의 중앙지부에서 일하고 있는 멘체스터라고 합니다. 그리고 옆에 있는 청년은 저의 제자인 파블로스라고 하지요."

"멘체스터 씨, 파블로스 군, 만나서 반갑습니다."

"예."

각자의 소개를 잠깐 한 후 루드웨어는 그들에게 이곳에 온 이유를 물어보지 않을 수 없었다.

"그나저나 이 산에는 무슨 일로 찾아오셨습니까? 여러분들이 찾아오실 만한 곳은 아니라고 생각하는데 말입니다."

그 말에 멘체스터는 엄숙한 표정을 지으며 말했다.

"저희는 이곳 사라토 산맥의 드래곤을 없애기 위해 찾아왔습니다."

"예? 드래곤이요?"

"예. 십 년 전부터 이곳에 그린 드래곤 한 마리가 머물게 되었는데, 녀석이 이곳의 마을들을 모두 초토화시켰더군요. 들리는 소문에 의하면 갓 성인이 된 듯한 녀석이라는 말이 있기에 왕국에서 저희들을 파견하게 된 것이지요."

"음."

루드웨어는 그 말에 이곳으로 온 일단의 사람들의 능력을 탐지해 보기 시작했다. 마법사의 경우에는 아까 보았던 것과 같이 5서클과 7서클 마스터 두 명, 셀페드라는 히루안의 신관은 그 표식을 보면 중위 신관급에 해당했고, 오닐, 마이트, 듀린이란 세 명의 전사들은 모두 일급 용병 정도의 실력을 지니고 있었다.

일행들 중 가장 강한 힘을 소유하고 있는 이는 유일한 기사인 올리비에 폰 마케드란 사람으로 소드 마스터 초급의 능력을 지니고 있었다. 조금 어렵기는 하겠지만 이들이라면 갓 성체가 된 그린 드래곤은 몇 명의 희생 후라면 처리할 수 있을 듯이 보였다.

"그렇군요. 하지만 조금 전력이 부족하지 않습니까?"

루드웨어는 그들의 말을 듣고 조금 솔직하게 이야기를 했는데, 성질을 내려고 하는 기사와는 달리 나머지 사람들은 모두 고개를 끄덕이고 있었다.

실력이 가장 뛰어나기는 했지만 여기서 전력의 판단이 제일 미숙한 이는 바로 기사였던 것이다.

"저희들도 그것을 알고는 있지만, 드래곤이 상대라고 하니 아무리 돈을 많이 준다고 해도 나서는 이들이 드물더군요."

"그렇겠지요."

"그래서 하는 말인데, 저희를 좀 도와주시면 안 되겠습니까?"

멘체스터는 간절한 목소리로 루드웨어를 향해 도움을 요청했다. 물론 10서클의 루드웨어가 갓 성체가 된 그린 드래곤 한 마리 처리하는 것은 식은 죽 먹기였지만 왠지 느낌이 별로 좋지 않았고, 특히 기사라는 녀석이 마음에 들지 않았다.

어렸을 때 고아가 되어 자라온 루드웨어는 거들먹거리는 귀족의 기사를 싫어하는 마음이 있었기 때문이다.

"죄송합니다. 아직 수행 중이라 그런 일에 참여하고 싶은 마음은 없군요."

"겁쟁이 마법사 녀석!"

루드웨어의 거절을 듣자마자 기사는 루드웨어를 향해 노골적으로 모욕의 말을 뱉었다. 루드웨어는 열이 받기는 했지만, 앞에 있는 멘체스터의 당황하는 얼굴을 보며 참기로 결심했다. 그래도 명색이 10서클의 마스터가 그런 자비로움도 베풀지 못하겠는가.

"하하하, 겁쟁이라 해도 좋습니다. 자신의 능력도 모르고 허황되게 덤벼드는 멍청이보단 낫겠지요."

"뭣이!"

참는다고 한 루드웨어의 다음 말은 도발이었다. 그래도 이건 그에게는 참는 것이었다. 루드웨어의 도발을 들은 기사가 격분을 참지 못하고 검을 뽑아 들자 그런 그의 모습을 보며 멘체스터가 놀라서 그를 보며 말했다.

"올리비에 경, 참으십시오."

"참으라니요! 저런 모욕을 듣고 대로아냐드 제국의 황성 기사단의 일원이 어떻게 참을 수가 있겠습니까!"

"오라! 어쩐지 건방진 기사라고 생각했더니 로아냐드 제국의 황성

기사단이었군요. 좋습니다. 당신이 원하는 대로 상대해 드리지요. 오두막을 나가주실까요?"

　루드웨어는 그가 제국의 황성 기사단이란 말을 듣고는 자리에서 일어나 그와의 싸움을 이끌어냈다. 한때 거지로서 제국을 돌아다닌 적이 있던 루드웨어는 두 명의 황성 기사단에게 쪽박이 깨진 적이 있어 언젠가는 이들에게 복수를 하리라 다짐한 적이 있었다.

　거지의 쪽박을 깬다는 것은 거지의 목숨을 빼앗는 것과 다름없는 파렴치한 행동이었기 때문이다. 이런 앙금이 남아 있던 루드웨어에게 드디어 황성 기사단의 기사가 찾아왔기에 대결을 하게 된 것이다. 루드웨어는 천천히 밖으로 나갔다.

외전 루드가 로노를 만났을 때(3)

오두막 밖의 공터로 향한 사람들은 두 사람과 십 미터 정도 떨어진 곳에서 결투를 지켜보았다.

올리비에의 경우 자신의 롱 소드를 들고는 당장이라도 벨 듯이 루드웨어를 노려보고 있었다. 보통의 검사라면 모를까 소드 마스터의 경우에는 원거리 공격이 가능했기에 마법사 정도쯤이야 간단히 없앨 수 있다고 생각했다.

이러한 예측은 다른 이들도 마찬가지였다.

루드웨어는 근처에 있던 도끼를 들어서는 나뭇가지를 손바닥만한 크기로 아홉 개 잘라 손에 들었다.

"하하하, 그깟 나무 막대기로 뭘 하겠다는 거지? 이 어설픈 마법사야!"

"흥! 역시 예나 지금이나 황성 기사단은 실력보다 그 주둥이가 한 수 위로군."

"뭐야!"

"그렇게 잘난 체하고 싶으면 나의 목을 벤 후에나 지껄이시지!"

"이 자식이!"

역시 말발은 루드웨어가 한 수 위였다. 올리비에는 그의 도발을 참지 못하고 검에 마나를 집중시키기 시작했다.

마나를 사용한 검기를 날리기 위함이었는데, 그것을 보며 루드웨어는 여덟 개의 나뭇가지를 손가락에 낀 채 말했다.

"그 잘난 검기나 한번 날려보시지."

"죽어라!"

드디어 올리비에는 검기를 루드웨어를 향해 날렸다. 그래도 건방진 성격과는 달리 체계적인 검술을 꾸준히 닦았는지 루드웨어를 향해 날아오는 검기는 초급치고는 상당히 예리함을 자아내고 있었다.

"하압!"

하지만 아직 단련되지 않은 검기였기에 그 속도가 그렇게 빠르지 않았고, 검기의 숫자도 하나밖에 되지 않아 루드웨어로서는 못 피할 것이 없었다.

기합과 함께 공중으로 몸을 날린 루드웨어였는데, 그런 그의 모습을 보며 올리비에는 비웃음을 날리며 다시 검기를 날렸다.

땅이라면 모를까 공중에서는 몸을 자유롭게 움직일 수 없다고 판단한 그는 두 번째 쏘는 검기를 피하지 못하리라 생각했다.

하지만 올리비에가 공격하기 전에 루드웨어의 공격이 먼저 이루어졌다.

"팔연환비도술!"

기합과 함께 루드웨어의 손에 들려 있던 여덟 개의 나뭇조각이 강한 마나력을 담고는 팔방으로 퍼져서 올리비에를 향해 날아간 것이다.

"끄아악!"

갑작스럽게 날아온 여덟 개의 나뭇가지를 피하지 못한 올리비에는 마나가 담긴 나뭇가지를 맞고는 충격을 받아 땅에 무릎을 꿇고 말았다.

"흥!"

팔연환비도술을 사용하고 땅에 착지한 루드웨어는 코웃음을 치더니 올리비에를 향해 말했다.

"역시나 말뿐인 녀석이었군."

"뭐야!"

그 말에 올리비에는 고통스러운 몸을 일으켜 다시 싸움을 하려고 했지만 이어진 루드웨어의 공격에 그 생각은 허물어지고 말았다.

"섬광비도술."

루드웨어의 가벼운 말과 함께 나머지 하나의 나뭇조각이 순백색의 섬광을 뿜고는 날아와 올리비에가 몸을 받치고 있던 롱 소드의 검등에 부딪쳤고, 그 순간 검은 두 동강이 나서 부러지고 말았다.

그 모습에 올리비에는 놀라지 않을 수 없었다. 자신의 검은 미스릴로 만들어진 명검이었기에 검등에 맞았다고는 하지만 어지간한 공격에는 흠집조차 나지 않기 때문이었다.

"검이 꺾였으니 용자는 돌아볼 시간이오."

루드웨어는 망연자실한 표정을 짓고 있는 올리비에를 향해 알 수 없는 말을 남기고 돌아서서 다시 오두막을 향해 걸어갔다.

루드웨어의 실력에 놀란 사람들은 모두 할 말을 잃고 있는 가운데

붉은 머리의 청년 파블로스는 마지막 그가 남긴 말이 궁금했는지 스승을 향해 물었다.

"스승님, 루드웨어님이 마지막에 남긴 말이 무슨 뜻입니까?"

파블로스의 질문을 들은 멘체스터는 탄식을 내뱉으며 말했다.

"우리가 현자에게 실수를 저질렀구나. 검이 꺾였으니 용자는 돌아볼 시간이란 말은 제국을 건국하신 천조님에게 얽힌 일화에서 나온 말이다. 당시 천조께서는 대륙에서 이름을 날린 기사로 자만심에 차 있었다. 성기사들 사이에서 가장 뛰어난 천조는 뭇 사람들보다 위에 서 있다 생각하며 예를 벗어나는 일은 서슴치 않으셨으니, 그에게 한 남루한 자가 찾아와서는 대결을 하게 되었다. 초라한 모습의 남자를 보며 천조께서는 승리를 믿어 의심치 않았지만, 어이없게도 천조는 그에게 단 세 수 만에 검을 꺾이며 패배하셨단다. 그때 그 남자가 천조에게 한 말이 바로 저분이 말씀하신 말이다. 그 말을 들은 후 천조께서는 다시 자신을 돌아보게 되고 정진하시어, 십 년 후에 로아냐드 제국을 건국하게 되는 큰일을 이루신 것이다."

멘체스터의 말을 들은 올리비에는 그제야 고개를 끄덕일 수 있었고, 그런 그에게 파블로스는 한마디 덧붙이는 것을 잊지 않았다.

"세상은 겉으로 드러난 자만 있는 것이 아니라 세상을 등진 이인도 있다. 너는 사람을 대함에 항상 정중함으로 대하는 것을 잊지 말도록 해라."

"예, 스승님."

멘체스터는 원래 이 오두막에서 하루를 기거할 목적으로 오기는 했지만 주인에게 큰 실례를 범한지라 차마 다시 들어가지 못하고 숲 속에서 야숙을 하기 위해 돌아서고 있었다. 그때 오두막에서 루드웨어의 목소리가 들렸다.

"날이 저물어가니 남루하기는 하지만 저의 오두막에서 잠을 청하시는 것이 어떻습니까?"

"그렇게 해주신다니 감사할 따름입니다."

멘체스터는 루드웨어의 말에 감사의 인사를 올리고는 무릎을 꿇고 망연자실한 표정을 짓고 있는 올리비에 경에게 가서 그를 부축해 주었다.

그 시간 루드웨어는 바쁘기 그지없었는데, 일단 손님은 손님이니만큼 벼룩도 낯짝이 있는지라 화급하게 방을 정리하고 있었던 것이다.

"젠장! 미리미리 청소라도 해둘걸!"

멘체스터의 일행은 이렇게 해서 루드웨어의 오두막에서 하룻밤을 보낼 수 있게 되었다.

다음날 다시 그린 드래곤을 처리하기 위해 길을 떠나려는 그들을 보며 루드웨어는 올리비에에게 가서 손을 내밀며 말했다.

"당신의 검을 나에게 보여주시겠소?"

루드웨어의 말에 올리비에는 두 동강이 난 검을 루드웨어에게 공손히 내밀었다. 어제의 일을 통해 루드웨어가 평범한 인물이 아니라는 것을 몸소 체험했기 때문이었다.

자신의 비검술에 의해 두 동강이 난 롱 소드를 탁자 위에 놓고 손으로 이은 루드웨어는 조용히 주문을 외우고는 마법을 실행했다.

"어긋난 것을 마나의 은총으로 다시 그 원래의 모습으로 되돌린다. 리페어!"

그 순간 찬란하게 푸른빛이 롱 소드를 감싸기 시작하더니 어느 정도의 시간이 지나자 검은 다시 부러지기 전의 모습을 보이며 그 온전한 모습을 드러냈다.

"아!"

올리비에는 다시 자신의 검이 원래대로 돌아오자 크게 기뻐하는 표정을 지었다. 하지만 루드웨어의 주문은 여기서 끝나지 않았다.

"마나의 은총은 차가운 냉기의 힘을 만들어내니 그것을 부여한다. 아이스 인첸터."

다시 이어진 마법은 차가운 냉기를 형성하더니 롱 소드에 천천히 파고들었고, 한순간에 검신은 차가운 냉기를 흐르는 마법의 검으로 변모하고 말았다.

루드웨어는 다시 검집에 마법을 부여하고는 냉기를 견딜 수 있게 만들어 올리비에에게 건네주었다.

"어제의 당신의 검을 부러뜨린 실수를 아이스 인첸터로 대신하였소. 이제 떠나도록 하시오."

올리비에로서는 온전하게 검을 돌려받은 데다가 아이스 인첸터까지 받게 되자 황송함을 감출 수 없었는지 기사의 자존심은 버리고 연신 고개를 숙여 감사의 인사를 했다.

하지만 루드웨어는 아무런 표정도 없이 뒤로 돌아서서는 오두막의 문을 닫으니 사람들로서는 아쉬움을 감출 수가 없었다.

"대단한 분이시구나."

"예."

멘체스터의 말에 파블로스는 고개를 끄덕였다. 그만큼 루드웨어는 두 사람에게 신비하게 보였던 것이다.

하지만 파블로스는 후에 멘체스터가 한 말에 크게 놀라지 않을 수 없었다.

자신보다 서클이 낮은 마법사임에도 스승이 오두막을 향해 공손히 인사를 하자 이상하게 생각하는 그에게 제자의 의문을 알기라도 하는 듯이 멘체스터가 그 이유를 말해 주었기 때문이다.

"저분의 나이가 어느 정도 되어 보이느냐?"

"예? 많이 봐야 이십 대 후반 아닌가요?"

그 말에 멘체스터는 고개를 저으며 말했다.

"내 생각은 다르구나. 무슨 이유인지 젊은 모습을 하고 있지만, 저분은 상당히 오랜 세월을 살아오신 노마법사이신 것 같구나."

"정말요?"

파블로스의 말에 고개를 끄덕이며 멘체스터는 그 이유를 설명해 주었다.

"그분이 보여주신 마법은 모두 세 가지였다. 리페어와 아이스 인첸터, 그리고 인첸터 프로텍터 프롬 아이스였다. 중반에 해당하는 서클의 마법이기는 하지만 세상에서 강한 금속 중의 하나인 미스릴에 힘을 부여하기 위해선 보통의 마나력으로는 불가능한 것이다. 내가 예상한다면 저분은 8서클 마스터의 힘을 지니셨을 것이다."

"예? 8서클 마스터요?!"

8서클 마스터는 대륙에서 그것을 이룬 이가 백 년에 한 번 있어도 많다고 할 정도의 엄청난 능력이었기에 파블로스는 놀라지 않을 수 없었던 것이다.

"그래. 대륙 마법 길드에서는 세상을 등진 은자 중에 8서클 마스터의 능력자가 있을 것이라 막연한 짐작은 하고 있었지만, 아무래도 우리가 그분을 만나뵌 것 같구나."

"와아!"

파블로스는 다시 한 번 루드웨어에게 존경심을 가질 수밖에 없었다. 처음에는 그저 뛰어난 청년 마법사라고 생각했지만, 그 진면목을 알게 되자 상상 못할 정도의 엄청난 인물이었기 때문이다.

멘체스터의 말에 다른 사람들 역시 놀란 표정을 감추지 못했고, 올리비에의 경우에는 그런 사람에게 실례를 범했다는 생각에 얼굴이 시뻘게지고 말았다. 대륙에서 8서클 마스터라면 거의 제국의 공작급에 버금가는 직위라고 할 수 있었기 때문이다.

황궁 기사단의 일원인 귀족이라고는 하지만 8서클 마스터의 마도사의 직위에 비하면 그는 별볼일없는 존재였다.

얼굴이 시뻘게지며 당황해하는 올리비에를 보며 멘체스터는 미소를 지으며 말했다.

"이미 루드웨어님은 당신을 용서하셨으니 너무 부끄러워하지 마십시오. 기사에게 이런 일은 하나의 경험입니다. 당신은 오늘 일을 잊지 마시고 예와 함께 무에 정진하심을 잃지 말라는 루드웨어님의 충고를 받은 복받은 사람입니다."

멘체스터의 말에 올리비에의 얼굴이 조금 풀리기는 했지만 부끄러운 마음은 사리지지 않는 듯했다.

어쨌든 사람들을 괴롭히는 그린 드래곤을 없애야 하기 때문에 사람들은 다시 오두막을 향해 인사를 하고는 숲으로 사라져 갔다.

한편 오두막의 창문에서 살짝 고개를 내밀어 그들의 모습을 훔쳐보고 있던 루드웨어는 만족한 웃음을 띠며 자리에 앉아 차를 마셨다.

"히히, 재밌었다."

남들은 그를 위대한 현자로 칭송할지는 모르겠지만, 루드웨어에게 있어 그런 일은 무료함을 때우는 유희와도 같은 것이었던 것이다.

하지만 그것도 잠시, 이제 배울 것도 남아 있지 않은 루드웨어에게 또다시 찾아온 정적은 그를 고통스럽게 만들고 있는 것이다.

"앙! 심심하당……."

다시 심심하다며 지저분한 바닥을 뒹굴며 무료함을 달래고 있는 루드웨어. 누가 본다면 정말 한심하다고밖에 할 수 없었다.

다시 오두막을 어지럽히며 혼자 발광을 하던 루드웨어는 그 순간 무엇인가가 떠올랐는데, 바로 드래곤 슬레이어였던 것이다.

멘체스터 일행은 인간들을 죽인 그린 드래곤과 싸울 것이 분명했다. 세상에서 제일 재밌는 게 불 구경과 싸움 구경이 아니던가? 루드웨어로선 이 절호의 기회를 놓칠 수가 없었다.

"히히, 준비하자, 준비!"

주방을 뒤적이며 무료할 때 하나씩 입에 집어넣던 땅콩 봉지를 꺼내 든 루드웨어는 대충 옷을 갈아입고는 오두막에서 나왔다.

광대한 범위로 마나 디텍터를 실행한 루드웨어는 멀리서 그 정체를 알 수 없는 강한 마나가 느껴지기 시작했고, 그 주변으로 일곱 개의 작은 마나가 있는 것을 알 수 있었다.

"쳇, 시시한 녀석이었잖아."

분명 강한 마나를 가진 이는 그린 드래곤이 분명했지만, 생각보다 미약한 힘을 가지고 있었기에 루드웨어로서는 조금 실망하지 않을 수 없었다.

하지만 이 정도의 기운이라 해도 그들이 상대하기에는 조금 버거울 것이라 생각한 루드웨어는 잽싸게 플라이 마법을 사용하여 기척이 느껴지는 곳으로 날아갔다.

"파이어 볼!"

"아이스 애로우!"

사라토 산맥은 갑작스럽게 나타난 일곱 명의 이방인들에 의해 시끄러워져 있었다.

그린 드래곤이 살고 있는 산에 나타난 이들은 레어의 주변에서 살고 있는 마물들을 공격하며 산으로 올라가기 시작한 것이다.

5, 7서클의 마도사에게 오크나 코볼트 같은 마물들은 상대가 되지 않았고, 거기다가 세 명의 용병 전사와 신관, 소드 마스터 초급의 기사가 있으니 수많은 마물들은 상처 하나 입히지 못하고 맥없이 그 자리에서 죽임을 당하고 있었다.

"빨리 정상으로 올라가야 합니다. 아직은 오크나 코볼트 같은 하급이지만, 언제 오우거나 트롤, 와이번 같은 중상급의 마물들이 나타날지 모릅니다!"

멘체스터의 말에 다른 이들 역시 고개를 끄덕이고는 황급히 산을 오르기 시작했다. 일단은 마법사들은 가장 중요한 일원이었기에 그들이 마나를 절약하기 위해 밀려드는 마물들은 용병 전사와 기사가 처리해야 했다.

소란이 계속되자 하늘 위에는 하피와 와이번, 가고일들이 맴돌기 시작했고, 육지에서는 트롤과 오우거들이 나타났다.

지금은 그 숫자가 많지는 않았지만, 이런 식으로 계속된다면 많은 수의 중상급 마물들이 몰려오는 것은 시간문제였다.

더 이상 참지 못한 멘체스터는 큰마음을 먹고 큰 마법을 사용하기 위해 주문을 외우기 시작했다.

"마나에 힘에 의해 대지는 불의 소용돌이 속에 잠길 터이다! 파이어 스톰!"

멘체스터의 주문이 모두 끝나자 그의 손에서 엄청난 마나가 모이더니 일행의 앞에는 엄청난 불꽃의 폭풍이 일며 마물들을 쓸어가기 시작했다.

"자, 이때입니다."

숨을 헐떡이며 멘체스터가 소리치자 일행은 모두 파이어 스톰이 잠잠해진 방향을 향해 빠른 속도로 뛰어가기 시작했다.

"꽤 하잖아!"

하늘 위에서 땅콩을 씹으며 이들의 모습을 보고 있던 루드웨어는 상당한 실력을 보이는 그들의 모습을 보며 탐복하고 있었다.

그런 그의 옆에는 시답지 않은 녀석이라는 눈빛으로 보고 있는 와이번과 가고일이 있었으니, 루드웨어는 이 따가운 눈초리를 견디지 못하고 녀석들의 눈을 두 손가락을 사용하여 잽싸게 찔러 보이고는 소리쳤다.

"임마, 난 구경꾼이야, 구경꾼! 관객에게 피해주지 말고 빨리 레어에 침입한 침입자들을 없애야 될 거 아니야!"

꾸에엑!

눈을 찔리자 화가 난 두 마물들을 루드웨어를 향해 소리를 질렀지만 천하의 루드웨어에게는 소용이 없었다.

"죽고 잡냐! 빨리 안 갈켜!"

끼이잉!

꼬랑지 만 개가 된 두 마물은 침입자를 향해 날아갔다. 엄청난 힘을 소유하고 있는 루드웨어였기에 마물들은 본능적으로 루드웨어에 대한 두려움을 가지고 있었던 것이다. 이것이 바로 루드웨어가 절대 모험이 불가능한 첫 번째 원인이었다.

마물들이 신에게 대항하지 못하는 것처럼 천신 레이뮤의 대리자인 루드웨어에게도 대항하지 못했다.

한편 파이어 스톰의 마법을 사용하여 한순간에 길을 뚫은 멘체스터의 일행은 드디어 목적한 레어가 보이는 곳까지 닿을 수 있었다.

꾸어억!

레어에 다가갈수록 마물들의 공격은 더욱 심해졌고, 이제는 하늘 위에서 맴돌던 하피나 가고일, 와이번들도 덤벼들기 시작했다. 가고일이나 와이번들은 상급 마물에 속하는 강한 녀석들이기 일행들은 상당히 버거울 수밖에 없었다.

드래곤 슬레이어들이 가장 많이 고생하는 부분이 바로 드래곤의 레어를 지키는 마물들 때문에 많은 힘을 소모하게 되는 것이다.

인해전술로 밀고 들어오는 마물들을 모두 없애고 레어 안에 들어가면 많은 힘을 소비한 후이기 때문에 정작 드래곤을 상대할 때는 힘이 모자를 때가 많은 것이다.

이런 이유로 드래곤 슬레이어의 일행에는 반드시 힘을 보태줄 수 있는 신관이 절대적으로 필요했다.

"하이 스트렝쓰!"

히루안의 사제인 셀페드는 대단위 신성 마법을 사용하여 지친 전사들의 힘을 보충시켜 주었고, 다시 힘이 생긴 전사들과 기사는 하늘 위에서 공격해 오는 마물들을 상대하며 레어 안으로 쇄도해 들어갔다.

[미천한 인간이 감히 나의 레어에 침입하다니 어리석구나!]

엄청나게 웅장한 목소리가 레어 안에서 울려오자 일행을 공격하고 있던 마물들은 황급히 사라지기 시작했다. 바로 메인 이벤토인 드래곤이 등장하는 것이다.

외전 루드가 로노를 만났을 때(4)

드래곤의 음성은 미약한 존재에게 두려움을 안겨준다. 그것은 일종의 드래곤 스킬 중의 하나인 피어와는 조금 다른 것으로, 피어의 경우에는 호랑이로 치면 적을 제압하는 포효와 같은 것으로 저런 화난 음성은 적을 향해 으르렁거리는 것과 같은 것이다.

드래곤이라는 엄청난 존재의 목소리를 들은 일행들은 당황하지 않을 수 없었다.

갓 성체가 된 드래곤이라고는 하지만, 그것만으로도 인간으로는 불가능한 마법과 브레스를 가지고 있기 때문이다.

레어 안에서 드디어 쿵쿵거리는 소리가 들려오기 시작했다. 드래곤이 드디어 일행들의 앞에 모습을 드러내게 되는 것이다.

[우오오오오!]

엄청난 음성이 하늘을 뒤흔들며 레어에서 초록색의 드래곤이 모습을 드러냈다.

[어리석은 인간들, 단번에 씹어주마!]

자신의 레어에 쳐들어온 인간들을 보며 분노의 음성을 터뜨린 그린 드래곤은 수그리고 있던 몸을 일으켰는데 그 순간 엄청난 굉음이 산을 울려 퍼졌다.

쿵!

[끄아악!]

그 모습을 보며 일행들은 모두 할 말을 잃고 말았는데, 거대한 몸집의 드래곤이 자세를 일으키려다가 레어의 입구 모서리에 머리를 박고 말았기 때문이다. 뭐, 거기까지는 있을 수 있는 일이지만, 엄청 아픈지 고개를 숙이고는 앞발로 만지작거리려고 하는데 역시나 드래곤의 형상을 다 알고 있는 사람들은 그것이 불가능하다는 것을 알 수 있을 것이다.

기형적으로 손이 짧은 드래곤인지라 아픈 머리에는 손이 닿지 않아 바둥거리고 있었고, 일행들의 등줄기에는 식은땀이 맺혔다.

[아구구~ 아파 죽겠네! 아구구~ 우허엉! 하찮은 인간 놈들, 씹어 버리겠다!]

그린 드래곤은 머리가 상당히 아픈지 꿈틀거리고 있다가 문득 이곳에 자기 혼자만 있지 않다는 것을 깨달았는지 다시 얼굴을 일그러뜨리며 일행들을 향해 소리쳤다. 하지만 이미 그 효과는 반 이하로 상쇄되고 말았다.

자신의 레어로 찾아온 인간들의 얼굴을 보며 잠시 멋쩍은 듯이 안 닿는 앞발로 머리를 긁으려던 그린 드래곤은 거대한 날개를 젓기 시작했다.

"우아악!"

엄청난 몸집의 드래곤이 날개를 젓자 엄청난 돌풍이 일며 일대를 쓸어가기 시작했다.

"실드!"

바람에 의해 날려갈 정도에 이르자 멘체스터는 실드를 사용하여 바람을 막고는 드래곤의 날갯짓이 끝나기를 기다렸다.

한참을 날개를 저으며 그들이 날려가기를 기다린 그린 드래곤은 마법사의 실드로 인해 자신의 공격이 소용이 없다는 것을 알곤 날갯짓을 멈추고 그들을 향해 그린 드래곤의 독 브레스를 뿜었다.

[꾸에엑!]

브레스 뿜는 소리가 마치 토하는 소리와도 같았기에 멀리서 그것을 보고 있던 루드웨어로서는 조금 역겨운 기분이 들었다.

"뭐야, 저거. 사람들을 죽인 게 저런 녀석이라니. 저거 혹시 말로만 듣던 코믹용(Comic龍)인가?"

역시나 코믹용답게 브레스의 위력은 정말 형편없었다. 멘체스터의 마법에 의해 그린 드래곤이 뿜은 브레스는 완전하게 막혀 일행은 아무 피해도 입지 않았다.

자신의 브레스가 아무런 위력을 발휘하지 못하자 그린 드래곤은 하늘 위로 날아올라 드래곤 특유의 하강 공격을 하려는 듯했다. 하지만 이것 역시 멘체스터가 가만히 놔두질 않았다.

"하이 그래비티!"

드래곤이 날아오르면 위험하다고 판단한 그는 재빨리 고중력 마법을 사용하여 날아오르던 그린 드래곤을 찍어눌렀고, 드래곤은 외마디 비명과 함께 땅으로 처박히고 말았다.

[꾸어억!]

외마디 비명을 지르며 고통스러워하는 그린 드래곤이었다. 멘체스터는 자신의 마법이 잘 먹히는 것이 이상하게 생각되었다.

'드래곤이란 것이 이것밖에 안 됐던가?

소문에 의하면 정말로 엄청난 크기의 그린 드래곤이라고 알려져 있었는데, 눈앞에 있는 드래곤은 크기는 했지만 보통의 드래곤보다는 작은 편에 속했다.

소문이 와전됐는가라 생각하며 계속 하이 그래비티를 유지하던 멘체스터는 주위의 일행을 향해 소리쳤다.

"자, 드래곤을 공격하시오!"

하이 그래비티로 잡힌 드래곤을 보며 공격을 지시하자 일행들은 검을 들고 드래곤을 향해 공격해 들어갔다.

"죽어라, 이 악룡아!"

세 명의 용병과 기사는 중력 마법에 걸린 드래곤을 사정없이 찌르기 시작했다. 검이 몸을 뚫고 들어가자 사방에는 초록색의 피가 튀기 시작했다.

[꾸어억! 꾸엑!]

드래곤은 검에 당하자 고통스러운 괴성을 지르며 꿈틀거렸지만 잔인한 인간들의 손길은 멈추지 않았다.

[꾸어억! 아프당! 으헝헝헝! 할무니~!]

일행들의 검이 온몸을 난도질하자 참지 못한 드래곤은 눈물을 흘리며 아프다고 소리쳤고 급기야는 할머니까지 찾고 있었다.

멀리서 이 광경을 보고 있던 루드웨어는 이 허망한 결투에 할 말을 잃고 말았다.

"쳇! 허무하잖아. 어째 성체가 된 드래곤이 애처럼 죽는다고 할머니를 다 찾는 거야……."

그때 루드웨어는 무엇인가 섬뜩한 생각이 등줄기를 쓸고 지나가는 것을 느낄 수 있었다. 생각해 보니 저 그린 드래곤은 성체가 되면 가질 수 있는 특유의 용의 힘인 용언을 사용하지 않고 있었다.

멘체스터의 하이 그래비티가 아무리 강하다고 해도 드래곤 하트를 통해 나온 용언보다는 약한 것은 당연한 일. 저 그린 드래곤은 하이 그래비티에 잡혀 검으로 공격당하면서도 왜 그것을 용언으로 벗어나지 않는 것일까?

거기까지 생각되자 하나의 추론이 나왔다. 저 용은 용언을 모른다는 것이다. 드래곤이 용언을 모른다는 것은 용의 언약을 어겼을 경우이지만 그런 경우는 극히 소수에 지나지 않는다. 그 외의 경우라면 단 한 가지, 바로 저 용이 성체가 아니라는 것이다.

"으헉!"

루드웨어로선 크게 놀라지 않을 수 없었다. 저 용이 성체가 아니라면 답은 한 가지, 해츨링이라는 것인데 용의 유생인 해츨링을 죽이는 것은 수십만의 인간의 피로 대체된다. 이것은 일족의 수가 적은 드래곤의 법칙에 의한 것으로 세상에 드래곤이 삼백이 있다 치고 인간은 삼천만 명. 그렇게 본다면 드래곤 대 인간의 비율인 마리당 십만이 나온다. 거기다가 해츨링이 성체가 되고 다른 해츨링을 낳을 때까지의 시간은 적어도 천 년, 그렇게 계산해서 해츨링 보호법에 의거하여 인간에게 희생된 한 마리의 해츨링당 수백만의 대가가 치러지는 것이다.

또 해츨링 보호법은 전 드래곤에게 해당되는 일이었기에, 이제 제국의 모든 사람들이 전 드래곤의 공격을 받을 것은 자명한 일이었다.

"젠장!"

그들의 행동을 막기 위해 루드웨어는 플라이 마법을 사용하여 그들에게 날아가며 소리쳤다.

"멘체스터, 멈춰라! 녀석은 성체가 아니라 해츨링이다!"

갑작스럽게 어디선가 들리는 목소리에 놀란 멘체스터가 고개를 돌리자 그곳에는 루드웨어가 플라이 마법으로 황급하게 날아오고 있었다.

"멘체스터, 뭐 하냐! 당장 멈춰라! 저 녀석은 성체가 아니라 해츨링이다!!"

"옛?! 끄악! 당장 멈춰라! 저 녀석은 해츨링이다!!"

"뭐엇?!"

멘체스터의 목소리를 들은 전사와 기사들은 갑작스러운 말에 놀라 모두 하던 짓을(?) 멈추고는 멘체스터의 얼굴을 쳐다보며 놀란 얼굴을 하고 있었다.

"젠장! 저 그린 드래곤은 해츨링이라고, 해츨링!!"

놀란 히루안의 신관은 다급하게 드래곤에게 뛰어가서는 급히 신성 마법으로 치료를 시작했지만 이미 상처는 너무 많은 곳에 나 있었고, 특히 루드웨어가 인첸터해 준 아이스 마법검에 의해 치명적인 상처를 입어 회생이 불가능해 보였다.

[끄어엉~ 넘 아파! 할머니, 으허헝헝…….]

다 죽어가는 목소리로 커다란 눈망울에 엄청난 양의 눈물을 흘리며 고통스러워하는 그린 드래곤은 조금씩 목소리가 작아지고 있었다.

멘체스터는 이 어이없는 사태에 놀라 망연자실하고 있었다. 자신들의 실수로 말미암아 이제 대륙의 수백만에 달하는 인간들이 분노한 드래곤의 군대에 의해 희생될 것은 자명한 일이었기 때문이다.

다른 전사들이나 기사들 역시 마찬가지인지 허무하게 검을 떨어뜨리고는 자리에 풀썩 주저앉고 말았다.

성체인 드래곤을 인간이 죽이는 것은 별문제가 아니었다. 드래곤들 사이에선 성체가 된 후에 죽임을 당한 드래곤은 드래곤의 망신이라고 생각하기 때문이다.

하지만 해츨링의 경우에는 전 드래곤에게 분노를 일으키기에 충분했다. 아직 용언도 만들어지지 않은 유생인 드래곤은 나약하기 그지없는 존재이기 때문이다.

[할머니… 나 넘 아프당……]

희미해져 가는 그린 드래곤 해츨링의 음성. 루드웨어는 그 목소리를 듣고는 회복 마법을 계속 실행했지만 고치는 것은 불가능했다. 물론 거의 죽기 전에도 신의 대리자가 된 그의 능력으로 살릴 수 있지만, 아이스 마법검에 의해 애석하게도 드래곤 하트에 손상이 갔다. 그가 아무리 뛰어나다 해도 드래곤 하트를 고치는 것은 불가능하기 때문이다.

해츨링의 마지막이라 생각하며 루드웨어는 고통을 없애주는 마법을 걸어주며 그린 드래곤을 향해 물어보았다.

[그린 드래곤의 해츨링이여, 난 천신 레이뮤의 대리자 루드웨어이다. 그대의 이름을 말하라.]

[아앙… 넘 아펐당… 나? 난 로노와르라고 해.]

[로노와르라고? 그래, 세상에서 누가 가장 좋니?]

[음, 우리 할머니.]

루드웨어는 죽어가는 해츨링에게 안식의 잠을 주고 싶어서 기분 좋은 이야기만을 해주고 있었다.

[할머니가 얼마나 좋은데?]

[우리 할머니는 엄청 세! 내 레어도 한순간에 만들어주었는걸. 다른 드래곤들도 우리 할머니가 가장 세다고 했어.]

[그렇구나. 정말 강한 할머니를 두었구나. 그래, 할머니의 성함이 뭐지?]

[우리 할머니는 에이션트 드래곤 프로란스라고 해.]

그 순간 루드웨어는 심장이 떨어지며 대리자의 인생을 마감할 뻔했다.

[에, 에이션트 드래곤 프로란스……?]

[응.]

이건 난리가 나도 엄청나게 난리가 났다.

에이션트 드래곤 프로란스. 드래곤 일족은 현재 두 마리의 에이션트 드래곤이 있었는데, 하나는 골드 드래곤 카뮤로 자애로운 골드 드래곤인 그는 얌전한 편에 속하는 에이션트인지라 인간의 현자들과도 상당히 친했다. 루드웨어도 스승인 라지베헤루를 통해 에이션트 골드 드래곤 카뮤를 만나본 적이 있었는데, 상당히 자애로운 드래곤으로 인식하고 있었다. 하지만 나머지 하나인 에이션트 드래곤 프로란스는 정반대다. 드래곤들 사회에서도 포악한 할머니라고 칭호받는 프로란스는 드래곤들도 무서워할 만큼의 성질을 지니고 있었다.

카뮤도 프로란스에게는 함부로 대하지 못하고 있을 정도였기에 그가 인간들의 현자들에게 언제나 말하는 것이 프로란스의 영지에 절대 침범하지 말라는 이야기였다.

그런데 지금 실수로 죽이고만 해츨링이 그 공포의 에이션트 드래곤 프로란스의 손자 해츨링이었던 것이다. 그것도 직접 레어를 장만해 줄 정도로 엄청나게 귀여워하고 있는 그런 해츨링.

루드웨어는 모든 것을 멈추고 허탈한 마음으로 멘체스터에게 와서는 중얼거렸다.

"멘체스터⋯⋯."

"예, 루드웨어님."

"살고 싶으면 마령으로 도망가라."

"예?"

"백만 명? 천만 명? 우습다. 너희들은 지금 드래곤 중에서 가장 건들지 말아야 하는 존재인 에이션트 그린 드래곤 프로란스의 손자를 죽였다. 성질 드럽기로 유명한 프로란스가 열받을 테니, 이제 대륙은 마령을 제외하고는 모든 인간들이 전멸할 테니까 빨리 마령으로 숨는 게 조금이라도 오래 사는 길이 될 거다."

"마령을 제외한 대륙의 모든 인간이 죽는다고요?!"

도저히 믿을 수 없는 말이었지만 8서클의 마스터라 생각되는 루드웨어가 자신에게 거짓말을 할 리는 없었기에 멘체스터는 하늘이 무너지는 듯한 느낌을 받았다. 이건 태고에 판도라가 세상의 모든 악이 들어 있는 상자를 연 것보다 더하면 더했지 못한 문제가 아니었다.

마도 제국의 멸망에 이어 또다시 세상의 인간들은 전멸에 가까운 피해를 입게 되었기 때문이다.

[꾸우우우어엉—!]

그때 엄청난 양의 마나를 가진 존재가 근처에서 느껴지기 시작했다. 세상을 뒤흔들 듯한 포효는 전에 있었던 싸움에 해츨링이 지르던 소리와는 차원이 달랐다.

포효가 들리는 순간 반경의 모든 생물들은 심장 마비라도 일으킨 듯이 순식간에 수천이 넘는 생명의 기척이 꺼져 버렸고, 이곳에 있는 일행들의 심장 박동도 순식간에 배로 뛰어올라 뛰고 있었다.

"드디어 왔는가! 에이션트 드래곤 프로란스!!"

루드웨어는 그 포효의 주인공이 공포의 에이션트 드래곤 프로란스의 포효하는 것이란 걸 짐작할 수 있었다.

상상도 못할 엄청난 마나의 소용돌이에 대리자의 힘을 얻은 루드웨어 역시 긴장할 수밖에 없었다.

에이션트 드래곤의 능력은 신에 달한다. 마법사들은 그 힘이 3급 신 정도가 아닐까 추정하고 있을 정도였기에, 천신의 대리자라곤 하지만 루드웨어로서도 두려움을 가질 정도인 것이다.

[할머니, 나 여기 있어… 할머니…….]

쓰러진 해츨링 로노와르는 자신의 할머니의 포효를 들으며 얼굴에 미소를 띤 채 조용히 중얼거렸다.

[로노와르야, 내 사랑스러운 손자야. 어디 갔누!]

드디어 프로란스의 엄청난 마나가 깃든 목소리가 울리기 시작했다.

[할머니, 나 여기 있어.]

할머니의 목소리를 들으며 로노와르는 계속 할머니를 불렀고, 드디어 엄청난 존재가 일행들의 앞에 모습을 드러냈다.

"끄억!"

"헉!!"

그 모습을 보며 일행들은 모두 놀란 가슴을 진정시키지 못하고 있었다. 자신들이 상대하고 있던 해츨링의 열 배도 넘는 엄청난 크기의 용이 서서히 그 모습을 드러내고 있었기 때문이다.

점점 로노와르의 레어에 가까이 다가온 프로란스는 쓰러져서 초록색 피를 뚝뚝 흘리고 있는 로노와르의 모습을 보고는 용언을 사용하여 로노와르를 자신의 앞으로 끌고 왔다.

프로란스의 용언에 힘없이 허공을 날아간 로노와르는 프로란스의 앞으로 갔고, 플로란스는 급히 용언을 사용하여 로노와르의 몸을 치료하려 했지만 잠시 후 이미 늦었다는 것을 깨달은 것 같았다.

[로노와르야… 이구, 내 새끼…….]

[할머니… 나 넘 아펐어……. 인간들이 칼로 나 막 찔렀어…….]

[이구… 내 불쌍한 강아지…….]

프로란스는 에이션트 드래곤의 체면도 생각하지 않고 커다란 눈망울에서 눈물을 펑펑 흘리며 죽어가는 로노와르를 안고는 오열하기 시작했다.

아무리 거대한 드래곤이라고 해도 그 슬퍼하는 모습은 인간들의 가슴을 짓누르기에 충분했다.

[할머니, 나 답답해…….]

[그러누… 이구…….]

자신을 안고 오열하는 할머니를 보며 로노와르는 답답하다는 듯이 말하고 있었다. 하지만 로노와르의 답답함은 이제 생명이 다해감에 따라 호흡이 막혀가고 있었기 때문이다.

드래곤은 피부 호흡을 하는데, 이제 많은 상처와 생명력이 떨어짐에 따라 피부 호흡에 지장이 생기고 있는 것이다.

[할머니… 사랑해…….]

그 말을 끝으로 로노와르의 음성은 완전히 사라졌고 플로란스는 로노와르의 몸을 흔들기 시작했다.

[로노와르야!! 로노와르야!! 이것아, 눈을 떠보거라! 이 할미를 남겨 두고 먼저 가버리면 어떡하누!!]

오열하면서 로노와르의 몸을 흔들고 있는 프로란스였지만, 이미 생명의 끈이 다한 로노와르의 몸은 움직이지 않았다.

[우어어억—!]

슬픔이 가득한 드래곤의 포효가 또다시 세상을 뒤흔들었다. 한참을 그렇게 하늘을 향해 포효하던 프로란스는 조심스럽게 손자의 시체를 내려놓고는 루드웨어 일행을 독기 섞인 눈으로 쳐다보며 말했다.

[그대들이 우리 일족의 해츨링을 해한 자들인가?]

프로란스의 말에 일행은 아무도 대답할 수가 없었다. 하지만 플로란스의 말은 계속 이어졌다.

[그대들이 감히 일족의 해츨링을 해친 대가는 세상 모든 인간의 죽음으로 바뀌게 될 것이다! 보아라! 그대들의 잘못에 의해 너희들의 일족이 세상에서 사라지는 것을 말이다!]

그렇게 말한 프로란스는 하늘을 날아오르려 날갯짓을 하기 시작했다.

"젠장! 하이 그래비티!"

루드웨어는 잘못을 저지르기는 했지만 세상의 인간들을 전멸시키려는 프로란스를 놓아줄 수는 없는 일이라 고중력 마법을 사용하여 그녀를 내리누르기 시작했다.

[어리석은 인간아! 날 막아서지 마라! 깨져라!!]

프로란스는 하이 그래비티로 한 마법사가 자신의 움직임을 방해하자 한마디 해주고는 용언을 사용하여 마법을 깨버리려고 했다. 한데 그 순간 용언이 마나장에 튕겨져 버렸다.

[용언이?!]

그제야 프로란스는 자신을 막아서는 인간이 평범한 인간이 아니라는 것을 알 수 있었다.

[네 녀석은 인간이 아니로구나!]

[무슨 소리! 난 인간이다!]

[하지만 너의 힘은 인간이 가질 수 있는 한계를 벗어났다!]

[흥!! 무슨 소리!]

자신이 인간이 아니라는 말의 해석을 잘못한 루드웨어는 욕하는 줄 알고 끝까지 반항했다. 하지만 에이션트 드래곤인 프로란스가 그 정도의 하이 그래비티를 못 깰 리는 없었다. 다시 용언을 사용하여 마법을 깨버린 프로란스는 일단 루드웨어를 없애지 않고는 보복을 할 수 없겠다 생각하고는 날카로운 눈으로 노려보며 말했다.

[끝까지 나를 방해할 생각인가!]

[물론! 인간을 전멸시키겠다는데 가만히 있을 리가 없잖아!]

[그럼 죽어라!]

"끄아악!"

용언이었다. 프로란스가 외친 말은 인간의 마법으로 말하면 파워 워드 킬! 8서클 궁극 마법에 속하는 이 마법은 인간을 상대로 할 경우 엄청난 고통과 함께 죽음을 가져오게 된다.

이 마법을 드래곤이 인간에게 썼다면 살아난다는 것은 불가능하다. 인간의 정신력에 비해 드래곤의 정신력은 훨씬 위. 이 마법은 오로지 정신력으로만 깰 수 있기 때문이었다.

외전 루드가 로노를 만났을 때(5)

"끄아아악[해(解)]!"

고통스러워하던 루드웨어의 입에서 고대어가 터져 나오자 그 순간 그의 몸에서 강한 마나력이 불꽃을 내며 사방으로 터져 나갔고, 루드웨어는 숨을 헐떡이며 프로란스를 노려보았다.

멘체스터는 그가 방금 전에 터뜨렸던 말이 무엇인지 알았기에 심장이 떨어지는 듯한 충격을 받았다.

"언령!"

언령. 마법사의 꿈이라고 일컬어지는 꿈의 마법. 이것은 9서클 마법 주문의 한계를 벗어난 인간이 가지게 될 것이라는 경지였다.

고대 마도 제국의 마도사들은 9서클을 넘어서 10서클의 경지까지 이르렀다고 전해져 내려오는데, 이것은 마도 제국을 멸망으로 치닫게 한 마나 증폭 장치에 의한 것이다.

10서클까지 이르게 되면 인간은 드래곤들이 사용하는 용언과 같은 힘으로 평상시의 말에 마나력을 담을 수 있게 된다. 그것이 바로 언령 마법이다. 하지만 고대 마도사들도 언령의 사용은 크게 자제했는데, 그것은 서클 마법과는 달리 상당한 마나를 소비하게 만들었기 때문이다.

하지만 지금같이 급박한 순간은 언령 마법같이 말에 힘을 실을 수 있는 마법 외에는 벗어날 방법이 없었다. 고통으로 인해 서클을 형성시키기에는 마나 조합이 불가능하기 때문이었다.

프로란스도 상대가 10서클에 해당하는 언령을 사용하자 놀란 표정을 지으며 말했다.

[역시 인간이 아니로구나!]

[무슨 소리! 왜 내가 인간이 아니라는 거냐! 이 할망구 드래곤아!]

파워 워드 킬의 용언 때문에 엄청나게 충격을 받은 루드웨어는 프로란스를 향해 소리쳤다.

진짜 잘못했으면 장가도 못 가고 죽을 뻔했기 때문이다.

[버러지만도 못한 인간 녀석, 그 정도의 힘이 있으니 우리 일족의 해츨링은 죽여도 된다는 것이었냐!]

[엥? 말이 그렇게 되는 건가?]

[네놈에게 궁극에 달하는 드래곤의 힘을 보여주마! 하압!]

그 말과 함께 프로란스의 몸이 변형하기 시작했다. 엄청나게 거대한 프로란스의 몸은 점점 작아지기 시작하더니 이윽고 경갑의 복장을 한 젊은 처녀의 모습으로 바뀌었다.

그 모습이 인간과 다른 점은 머리 위에서 솟아오른 두 개의 뿔과 등에 날개가 돋아 있다는 것인데, 루드웨어는 그 모습이 무엇인지 알 수 있었다.

[드래코니안인가?]

[브레스는 쓸 수 없기는 하지만 용 투기와 용언을 사용할 수 있으며, 본체의 일곱 배의 방어 능력을 만드는 드래곤의 최대 변신체인 드래코니안이다! 그대 인간 같지 않은 인간이여, 이제 죽음을 기다려라!]

'젠장!'

아무리 10서클의 마도사라고 해도 드래코니안은 강력한 존재다. 거기다가 에이션트 드래곤의 드래코니안이라면 이건 죽음을 앞에 두고 있다고 해도 과언이 아니었다.

뒤를 돌아본 루드웨어는 올리비에를 향해 소리치며 손을 내밀었다.

"올리비네, 너의 검을 나에게 던져라!"

"아! 예!"

엄청난 광경에 멍해 있던 올리비에는 루드웨어의 말에 놀라 자신의 검을 던져 주었는데, 너무나 화급하게 던진 나머지 검은 프로란스를 노려보며 손을 내밀고 있는 루드웨어의 허벅지에 꽂히고 말았다.

"꾸에엑!"

고통의 비명을 지르며 루드웨어는 쓰러지고 말았으니, 그 순간 올리비에는 가슴이 철렁 할 수밖에 없었다. 좀만 위로 맞았어도 싸우기도 전에 승패가 갈릴 뻔했기 때문이다.

"이 빌어먹을 자식아!"

허벅지에 얼음의 속성이 담겨 있는 롱 소드가 박히자 루드웨어로선 죽을 맛이었다. 황급히 검을 뽑기는 했지만 이미 허벅지의 세포는 얼어서 파괴된 엄청난 부상을 입은 상태였다.

이 광경에 프로란스는 할 말을 잃고 황당해하고 있었다.

[이따위 녀석들에게 죽은 내 손자가 불쌍한 따름이구나. 흑흑, 로노와르야.]

어처구니없는 녀석에게 죽은 자신의 손자를 생각하고 다시 눈물을 흘리는 프로란스였다. 부상을 당한 루드웨어에게 급히 히루안의 사제와 멘체스터가 다가와 치료를 했지만 평생 다리 하나를 쓰지 못할 정도의 큰 부상이었다.

"젠장! 리커버리!"

하지만 역시 루드웨어의 마법은 엄청났다. 두 사람이 쩔쩔매던 상처를 리커버리 마법으로 순식간에 완치시켰기 때문이다.

"다행이군요."

"다행은 무슨 다행이야! 가뜩이나 마나가 모자라는 판에 리커버리까지 썼는데! 젠장!"

치료 주문의 최상급에 속하는 리커버리는 상당한 마나를 소비하기 때문에 드래코니안을 상대해야 하는 루드웨어로선 화가 날 수밖에 없었다.

이 때문에 올리비에는 더 더욱 얼굴을 들지 못하고 고개를 숙이게 되었다. 어제부터 계속 실수만 하는 그를 보며 멘체스터 역시 더 이상의 위로도 못해주고 있었다.

간신히 다리의 상처를 치료하고 검을 손에 잡은 루드웨어는 프로란스를 쳐다보며 말했다.

[봤지! 맞으면 무지 아프다고! 각오해라, 할망구!]

[어처구니없는 녀석이 경로 사상마저 없구나!]

그렇게 말한 프로란스는 마법으로 자신의 검을 소환해 와서는 자세를 잡았다. 프로란스가 소환한 검은 불의 속성이 있는 에고 소드로, 같은 마법검이긴 하지만 루드웨어가 직접 인첸터한 아이스 속성의 마법검보다 수배는 더 뛰어난 검이었다.

무기에서부터 차이가 나는지라 루드웨어로선 조금 쫄지 않을 수 없었다.

[그나저나 이제 정신파로 이야기하는 것은 그만두지. 마나 소비된다.]

루드웨어의 말에 프로란스는 고개를 끄덕이며 말했다.

"조, 좋겠찌. 하지만 하도 오랜만에… 이브로 마를 하는 것 같쿤."

루드웨어의 말에 프로란스는 자신도 마나 소비를 줄이기 위해 성대를 사용한 말을 하기 시작했는데, 그 순간 루드웨어는 참지 못하고 웃음을 터뜨리고 말았다.

"푸하하하! 만 년을 산 드래곤이 말더듬이였을 줄이야! 거기다가 발음도 새! 푸하하하!"

"네, 네 이놈!!"

거의 몇천 년을 성대를 통해 말을 해본 적이 없는 프로란스가 말을 더듬는 것은 어찌 보면 당연한 일이었지만 루드웨어로선 웃기는 일이었다.

그의 행동에 프로란스는 창피함과 동시에 화가 밀려와 참을 수가 없었다.

"주거라!"

죽으라는 고함을 지름과 동시에 드래코니안이 된 프로란스는 빠른 속도로 루드웨어를 향해 쇄도해 들어왔다.

"찹!"

그녀가 자신을 향해 검을 찔러오자 루드웨어는 황급히 겁을 쳐내고는 몸을 뒤로 날려서 마법 공격을 했다.

"파이어 애로우!"

루드웨어의 파이어 애로우는 순식간에 수십 개가 만들어져 프로란스를 공격했지만, 그녀는 콧방귀를 뀌며 손을 앞으로 내밀고는 투기를 집중했다.

그 순간 용 투기가 그녀의 손에서 하나의 막처럼 형성되더니 파이어 애로우를 막아내기 시작했다.

"역시 용 투기로군!"

드래코니안은 용 투기를 가장 효율적으로 사용할 수 있는 변신체이니만큼 약한 마법 공격은 쉽게 막아낼 수 있었다.

루드웨어는 검에 마나를 집중하고는 그녀를 향해 마구 휘두르기 시작했다.

"받아라! 검기의 소나기다!"

진짜 소나기같이 루드웨어의 검에서 검기가 쏟아져 나오며 프로란스를 향해 날아가기 시작했다. 이 정도의 공격은 가벼운 용 투기의 방어로는 막을 수 없다고 생각한 그녀는 날개를 저어 하늘 위로 날아갔다.

"앗차!"

그제야 그녀가 하늘로 날아갈 수 있다는 것을 생각한 루드웨어는 검기의 소나기를 멈추고는 언령을 사용했다.

[공진(空震)!]

루드웨어의 언령이 터지자 일대의 대기가 엄청나게 뒤흔들리며 프로란스의 날갯짓을 방해하고 그녀를 땅으로 떨어뜨렸다.

"하압!"

땅으로 떨어져 자세를 잡지 못한 프로란스를 향해 빠른 속도로 뛰어 들어간 루드웨어는 그녀의 정수리를 향해 검을 찔러갔는데 역시 프로란스는 만만치 않았다.

[무너져라!]

그녀의 용언은 앞으로 달려나오는 루드웨어의 발 밑의 땅을 무너뜨리고는 그를 떨어뜨렸다.

"끄악!"

[묻어라!]

계속되는 용언에 의해 무너진 땅은 루드웨어를 떨어뜨리고는 그 위로 흙이 덮치며 루드웨어를 생매장시키기 시작했다. 하지만 프로란스의 공격은 거기서 끝나지 않았다. 자리에서 일어난 프로란스는 묻혀지는 구덩이를 향해 계속 공격을 가하기 시작한 것이다.

[오징어가 돼버려라, 간악한 인간 녀석아!]

구덩이에 빠져 흙에 묻힌 루드웨어를 향해 프로란스는 용 투기로 아직 엉성한 흙에 압력을 가하기 시작했고, 그 엄청난 힘에 구덩이의 흙은 순식간에 입자가 뭉쳐지며 사암으로 변하는 듯 그 크기가 줄어들기 시작했다.

이 상태라면 루드웨어는 납짝 오징어가 되는 것을 면치 못하는 것은 당연한 일이었다. 하지만 프로란스는 아직 그를 죽이지 못했다는 것을 알고 있었다.

"이 녀석이!"

프로란스가 쳐다보고 있는 곳은 구덩이가 아니라 그곳에서 왼쪽으로 10미터 정도 벗어난 곳이었다.

"차앗!"

프로란스가 쳐다본 순간 그곳에서는 흙이 튕겨져 나오면서 한 인형이 흙투성이가 된 채 밖으로 빠져나왔다. 바로 루드웨어였다.

"젠장! 이 할망구가 장난이 아니잖아!"

구덩이에 빠진 루드웨어는 흙이 덮어지는 순간 놀라 급하게 디그 마법을 사용해 옆으로 빠져나왔는데, 그 후에야 프로란스의 용 투기 압력이 밀고 들어온 것이다. 만약 일 초라도 늦었다면 루드웨어의 몸 한 군데가 재생 불능이 되었을 것은 당연한 일이었다.

"거기에서도 벗어나다니 꽤 괜찮은 실력이로구나."

"어라? 이젠 발음이 제대로네?"

"네 이놈, 너도 수천 년 동안 성대로 발음을 하지 말아봐라. 말이 제대로 나오나!"

"헹! 혀 꼬이면서리 수천 년 동안 살고 싶은 마음이 없네여!"

"네 이놈을!"

역시 말발로는 당할 수 없는 프로란스였다.

하지만 말은 이렇게 하는 루드웨어였지만 실제로 상당히 위축되어 있었다. 방금 전만 해도 죽기 바로 직전에 살아난 것이 아니겠는가.

이미 땅속에서 빠져나오느라 상당히 힘을 사용했기 때문에 몇 번의 공격밖에 기회가 없다는 것을 알고 있는 루드웨어는 큰 결심을 하게 되었다.

'신성력을 사용해야 한단 말인가.'

지금까지 루드웨어는 마나만을 사용하여 대결해 왔지만 이제 마나
도 다 허비되어 가고 있었기에 천신 레이뮤의 대리자로서 받은 신성
력을 사용해야겠다는 결심을 할 수밖에 없었다.

검에 신성력을 주입하기 시작했다.

루드웨어의 몸에서 나온 신성력은 검에 주입되자 마나와 반발하여
불꽃을 튕기기 시작했다. 검에 있는 마나와 신성력이 반발을 일으키
기 때문이었다.

"호오! 새로운 기술인가?"

"각오해라, 할망구!"

또다시 접전이 시작되려고 하는 판이었다. 두 사람은 빠른 속도로
상대를 향해 쇄도해 들어가서는 검을 휘둘렀다.

프로란스는 용 투기가 서려 있는 검을, 루드웨어는 마나와 신성력
이 담겨 있는 검을 휘둘렀는데 두 개의 검이 마주친 순간 일대는 엄청
난 폭발과 함께 진공 상태가 만들어졌다.

이 현상은 주위에서 지켜보는 이는 물론이요, 당사자에게도 놀라운
일이었다.

"뭐냐!"

"나도 몰라!"

진공이 순식간에 일대의 대기를 빠른 속도로 흡수해서는 팽창되더
니 순식간에 굉음과 함께 폭발했다.

"끄아악!"

"차앗!"

루드웨어는 비명 소리를, 프로란스는 기합 소리를 내며 각자의 기
술로 몸을 보호하기 시작했는데, 핵 폭탄은 떨어진 듯한 여파가 일대

를 뒤덮으며 붕괴하기 시작했다.

"실드!"

"신성 방어벽!"

이 여파에서 몸을 보호하기 위해 멘체스터 일행은 각자의 기술을 사용하여 방어 마법을 펼쳤다.

일대는 대지는 붕괴하기 시작했으며 땅 밑의 마그마는 용암을 뿜어내며 사라토 산맥을 지옥의 아수라장으로 변모시키고 있었다.

간신히 정신을 차린 두 사람은 용암의 위에서, 루드웨어는 플라이 마법으로, 프로란스는 날갯짓을 하며 날아올랐다.

"무시무시한 인간 녀석이로구나!"

"당신도 마찬가지야!"

서로의 엄청난 능력에 탐복한 두 사람이었다. 프로란스는 밑의 상황을 보다가 잠시 손을 내젓고는 말했다.

"잠시 휴전이다."

루드웨어는 왜 그녀가 휴전을 요청했는지 알고 고개를 끄덕였다. 바로 로노와르의 시체를 보호하기 위해서 그녀는 휴전을 요청한 것이다.

루드웨어 역시 멘체스터 일행이 있기에 그녀의 휴전 요청을 받아들였다.

멘체스터 일행은 아슬아슬하게 용암의 물결에서 몸을 보호하고 있었지만, 그 뜨거움에 견디지 못할 지경이었다.

"헉!"

"좀 안으로 들어가 봐! 뜨거워 죽겠다!"

바위 위에 간신히 몸을 버티고 있던 일행들은 아우성이었다. 그때 루드웨어가 날아왔다.

"고생하는군. 프로텍트 프롬 파이어!"

불의 내성 마법이 펼쳐지자 일행들은 그제야 어느 정도 열기를 견딜 수 있게 되었다.

"너희들을 다른 곳으로 텔레포트시키겠다."

"하지만……."

멘체스터는 루드웨어가 걱정이 되어 반박하려 하자 루드웨어는 고개를 저으며 말했다.

"너희들이 있음으로 해서 내 본연의 능력을 모두 발휘하는 데 방해가 된다."

그 말에 멘체스터는 루드웨어에게 도움이 되지 못한다는 것을 깨닫고는 고개를 끄덕였고, 루드웨어는 미소를 지으며 말했다.

"어떻게든 저 할망구의 손에서 대륙의 인간을 지킬 테니 걱정 말아라."

"부탁합니다, 위대한 분이시여."

"위대하기는 뭘. 하하하하. 자, 가거라. 텔레포트!"

루드웨어는 멘체스터의 말에 쑥스럽다는 듯이 뒤통수를 긁고는 그들을 다른 곳으로 텔레포트시켰다.

잠시 후 로노와르의 시신을 다른 곳으로 치웠는지 프로란스가 모습을 드러냈다.

"다 끝났는가?"

"물론."

이제 다시 2차전이 시작되려는 판이었다.

서로를 보며 노려보던 두 사람은 약한 공격으로는 적을 쓰러뜨릴 수 없다는 것을 이미 가슴 깊이 새기고 있었기에 쉽게 적을 향해 공격해 들어가지 못하고 있었다.

마치 이 둘의 싸움은 하늘의 천신장들이 싸우는 것같이 엄청났기에 사라토 산맥은 몸살을 앓을 수밖에 없었다.

외전 루드가 로노를 만났을 때(6)

"차압!"

"합!"

또다시 두 사람은 검을 마주치며 공중에서 일전을 겨루기 시작했다. 일대는 다시 시작되는 엄청난 마나의 돌풍에 의해 용암이 하늘로 치솟아오르며 식어서 괴상한 대지를 만들어가기 시작했고, 사방의 자연은 모두 열기에 시들어 지옥으로 변해갔다.

먼저 일격을 당한 것은 프로란스였다.

루드웨어의 강력한 일검이 머리 위에서 떨어지자 그 힘을 견디지 못한 프로란스가 낙하하며 펄펄 끓는 용암 속으로 빠져 버린 것이다.

[빙(氷)!]

프로란스가 용암에 빠지자 루드웨어는 용언을 사용하여 용암을 순식간에 식혀 버렸고, 용암을 얼어 바위가 그대로 돌이 되어버렸다. 하지만 그의 공격은 거기서 끝나지 않았다.

검을 고쳐 잡은 루드웨어는 프로란스가 빠졌다고 생각한 곳을 향하여 검을 집어 던지며 소리쳤다.

"섬광비도술!"

신성력과 마나가 합쳐지며 엄청난 불꽃이 일어난 검은 섬광을 발하며 돌이 되어버린 용암에 꽂혀 일대는 엄청난 폭발음이 일어나며 바위가 사방으로 튕겨져 날아갔다.

"크아악!"

하지만 바위를 뚫고 들어가던 검은 밑에서부터 올라오는 강력한 투기에 의해 튕겨져 하늘로 치솟아올랐고, 투기는 바위를 깨뜨리며 한 사람의 모습을 드러내게 했다.

"이 건방진 녀석! 차앗!"

그 순간 프로란스는 드래코니안의 모습에서 다시 드래곤의 모습으로 순식간에 변형했고, 그녀의 엄청난 모습이 드러나자 지형은 지진이라도 일어나듯이 변해가기 시작했다.

[죽어라! 하아앗!]

그녀가 루드웨어를 향해 엄청난 브레스를 뿜자 루드웨어는 놀라며 신성 방어벽을 사용하여 그녀의 브레스를 막았다.

[신성 방어벽!]

루드웨어의 신성 방어벽은 순식간에 밀어닥치는 프로란스의 브레스를 막았다. 얼마 되지 않아 브레스는 사라지고 그녀는 다시 드래코니안의 모습으로 변했다. 루드웨어는 브레스에서 목숨을 부지할 수 있었지만, 그녀의 브레스 때문에 근처의 모든 사물은 녹아내리고 있었다.

과히 놀라운 브레스라고 할 수 있었다.

"이 할망구가! 자연 파괴는 잘못된 행동이란 것도 모르나!"

"그 딴 것은 모른다!"

다시 맞부딪치며 공격을 시작한 두 사람 때문에 지형은 정말 시간이 가면 갈수록 이상하게 변해가고 있었다.

두 사람의 싸움이 한참 진행되고 있을 때 사라토 산맥으로는 많은 수의 존재들이 모여들고 있었다. 그들 중에는 고위 마족은 물론이요, 모습을 결코 드러내지 않는 신족, 그리고 많은 수의 드래곤들, 하이엘프, 드워프, 산으로 은거한 인간 마도사들 등, 하나하나의 엄청난 존재들이 갑작스럽게 일어난 소란을 알아채고는 다시 신마전쟁이라도 일어난 것이 아닌지 궁금해하며 모여들고 있었다.

"서엘프 족의 족장 유겔린 아니오?"

"아! 위대한 종족이신 에이션트 드래곤 카뮤님이시군요."

"도대체 이게 무슨 소란인가?"

"저도 모르겠습니다. 처음에는 별거 아닌 소란이었는데, 시간이 지나면서 일대의 지형을 뒤바꿔 버릴 정도로 엄청나게 변하더군요."

"도대체 어떤 존재가 싸워야 이런 소란이 일어날 수 있는 건지……."

"글쎄요. 전 위대한 종족이 싸우고 있는 줄 알았는데 말입니다."

"예끼! 아무리 드래곤이라 해도 이 정도는 에이션트 드래곤 급에 해당할 정도네. 그것도 최고의 공격 형태인 드래코니안으로 몸을 변형했을 때 말일세."

"그런가요? 그럼 도대체 누구일까요?"

카뮤와 유겔린은 이 엄청난 파장을 일으키며 싸움을 하는 존재들에 대해서 궁금해하지 않을 수 없었는데, 그들의 주위에서 그 이야기를 듣고 있는 종족들의 수장이나 수많은 강한 존재들도 마찬가지였다.

유켈린은 플라이 마법을 멈추고 카뮤가 권하는 대로 그의 등에 올라타서는 빠른 속도로 사건이 벌어지고 있는 곳을 향해 날아갔다.

루드웨어와 프로란스의 싸움은 더욱더 치열해지고 있었다. 이제는 일대를 바꿔 버릴 정도의 광범위한 기술은 아니었지만, 하나하나가 온몸을 마나력으로 방어하여 미스릴보다 강력한 신체를 가진 두 사람을 두 동강 내버릴 정도의 집중된 힘들이었다.

두 사람의 그런 기술이 맞부딪칠 때마다 튀긴 기의 파편들은 사방의 대지에 엄청난 크레이트를 만들어 주위에는 수백 개의 크레이트가 산재해 있는 것이 마치 달의 표면과 같은 모습이었다.

"끈질긴 녀석!"

"그건 내가 할 말이오!"

"인간 같지도 않은 녀석!"

"이 똥통에 빠질 할망구가!"

"뭣이!"

"당신이 먼저 욕했잖아!"

"그게 무슨 욕이야!"

"인간한테 인간 같지 않다는 것이 욕이지, 그럼 뭐야!!"

"이런 똥 같은 경우가 있나!"

"그러니 똥통에 빠지지!"

서로의 공격이 상대에게 통하지 않자 이젠 말싸움으로 번져 가고 있는 상황이었다. 하지만 말싸움은 그리 오래가지 않았고 다시 상대를 향해 검을 휘두르기 시작했다.

또다시 일대는 엄청난 아수라장으로 변하고 말았는데, 그때 그들의 싸움에 끼어드는 이가 있었다.

[이게 무슨 짓들인가!]

엄청난 마나가 담긴 목소리에 두 사람은 소리를 지른 당사자를 쳐다보았는데, 그곳에는 프로란스의 덩치와 비슷한 황금색 드래곤과 그 위에 타고 있는 하이엘프의 모습이 드러났다.

[카뮤인가!]

[카뮤 선생님?]

둘 다 골드 드래곤 카뮤를 알고 있자 그를 보던 눈을 돌리고는 서로를 쳐다보며 말했다.

"네 이 녀석! 카뮤를 아느냐!"

"흥! 스승님의 친구 분이다!"

"스승? 누구를 말하는 거냐?"

"인간계 최고의 마법사이셨던 라지베헤루님이 바로 나의 스승님이다!"

"라지베헤루? 금단의 서의 주인?"

"그래!"

"어쩐지 터무니없이 강하다 했지."

라지베헤루는 상당히 유명한 인물이었기에 드래곤들 사이에서도 그 이름을 모르는 자가 없었다.

한편 골드 드래곤 카뮤는 이 엄청난 상황을 만들어내며 싸우는 이들이 자신과 같은 에이션트 급의 드래곤인 프로란스와 친구의 제자라는 것을 알고는 황당해하지 않을 수 없었다.

[도대체 이게 무슨 짓인가! 일대를 이렇게 엉망으로 만들어놓다니 말이야!]

[흥! 카뮤, 너는 참견 마라. 난 오늘 이 녀석을 죽이고 말 테니까!]

[카뮤 선생님, 어쩔 수 없이 프로란스님과는 생사를 겨루어야겠습니다.]

두 사람은 서로 물러서지 않고 팽팽하게 대치하고 있었기에 카뮤로서는 골머리를 앓을 수밖에 없었다.

하지만 그 와중에 조금 놀라지 않을 수 없었는데, 아무리 라지베헤루라고 하더라도 에이션트 드래곤과 막상막하의 대결을 벌이는 것은 무리였다. 한데 그의 제자가 자신보다 힘이 세다고 알려져 있는 프로란스와 막상막하의 대결을 벌이고 있었던 것이다.

'저 녀석이 도대체 어떤 힘을 얻었길래 저 정도지?'

인간 본연의 능력으로썬 이것이 불가능하다는 것을 알고 있는 카뮤였기에 루드웨어에게서 무슨 기연이 있었다는 것을 알 수 있었다.

[하지만 두 사람의 싸움에 의해 일대의 많은 존재들이 피해를 입고 있네. 오죽하면 움직이지 않기로 유명한 서엘프 족의 족장까지 이곳으로 왔겠는가. 일단은 어디 한적한 곳으로 가서 자초지종을 듣기로 하지. 내가 먼저 왔기에 다행이지, 잘못했으면 이곳으로 오는 수많은 종족들에 의해 신마대전이 다시 한 번 일어날 뻔했다는 것을 모르겠는가!]

카뮤의 말에 두 사람은 조금 흠칫하지 않을 수 없었다.

어쨌든 이렇게 해서 두 사람의 엄청난 전투의 2차전은 마무리 짓게 되었다. 하지만 언제 3차전이 다시 일어날지 모르는 상황이었다.

사라토 산맥의 뒤편으로 간 네 사람은 후에 이곳으로 수많은 종족들이 와서 엄청난 광경을 보고는 돌아가는 것을 보며 가슴을 쓸어 내렸다고 한다.

산의 뒤편으로 가서 자초지종을 들은 카뮤는 프로란스가 왜 이렇게 화가 났는지 알 수 있었다. 그도 그녀가 자신의 손자를 얼마나 아끼고 있는지 알고 있기 때문이었다.

인간형으로 변한 카뮤는 한참을 생각하다 루드웨어를 보며 말했다.

"자네가 라지베헤루의 제자라면 해츨링 보호법을 알고 있을 텐데 왜 프로란스의 분노를 막으려 하는가?"

"물론 저도 해츨링 보호법을 막을 생각은 없습니다. 하지만 프로란스님이 분노로 대륙에 있는 모든 인간들을 전멸시키려고 하는데 가만히 보고 있을 수는 없지 않겠습니까."

그 말에 카뮤는 프로란스를 보며 물었다.

"그 말이 정말인가?"

"당연하지! 내 손자 로노와르의 목숨은 대륙의 모든 인간들보다 더 귀하다고!"

"허!"

프로란스의 말에 카뮤는 황당해하지 않을 수 없었다.

옆에서 듣고 있던 유켈린은 그 이야기를 한참을 듣고 있다가 문득 생각이 났는지 루드웨어를 보며 물었다.

"당신에게 묻겠소. 그 힘… 인간이 가질 수 없는 힘이오. 혹시 당신은 일렉처가 아니오?"

유켈린의 말에 프로란스와 카뮤는 둘 다 놀라지 않을 수 없었다. 일렉처, 그것은 신에게 선택받아 대리자의 힘을 가진 이들을 말하고 있기 때문이다. 현재 마신의 대리자로 루덴스란 자가 마령에 자리를 잡고 있었기 때문에 드디어 한 명의 다른 일렉처가 대륙에서 모습을 보인 것이 되었다.

"확실하게 설명은 못하지만, 천신 레이뮤의 신성의 포션을 마신 것은 사실입니다. 이 힘은 그때 얻어진 것이지요."

"천신 레이뮤의 신성의 포션? 레이뮤님은 궁극의 마신 크레이져를 봉인한 후 소멸되셨을 텐데?"

루드웨어의 말에 카뮤는 이상하다는 얼굴을 하며 물었고, 루드웨어는 고개를 끄덕이며 말했다.

"그렇기 때문에 제가 정말 일렉처인진 확실하지 않다는 것입니다."

"음……."

소멸한 신의 대리자라는 것은 잊을 수 없는 일이기에 카뮤로서도 확실하게 말할 수 없었다. 하지만 신성의 포션과 마성의 포션은 각각 신계와 마계의 최고위 신의 대리자가 될 수 있는 약물이기에 반 정도는 그가 일렉처가 맞다고 할 수 있었다.

유켈린은 그의 말에 곰곰이 생각하다가 자신의 의견을 말했다.

"그가 만약에 일렉처라면 이 사건을 조용히 끝낼 수 있는 방법이 있기는 합니다."

"음, 대리자의 심장을 말하는 것인가?"

"예. 대리자의 심장은 어떠한 존재든 한 번의 생명은 더 가지게 해 주니까요."

그 말에 카뮤도 고개를 끄덕였다. 일단 프로란스가 이렇게 설치는 것도 로노와르가 죽었기 때문이니, 만약 대리자의 심장으로 로노와르가 살아난다면 이 모든 것이 깨끗이 끝나는 것이 되었다.

프로란스도 대리자의 심장이 가지는 효력을 알기에 고개를 끄덕이며 말했다.

"만약 이 녀석이 일렉처이고 대리자의 심장으로 로노와르가 살아난다면 나 역시 대륙의 모든 인간들을 전멸시키지는 않겠다."

"하지만 문제는 과연 진짜 일렉처일까 하는 것이군요."

"음… 그게 문젤세."

대리자가 세상에 모습을 드러낸 적이 없는 것은 아니지만, 한 번도 신이 소멸한 후에 나온 적이 없었기에 모두들 결정을 할 수가 없었던 것이다.

"만약 대리자가 아니라면 어떻게 됩니까?"

루드웨어가 묻자 카뮤는 안 좋은 기색을 하며 말했다.

"그야 당연히 심장을 잃은 인간은 죽겠지. 그리고 로노와르는 살아나지 못하고 말일세."

"그런……."

루드웨어로서는 자신의 심장으로 모든 것이 해결된다면 기꺼이 심장을 내주고 싶었지만, 만약 일렉처가 아니라면 그냥 목숨만 버리는 꼴이 되고 프로란스는 또다시 인간을 전멸시키기 위해 날아오를 것이기 때문에 고민하지 않을 수 없었다.

한참을 고민하고 있을 때 루드웨어는 무엇인가 결심했다는 듯이 사람들을 보며 말했다.

"저의 심장을 로노와르에게 주겠습니다."

"하지만… 아니라면 자네의 목숨만 버리는 꼴이 아닌가?"

"그래서 한 가지 조건을 걸고 싶습니다."

"조건?"

루드웨어의 말에 카뮤는 알 수 없다는 표정으로 되물었다.

"예. 만약 제가 일렉처가 아니라면 두 분은 프로란스님이 인간을 전멸시키는 것을 막아주십시오."

"뭐?"

"그런?!'

두 사람은 루드웨어의 말에 놀라지 않을 수 없었다. 만약 그가 일렉처가 아니라면 두 마리 에이션트 드래곤이 싸워야 하는 판국이었기 때문이다.

"물론 해츨링에 관련된 드래곤의 율법을 무시하는 것은 아닙니다. 다만 전 그 해츨링의 율법에 따라 제국의 인간들만 희생시켰으면 좋겠다는 말입니다. 그 이상은 용납할 수 없습니다."

그의 말이 틀린 것은 아니었기에 두 사람은 고개를 끄덕였지만 프로란스는 수긍하지 못하는 표정을 지으며 말했다.

"말도 안 돼! 난 그렇게 못해!"

"그렇다면 3차전을 시작하지요!"

자신의 목숨을 건다고 했는데도 프로란스가 용납하지 않자 화가 난 루드웨어도 더 이상 참지 못하고 자리에서 일어나 3차전의 시작을 말했고 프로란스도 자리에서 일어났다.

그때 카뮤의 입에서 결정이 터져 나왔다.

"좋다. 루드웨어, 네 녀석의 조건을 받아들이지."

"카뮤!"

"프로란스, 진정해라. 만약 너의 손자가 아니라 다른 녀석의 자식이었다면 네가 모든 인간을 전멸시키겠다고 이렇게 법석을 떨었겠는가!"

"그건……."

"율법은 지엄하다. 아무리 에이션트라도 율법을 어긴다면 전 드래곤의 공격을 받게 될 것이다. 율법을 지키지 않는 드래곤은 마룡과 다름이 없으니까!"

그 말에 프로란스는 아무 말도 못하고 얼굴만 붉힐 따름이었다.

"그럼 대리자의 심장을 전해주는 의식은 삼 일 후 나의 레어에서 진행하겠다. 루드웨어, 내 레어가 어디 있는지는 기억하고 있겠지?"

"예."

"삼 일이란 시간 후에 진행하는 것은 일렉처가 아닐 경우에 대비해서 너에게 마지막으로 가족과 친구들을 만날 수 있는 기회를 주기 위함이다. 그동안 가족과 친구들을 만나고 오도록 해라."

"예."

이렇게 해서 두 마리의 에이션트 드래곤과 서엘프 족의 족장, 인간계 최고의 마법사가 모인 회의는 간단하게 끝나고 말았다.

과연 루드웨어는 일렉처일까. 지금 상태로는 알 수 없는 일이었다.

대충 오두막을 정리한 루드웨어는 마령 서쪽의 나라 레던 왕국의 아페스 산 꼭대기에 있는 스승 라지베헤루의 무덤을 찾아갔다.

친지라고 해봤자 그에게 부모와 같이 기억되는 사람은 라지베헤루밖에 없었기 때문이다.

아페스 산은 대륙에서 가장 높은 산. 하늘과 가깝고 세상을 내려다볼 수 있는 곳에 묻어달라는 유언에 루드웨어가 마련한 못자리였다.

무덤은 하얗게 눈으로 뒤덮여 있었다. 눈 위에 털썩 주저앉은 루드웨어는 하늘을 바라보며 말했다.

"사부, 만족해요? 못자리 하나는 끝내주게 골랐지요?"

하지만 라지베헤루의 대답은 들리지 않았고 루드웨어의 눈에선 눈물이 흘러내렸다.

"나 잘못하면 사부의 뒤를 따라가게 될 것 같아요. 사부, 내가 가더라도 너무 미워하지 말아요. 그래도 사부가 하라는 대로 금단의 서도 다 익혔는걸요. 대륙 최고의 마법사도 됐고. 잘했지요? …그런데 사부, 나 아직 한 가지 일은 하지 못했어요. 아직 지상계에서 친구는 못 사귀었어요. 나 아직 혼자예요……. 마계에 있는 유리마밖에… 나 혼자야… 넌 외롭고… 슬퍼요. 이렇게 죽을지도 모르게 되니… 내 푸념을 받아줄 사람이 아무도 없잖아요……. 사부… 아버지라고 불러도 돼요?"

루드웨어는 스승의 무덤에 몸을 묻고는 오열하기 시작했다. 고아가 된 후 그가 처음으로 사랑을 받았던 존재 라지베헤루였다. 라지베헤루가 하늘로 떠나간 후 즐겁게 살려고 괴짜같이 행동했던 루드웨어였지만, 마음속에는 외로움과 함께 슬픔이 가득 차 있었다.

죽을지도 모르는 순간에 그는 단 한 사람도 위로해 줄 사람을 찾지 못하고 스승의 무덤에 와서 떠나간 스승님을 아버지라 부르며 위로를 받고 싶어했다.

"크흐흐흐흑… 아버지… 아버지……."

루드웨어의 눈에선 눈물이 그치지 않고 있었다.

언제까지나 아버지의 곁에 있고 싶은 루드웨어였다.

스승의 무덤에서 마음껏 울음을 터뜨린 루드웨어는 디멘전 패스를 사용하여 마계로 내려갔다. 오랜 시간 동안 내려와 보지 않은 마계였지만 아직까지 변한 것은 없었다. 그가 서 있는 곳은 천신의 힘에 의해 오염되어 있는 땅에 있는 자신의 집이었다.

떠나올 때와 같은 그대로의 모습을 하고 있었기에 루드웨어는 포근함마저 느낄 정도였다. 이곳에서 루드웨어는 처음으로 진짜 가족과 같은 삶을 살 수 있었다. 라지베헤루가 언제나 앉아 차를 즐기던 의자를 보며 루드웨어는 스승의 모습을 그렸다.

"유리마를 만나야겠지?"

루드웨어는 자신이 살고 있던 오두막을 떠나 마계의 궁전으로 날아갔다. 유리마는 이제 수업을 모두 마치고 마신 라스타를 모시는 고위 신관으로서의 일을 수행하고 있어 궁전으로 가야만 그를 만날 수 있었다.

궁전에 도착하자 일단의 마계 마족 경비병들이 그의 앞을 막으며 소리쳤다.

"누구냐!"

인간같이 생긴 자가 마계의 궁전 안으로 들어서려 하자 막는 것은 당연한 일이었다.

"자식들, 열심히 지키고 있군. 난 암흑 신관 유리마의 친구 루드웨어다. 내가 왔다고 알려라."

그 말에 경비병들은 놀라는 표정을 짓고는 서로를 보며 수군거리다가 말했다.

"그럼 이곳에서 기다리고 있어라!"

"빨리 갔다 오라고."

십여 분 후 경비병은 황급히 뛰어와서는 루드웨어에게 공손히 고개를 숙이고는 말했다.

"유리마님께서 접견실로 모시라고 하셨습니다. 안으로 들어오시지요."

"거봐. 자, 안내해."

"예."

거만하게 행동하며 손짓을 한 루드웨어는 그에게 안내되어 마계 궁전의 접견실로 향했다. 한참을 걸어간 접견실의 안에는 검은색의 사제복을 입은 청년 한 명이 있었다.

"어! 유리마!"

반갑다는 듯이 손을 내밀며 그를 껴안는 루드웨어였다. 유리마는 난데없이 루드웨어가 자신을 껴안자 귀찮다는 듯이 말했다.

"적당히 까불어라, 이 녀석아!"

"히히, 친구를 만나니 기분이 좋아서 그런다. 그나저나 넌 나이가 몇 살인데 아직도 어린놈의 얼굴이냐?"

"흥! 그건 너도 마찬가지가 아닌가?"

"그런가? 히히히."

루드웨어는 쑥스럽다는 듯이 웃었고 유리마는 그를 보며 할 말 없다는 듯한 표정을 지었다. 하지만 오랜만에 만난 친구 때문에 기분이 좋았는지 무표정한 듯한 그의 입에서 살짝 미소가 비쳤다.

"그나저나 네 녀석이 마계엔 웬일이냐? 몇십 년 동안 얼굴도 보이지 않더니."

"음, 그냥."

"그냥? 날 속일 생각 하지 말아라. 네 녀석이 그냥 마계까지 내려올 놈이 아닌 것은 알고 있으니."

그 말에 루드웨어는 어쩔 수 없다는 표정을 지으며 접견실의 소파에 앉아서는 투덜거리며 말했다.

"역시 널 속일 수 없구나. 그래, 말해 주지. 나 잘못하면 죽을지도 몰라."

"응?"

루드웨어의 말에 유리마는 이상하다는 표정을 지었다.

"아무래도 불치병에 걸린 것 같아. 나 죽으면 양지 바른 마계에 묻어달라고 왔어."

"젠장!"

그제야 루드웨어가 장난을 치고 있다는 것을 안 유리마는 표정을 바꾸고는 말했다.

"네 녀석은 언제쯤 진지해지겠냐."

"글쎄 말이야. 후후."

자신도 안다는 듯이 웃고 있는 루드웨어를 보며 유리마는 할 수 없다는 듯이 말했다.

"아무튼 나 바쁘니까 할 일 없으면 돌아가라."

"엥? 친구를 그냥 보내도 되는 거야?"

"그래, 임마! 마신 라스타님을 보좌하는 것이 그렇게 쉬운 줄 알았냐!"

"앙, 아쉽다."

"적당히 마족들하고 놀다 돌아가라. 알았냐?"

"응."

간단히 말한 유리마는 고개를 돌려 접견실을 걸어나갔는데, 문쯤에서 유리마는 걸음을 멈추고는 뒤도 돌아보지 않고 말했다.

"혼자 해결하지 못할 일이 있으면 바로 연락해라. 보고 있지만은 않을 테니까."

유리마는 그냥 돌아서기는 했지만, 역시 유일한 친구인 루드웨어가 걱정이 되는지 한마디를 했고, 친구의 그런 마음을 고맙게 생각한 루드웨어는 미소를 지으며 말했다.

"응. 고맙다, 유리마."

"고맙기는."

그렇게 유리마가 사라지자 루드웨어는 익살스러운 얼굴을 지우고는 침울한 얼굴로 조용히 중얼거렸다.

"친구여, 잘 있어라."

프로란스와의 대결이 있는 지 삼 일 후 드디어 결전의 시간이 도래했다.

리트아니아 왕국의 맬트로 산맥에 위치한 골드 드래곤 카뮤의 레어에는 엄청난 마나를 가지고 있는 존재들이 모여들고 있었다.

드래곤 로드의 직위에 있는 골드 드래곤 이스타나스를 포함하여 에이션트 드래곤 카뮤와 프로란스, 서엘프 족의 족장 유켈린이었다.

그들의 가운데에는 인간의 시체를 올려놓은 제단이 있었는데, 그 제단 위에 누워 있는 시체는 바로 로노와르였다.

프로란스에 의해 인간의 모습으로 폴리모프하여 누워 있는 것이다.

"왔군."

카뮤는 레어의 밖에서 들리는 기척에 드디어 기다리던 사람이 왔다는 것을 알 수 있었다. 레어의 출구 쪽에서 백색의 깨끗한 로브를 입은 한 청년 마법사가 한 자루의 박달나무로 만든 로드를 짚으며 걸어왔는데, 그 모습이 상당한 능력을 가진 마도사처럼 보였다.

그는 바로 루드웨어였다. 마지막이라고 할 수 있는 때였기에 그는 과거 라지베헤루가 짚었던 로드를 짚으며 일곱 개의 무화가가 그려져 있는 백색의 깨끗한 로브를 입고 걸어온 것이다.

"어서 오게."

"예."

평소와는 달리 위엄있는 모습의 그여서 장내에는 엄숙함이 흘렀다.

제단에 누워 있는 로노와르의 시체를 잠시 훑어본 루드웨어는 천천히 백색의 로브를 벗어 잘 개어서 한쪽에 놓고, 로드 또한 넘어지지 않게 벽의 한쪽에 세워놓은 후 제단을 향해 걸어갔다.

"카뮤 선생님, 대리자의 심장의 의식을 말해 주십시오."

루드웨어의 말에 카뮤는 잠시 헛기침을 하고는 말했다.

"간단하네. 자네의 몸에 있는 신성력을 심장에 집중시키고 때가 되었다고 생각하면 스스로의 가슴을 찢어 심장을 로노와르의 가슴에 넣어주면 되네."

"그렇군요."

잠시 눈을 감고 명상에 잠기던 루드웨어는 조용히 자신의 가슴에 오른손을 가져가고 있었다. 그 순간 어둠의 안개가 아무것도 없는 공간에서 형성되며 한 존재가 나타나 의식을 방해했다.

"멈춰라! 루드웨어!"

어둠의 안개 속에서 누군가의 목소리가 루드웨어를 불렀는데, 루드웨어는 그 목소리의 주인공이 누구인지 알고 있었다.

"유리마?"

어둠의 안개 속에서 나온 유리마는 황급히 루드웨어에게 뛰어오더니 갑자기 주먹을 쥐어 그대로 그의 턱을 갈겨 버렸다.

"꾸엑!"

지금까지와의 엄숙함과는 전혀 반대되는 신음을 내뱉으며 루드웨어는 땅으로 나자빠지고 말았다. 그런 그를 보며 유리마는 성질을 내며 소리쳤다.

"이 자식이! 네 녀석이 정말 내 친구냐! 내가 말했지! 니가 혼자 해결할 수 없는 일이 있으면 부르라고!"

"아구~ 아파라! 이 자식이!!"

정말 아픈 듯 루드웨어는 벌떡 일어나 유리마를 보며 대들려고 했지만, 유리마 역시 봐주지 않고 그의 머리를 밀어버렸기에 다시 루드웨어는 몸을 가누지 못하고 쓰러지고 말았다.

"아따! 알았다고, 내가 잘못했어! 이제 됐냐!"

"그게 잘못했다고 하면 될 일이냐, 이 자식아!"

그렇게 루드웨어에게 말한 유리마는 주위에 있는 존재들을 보며 분노에 찬 목소리로 말했다.

"지상계에서 힘 좀 날린다는 에이션트 드래곤들이로군."

"마계의 암흑 신관인가?"

"그렇다. 네 녀석들이 목숨을 빼앗으려는 루드웨어의 친구이기도 하지. 힘 좀 있다고 친구를 핍박하나 본데, 어디 그게 쉽게 되나 보자!"

그 순간 유리마의 몸에선 엄청난 암흑 투기가 일어나기 시작했다. 루드웨어는 깜짝 놀라 벌떡 일어서서는 소리쳤다.

"이 등신아! 지상계에서 암흑 투기를 그렇게 쓰면 어떻게 하겠다고!"

마신 라스타의 권능이 미치지 못하는 이곳에서 인간의 몸으로 암흑 투기를 발휘하면 어떻게 되는지 알고 있는 루드웨어였기에 놀라서 소리를 질렀는데, 그 말에 유리마는 루드웨어를 노려보며 소리쳤다.

"그래, 이 자식아! 모든 것을 죽이고 싶어하는 컴플레이티니스 언데드가 된다! 그게 어때서!!"

"……."

"그래, 이 자식아! 너 혼자 세상의 모든 인간들을 구하겠다고 설치면 다냐! 혼자 남은 나는 어떡하라고! 아버지마저 내 손으로 죽이고 이제 남은 유일한 인간 벗은 너밖에 없는데! 그냥 가버려, 이 자식아! 그래, 죽어라, 죽어! 난 언데드가 되어서 이 개 같은 세상 다 날려 버릴 테니까!!"

자기 분을 참지 못하고 소리 지르는 유리마의 눈에서 굵은 눈물이 흘러내리고 있었다.

"유리마……."

루드웨어는 아무 말도 할 수가 없었다. 그렇다. 자신은 이 세상에 유리마를 제외하고는 혼자라고 생각하며 슬퍼했지만, 유리마 역시 이 세상에서 유일한 친구는 자신밖에 없었던 것이다.

인간의 몸으로 마계에서 살아남는다는 것이 얼마나 힘들다는 것과 그가 수많은 마족들에게 질투를 받으며 혼자 살아가고 있다는 것을 그제야 깨달은 루드웨어였다.

"개자식! 죽일 놈! 너마저 날 버리면 난 어떡하라고……. 흐흑흑흑."

유리마는 루드웨어의 멱살을 잡으며 그 자리에서 무릎을 꿇고는 오열하기 시작했고, 친구의 그런 모습에 루드웨어의 눈에서도 눈물이 흘러내렸다.

"미안하다……."

루드웨어로서는 유리마에게 미안하다는 말밖에 할 수가 없었다.

후에 궁극의 마신 크레이져를 없앤 후 루드웨어가 유리마의 무덤에서 십 년 이상을 눈물을 흘리면서 지냈던 것을 봐도 이 두 사람의 우정이 어느 누구라도 시기할 정도로 두터운 사이라는 것은 증명이 되었다.

"하지만 이건 내가 결정한 일, 어느 누구의 핍박을 받아서 하는 일이 아니다."

"이 자식!"

"유리마, 난 죽음이 두려워 스승의 이름을 더럽힐 수 없다. 그리고 유리마, 왜 내가 널 버린다는 거지?"

"……."

"짜식! 난 죽는다고 해도 언제나 너와 같이 있다고. 너, 죽는다고 날 버릴 거야?"

"…바보 자식! 니가 죽을 때까지 고스트가 되어 따라붙어 주마."

"거봐, 우리 둘은 죽어도 떨어지지 않는다니까. 하하하하!"

루드웨어는 유리마를 향해 익살스러운 웃음을 보여주고는 만족한 얼굴로 카뮤를 보며 말했다.

"자, 이제 조금 진정됐으니 시작할까요?"

"…그러도록 하세."

루드웨어는 진지한 얼굴 표정을 지으며 다시 오른손을 자신의 심장으로 가져갔다.

"나의 심장이 로노와르의 생명을 살릴 수 있기를 바랍니다."

그 말이 끝난 순간 루드웨어의 가슴에선 사방으로 피를 튀기며 뼈가 부러지는 소리가 들려왔다.

그 엄청난 고통에도 루드웨어는 천천히 손을 가슴으로 집어넣고는 빠른 속도로 뛰고 있는 자신의 심장을 잡았다.

"크윽!"

"루드웨어!"

"난 괜찮다, 유리마… 끄압!"

유리마를 안심시킨 루드웨어는 손에 힘을 주어 자신의 심장을 뽑았다.

*　　　　*　　　　*

사라토 산맥은 오늘도 차가운 아침 공기로 토끼들마저 세수를 못하게 할 정도로 온몸이 떨리게 만들고 있었다.

산맥의 레어는 과거에 있었던 엄청난 사건이 아직 복구가 되지 않아 여기저기 울퉁불퉁했지만, 오크와 마물들이 수십 년을 토목 작업을 한 덕에 그전과는 달리 많이 나아져 있는 모습이었다.

"우왕!"

레어의 입구에서 한 마리의 드래곤이 나오더니 맑은 하늘을 보며 하품을 하고 있었다.

"잘 잤당. 한 수십 년은 잔 것 같네."

한 마리의 얼빠진 그린 드래곤, 그는 주위를 한번 훑어보았는데 그 순간 레어의 주변이 엉망이 된 것을 보며 놀라지 않을 수 없었다.

"아! 누구야! 이렇게 엉망으로 만들어놓은 놈이!"

화가 난 드래곤은 근처에서 놀고 있는 오크를 한 마리 불러서는 소리쳤다.

"어떻게 된 거야! 내가 자고 있는 동안 레어 앞마당이 왜 이렇게 엉망이 된 거야!"

"쿡쿡! 무슨 소리냐. 쿡쿡! 이만하게 정비해 놓은 것도 어딘데! 쿡쿡! 다짜고짜 화부터 내냐! 쿡쿡! 넘한다. 쿡쿡! 아무리 드래곤에 빌붙어 사는 빈민 오크라고 해도! 쿡쿡! 이러한 처사는 너무하다! 쿡쿡!"

"뭐야!"

드래곤은 오크의 개김에 열받아 한 대 먹여주었는데, 맞고 쓰러진 오크는 뚝뚝 눈물을 흘리며 근처에 있던 오크를 보고 소리쳤다.

"사라토 산맥의 오크들이여, 어찌 이런 수모를 받고 참을 수 있단 말입니까!"

"옳소! 옳소!"

"주 5일 근무와 보너스, 정기 휴가를 보장받을 때까지 투쟁합시다! 우리 사라토 산맥 오크들은 그동안 너무나 열악한 환경에서 일해오지 않았습니까!"

"옳소! 옳소!"

어디서 구해왔는지 붉은 천을 머리에 두른 오크 수백은 멍하니 서 있는 드래곤 앞에 일렬로 서서는 한 대 맞은 오크가 선창을 하자 따라 부르짖기 시작했다.

"사라토 산맥의 그린 드래곤 해츨링인 로노와르는 오크에 대한 부당한 처우를 각성하라! 각성하라!"

"각성하라! 각성하라!"

"사라토 산맥의 그린 드래곤 해츨링인 로노와르는 오크에게 주 5일 근무와 정기 휴가를 보장하라! 보장하라!"

"보장하라! 보장하라!"

계속 이어지는 오노런(오크 노동자 연합)은 잠자고 방금 일어난 로노와르를 향해 시위를 계속했고, 처음 오크들의 시위를 접한 로노와르는 황당할 수밖에 없었다.

어느 드래곤의 레어에 오크가 시위한다는 소리가 있단 말인가. 이어이없는 사태에 골이 아픈 로노와르는 아픈 머리를 부여잡고 레어 안으로 들어가려고 했다. 하지만 이 오크들이 이제는 폭력 시위까지 벌이려고 하는지 돌멩이와 기름이 든 화염병을 레어의 앞으로 집어 던지기 시작했다.

"이 자식들이!"

"폭력 해츨링 로노와르는 우리의 생계를 보장하라!"

"물러가라, 폭력 해츨링!"

"우리 오크는 노동의 권리를 되찾고 싶다!"

"용서할 수 없다! 브레스의 맛을 보여주마!"

로노와르가 더 이상 참지 못하고 브레스를 뿜으려고 하자 오크들은 사방으로 도망가며 소리쳤다.

"우왁! 유혈 진압이다!"

"오크들은 빨리 대피하도록 하십시오!"

"브레스다!"

"폭력 정권 물러가라!"

사방으로 흩어지는 오크들을 보며 로노와르는 한숨을 내쉬며 레어 안으로 들어가려고 했다. 그때 어디선가 껄껄거리며 웃는 소리가 들렸다.

"뭐야?"

"하하하하! 이거 웃겨서 못 참겠군!"

"누구야!"

로노와르가 웃음소리에 화를 내며 소리치자 레어의 옆에 있는 나무 위에서 한 사람이 뛰어 내려왔다.

"응? 웬 인간?"

루드웨어는 자신도 모르게 레어의 근처에 있는 인간을 보며 놀라지 않을 수 없었다. 초록색 머리에 하얀색의 로브를 입고 있는 청년은 멀뚱히 서 있는 로노와르를 보며 미소를 지으며 말했다.

"드래곤의 마법사 루드웨어라고 한다, 나의 벗 로노와르여."

"엥? 드래곤의 마법사?"

영문을 모르는 로노와르를 보며 다시 큰 소리로 웃는 그였다.

'나의 심장에 공생의 업을 받은 자여! 그대와 함께 영원의 세월을 함께할 사람이다.'

조용히 진짜 하고 싶은 말을 마음속으로 읊조리며 자신과 함께 살아갈 그런 드래곤 해츨링을 향해 그는 천천히 걸음을 옮겼다.

제1부 끝